ハヤカワ文庫JA
〈JA1389〉

群青神殿

小川一水

早川書房
8388

目　次

群青神殿

Part 1
わだつみのよびごえ

1

静寂が船を包んでいる。

初夏の暖かい夜気だけが。

その空気は、髪の毛を重くするような湿気と、食欲を感じさせるような生き物の香りを、眼下に長く延びる黒潮から受け取っている。だが、音だけは含んでいない。

船はまったくの凪《なぎ》の海上で、十九世紀の帆船のように静かに漂っている。

「帆船だったら気が楽なんだが」

櫛本隆次《くしもとりゅうじ》は、アッパーブリッジの手すりにもたれて、ため息をついた。

この船は五万六千総トンの自動車専用運搬船《PCC》だ。

船名は〝トランスマリン7〟。段ボール箱のように四角い船体に六千台の自動車を積んで、二〇ノットの快速で、名古屋港からパナマ運河まで一直線に航海するはずの船である。

もちろんその動力は海流や風などではなく、強力なディーゼルエンジンだ。本来ならその轟音《ごうおん》が船を揺さぶっているはずだった。こんな風に物音一つ立てずに漂っているのは、異常なことなのだ。

　故障だった。

「まだ終わらんかなあ……」

　櫛本はアッパーブリッジから船腹に首を伸ばして、見えるわけもないのだが、機関室のほうを見ようとした。後部の機関室では、機関長以下六人の機関士たちが悪戦苦闘を続けているはずだった。それが終わるまでは、二等航海士の櫛本の出番はない。

　手持ち無沙汰に水平線を見つめていると、一段下の船橋見張り台《ブリッジウィング》から声がかけられた。

「鯨は見つかったか」

「三二〇度、三マイル！」

　捕鯨砲をズドンとやるそぶりを見せてから、櫛本はウィングを見下ろした。船長の佐久間が、日焼けした頰にしわを作って笑っていた。

　櫛本は聞いた。

「故障の原因、なんですって？　最初は油温の異常上昇とか聞きましたが」

「冷却水の循環不良だそうだ」

「ポンプですか」

「いや。ストレーナーが詰まったらしいんだな」

船長はにやにや笑いながら言った。

「とっさんはクラゲじゃないかって言ってる」

「クラゲって、あのクラゲですか？」

頓狂な声を上げた櫛本に、船長はわけ知り顔でうなずいた。

「何年かに一度は、そういうことがある。たいていは湾内での停泊中で、こんな外洋でぶつかるのは珍しいがね。君は初めてか」

「はあ……」

「船に限らず、発電所の取水口なんかでもよく起こるんだよ。まあ災難だと思ってあきらめるしかない。本社の連中は苦虫を噛み潰してたがね」

「そりゃ、クラゲのせいで荷が遅れるとあっちゃねえ」

「君はゼロヨン勤務だろう。零時まで休んでたらどうだ」

「ここにいますよ」

そうかとうなずいた船長に手を振ると、櫛本は士官服の上着を鉄の床に敷いて寝転がった。

――しわになるが、まあいい。

「クラゲで遭難ねえ……」

航行中の船はエンジンを海水で冷却している。水を吸い込むストレーナーが詰まれば、エンジンが焼き付いてしまう。重大な故障なのだが、原因がクラゲというのはどうも緊迫感に欠けた。

櫛本は深々とため息をついて、不意に笑った。

原因が分かってほっとした、そのこと自体がおかしかったのだ。今は、外航船が陸地と隔絶していた大航海時代ではないし、この船も二十五フィートのちっぽけなヨットではない。台風が来たって沈まない大型鋼鉄船に乗っていて、短波と衛星で常に家族としゃべることができるのだ。一体何を不安がっていたのだろう。

少し考えた櫛本は、当たり前のことに思い至った。

「海か……」

海。三億六千万平方キロの広大な水。平均水深三千八百メートルの深く暗い水。人間とすべての生き物のふるさと。だが戻れば溺《おぼ》れてしまう。

人間は海から来た、だから海へ帰ろうというどこかの潜水の名人の台詞《せりふ》を、櫛本は思い出した。冗談じゃない、そこにいられなくなったから、俺たちは陸地に逃げ出してきたんじゃないか。一生ぷかぷか揺れながら暮らすなんて、願い下げだ。

船乗りの風上にも置けないようなことを考えていると、まるでそれを読み取ったように、ウイングの船長が言った。

「波の音って、どうも心細くなるね」

「――いつもはそんなの聞こえませんからね」

漁船ならともかく、商船の乗組員が波の音や匂いを気にかけることはほとんどない。問題なのはその海を何時間で渡れるかということだけだから。

にしても、ベテランの船長まで自分と似たようなことを考えているとは、櫛本は少し驚いた。

「船長は海が好きじゃないんですか」

「もちろん愛しているよ」

そう言ってから、船長は意外なひとことを漏らした。

「恐れていない時はね」

「――船長でも怖い時があるんですか？」

「あるどころじゃない。どっちが平常なのか分からないぐらいだな。恐れるのと、愛するのと。でも、誰だってそうだろう。穏やかな海は好きでも嵐の海は恐れるのが普通だ。また、なんだってそうだろう。商売や、友情や、恋愛――恐ろしい時もあれば愛しい時もある」

「誰だって、というのはどうですかね」

船長は答えない。はて、なんで俺は憎まれ口を叩いたんだろうなと首をひねった櫛本は、一つの顔を思い出した。

頭の悪い子犬のような警戒心のない笑みを浮かべる、ショートカットの少女。

「……そうか、あいつがいたな」

「誰がいたって？」

「この大きな風呂桶が善意と奇跡であふれてると信じ込んで、三リットルほど塩水を堪能する羽目になった女の子がいたんですよ」

「……亡くなったのかね？」

「いやいやとんでもない。水を吐いたあとはケロッとしてましたよ」

船長は不思議そうな顔をしている。櫛本は笑った。

——そうだ、彼女は今頃何をしているかな。辺戸岬《へどみさき》のスポットに部の何人かで行った時には、自分のことを魚かなんぞかと思い込んだみたいに、プロのダイバーでも二の足を踏む早瀬に潜りに行って、危うく死にかけたこともあった。彼女なら、今この場に、大洋のど真ん中で立ち往生した船の上にいたって、ちっとも不安を感じたりはしないんだろう。

沈みに行きましょう、先輩！

「沈みに行くもないもんだ……」

口元を押さえて笑っていた櫛本は、梵鐘《ぼんしょう》のような音を聞いて顔を上げた。

ゴーン……

「なんですか」

「さあ」

舷側に身を乗り出して海を見ようとした船長が、急に気が入った動きで、ブリッジの中に戻っていった。ほどなく放送がかかる。

……当直甲板員に発令。至急船倉全フロアのラッシングチェックをしてください。至急全フロアのラッシングチェックを……

放っておけば水平に戻る撒積船《バルカー》やタンカーと違って、自動車を積むPCCは、固縛ワイヤーを締め直すラッシングチェックが欠かせない。この種の船は自動車をスムーズに乗降船させるために、徹底的に隔壁を廃した造りになっているからだ。

もし時化《しけ》の時にこのチェックを怠ると、荷崩れが起こって自動車が転がりだす。一カ所にそれが集まってしまうと船が傾き、ますます積み荷はかたまることになる。背の高いPCCが最も警戒しなければいけない悪循環だ。

櫛本はウイングに飛び降りて、ブリッジを覗《のぞ》き込んだ。

「船長、スタンバイですか？」

「いや、いい。チェックは念のためだ」

ブリッジの後ろの海図室から顔だけ出して船長が答える。

「さっきの音だが、どうも船の中じゃなくて外からくさい。君はそこで外を見ててくれ」

「外って、流木かなんかですかね」

「分からん。だがもっと大きい感触だ。万が一だが、海賊ということもあり得る」

「海賊？　海のど真ん中ですよ！」

失笑まじりに櫛本は言ったが、船長は大真面目に手を振った。

「マラッカ海峡じゃ今この瞬間にも海賊が日本船を襲ってる。今日びＧＰＳを備えた船なんか珍しくもないんだから、公海上で出没したっておかしくはあるまい」

「しかし、仮に海賊だとしても、この船の積み荷は盗めっこないでしょう。自動車なんだから」

「つまり、仮に海賊だとしたら、船ごと乗っ取られるというわけだな」

櫛本はただちに反論を中止して、ウイングの端に走った。

船の全幅と同じだけ張り出したウイングから、舷側を見下ろす。ＰＣＣの舷側は愛想もへったくれもない垂直な壁だ。白く塗られた鋼鉄の崖の下で、ぴしゃぴしゃと小波《さざなみ》が立っているのが見えた。

再び、重い鐘をつくような音。

櫛本は床に耳を押し付ける。音。また音。だんだん間隔が狭くなる。間違いない、何かが船体を叩いている。もしくは、誰かが。隙間の多いＰＣＣの構造がそれを反響させている。

胸騒ぎを覚えながらもう一度舷側を見下ろすが、船らしき影は見えない。月明かりの下で白く波がうごめくばかりだ。櫛本は振り返って怒鳴る。

「右舷異常なーし！　左舷は⁉」

「左舷、異常なし！」

ならこの音はどこから？

櫛本は焦燥を覚えながら、張り裂けんばかりに目を見開いて、舷側を見下ろしていた。

何が起こっているのであれ、とにかくそれを確かめなければ。

だが、彼が確かめられたのはたった一つのことだけだった。

じっと舷側を見つめていた櫛本は、小さく口を開ける。船べりにバシャバシャと小波が立っている。まるで海そのものが苛立ってかみついているような波が。――風はなく、船も動いていないのに、波が。

「ああ――！」

櫛本は、いまやこの海に対する恐怖を隠そうともせず、悲鳴を上げた。


六月二十八日午後十時五分。

東経一四〇度五二分、北緯三三度九分、八丈島東方百二十キロの海上で、友田海運の自動車専用運搬船《PCC》〝トランスマリン7〟は消息を絶った。

折悪しく、低気圧が近付いていた。

2

鯛島《たいじま》俊機《としき》は、RL《リングレーザー》ジャイロ連動の姿勢計をじっと見つめて、艇の水平を保ちつつも、六十センチ後ろの見河原《みがわら》こなみの顔を、ちらちらと振り返っていた。

大人に成長し損ねたようなまるく大きな瞳を真剣に見開き、せいぜいリップクリーム程度しか塗らない小さな唇を引きつり気味にぎゅっと閉じて、こなみは後席の前の超精細ディスプレイを凝視している。右コンソールにあるサンプルボウラーのジョイスティックを握る手は、肌寒いほどの室温にもかかわらず汗でどろどろに濡れ、俊機の耳にまできゅっきゅっと滑り止めのゴムの音が届く。

ピンか何かで留めたほうが良いのに、頭に尖ったものを付けるのはいやだと言い張って、やや多めの髪をおかっぱのまま肩上へ流している。思ったとおり、オペレート姿勢だとその髪が前に垂れて来る。まぶたにそれがかかるたびにこなみは痙攣《けいれん》するように首を振ってはね散らし、それでもしつこく目をつつく髪を、瞬間的にスティックから離した手で払いのける。

静電気を放出しそうなほど緊張しきっている。見かねて俊機は声をかけた。

「代わろうか。スタビライズはオートにして――」

「だいじょぶですっ！」

話しかけるな手元が狂うと言わんばかりに、こなみが叫んだ。俊機は肩をすくめて、前方に向き直った。

前には、直径二十センチの窓が左右二つある。しかしそこから現在の作業野を見ることはできない。こなみに任せるしかない。

そもそも、ボーリング作業は探索員のこなみの仕事であって、パイロットの俊機の仕事ではないのだ。

こなみが操っているのは、艇の腹から垂直に降ろされた、長さ十七メートルのサンプルボウラーだ。艇首下のターレットに埋め込まれたスーパーハープカメラでそれを見下ろしながら、岩盤を慎重に掘り進んでいる。

サンプルボウラーは、先端にダイヤモンド混焼の強靭な刃先《クラウン》を備えた、起倒・伸縮式の二重筒だ。モーターで刃先を回転させ、伸縮を加減することで、岩盤を掘り抜いて内筒にサンプルを取り入れる。

しかし、硬い岩盤に阻まれてそれが折れることは、地上でも珍しくない。ましてやここは、一平方センチあたり百キログラムの圧力がかかる水の牢獄――水深千メートルの海底なのだ。機器は破損しやすく、交換するには半日かけて支援母船まで戻らなければならない。

　こなみが緊張するのも、無理はなかった。

　二十分ほど前から、艇内にはボウラーのモーター音が断続している。その音が突然、ふっと消えた。モーターがカラカラと空回りの軽い音を立てる。

　俊機はもう一度振り返った。こなみは、緊張の極限に達して青ざめた顔をしている。

「折れたか？」

「……いいえ」

　にかっ、とこなみは満面の笑みを浮かべた。

「BSR層を抜きました。MH《メタンハイドレート》見つけちゃいました！　きゃっほう！」

　両手を天井に振り上げ、両足を俊機の横にぶん投げて、こなみが叫んだ。俊機はほっとため息をついて、肩越しに右手を差し出した。

「やったな、こなみ。おめでとう」

「ありがとうございますっ！」

　二人は固く握手した。

　二人が求めるメタンハイドレートは、この場、この環境では、シャーベットのような氷状で存在しているので、回収は容易である。艇の下から、ボウラーがサンプルを吸い上げるコトコトという楽しげな音が聞こえてきた。

中深海長距離試錐艇〝デビルソード〟は、腹の下のストックケージが満タンになると、長いサンプルボウラーをセミの口吻《こうふん》のように折りたたんで、海底を離れた。

現在位置は千葉県銚子市東方、五五海里。水深千メートル前後の千葉海盆での長期潜航を終え、帰途に着いたところだ。針路は東南。深度は千メートルから四百メートルへ。

艇内の二人は、ご機嫌だった。

「やっつめやっつめ、やっつめうなぎ」

「踊るな」

「ヤツメウナギがにょろにょろにょ〜」

「くすぐるな」

訂正。ご機嫌なのは一人だった。

探索員のこなみが、ひとまず仕事を終えて暇になったので、前席の俊機にじゃれついているのである。パイロットの俊機は手が離せないので、反撃できない。背後から髪の毛をつかまれて、いいように首をぐきぐきやられている。

うざったそうに言う。

「何がヤツメウナギなんだ」

「だって、脈見つけたの、八つ目でしょ」

「ああ……そうか。まったく恐ろしい悪運だな」

「あ、ひどい！　悪運じゃないです」

「だとしても運だ。技術や経験で見つけたものじゃあるまい」

「そんな意地悪言わないでくださいよう」

ぽかぽか頭を叩かれて、いてて、と俊機は体を丸めた。

こなみは一応、掘削《くっさく》技能の社内講習を済ませた機械技師である。だがその腕はお世辞にも優れているとは言いがたく、操作をすれば何かにぶつけ、整備をすればどこかを壊すといった、漫画のような粗忽《そこつ》っぷりを発揮することがしばしばだった。

そのこなみが〝デビルソード〟に乗ることができたのには、ちょっとした理由があった。彼女は、MHを発見するのが妙にうまかったのだ。

〝デビルソード〟はMHを探すために作られた試錐艇である。より正確に言うと、海上の母船が大体の見当をつけたMH層を、実際に潜って掘ってみる艇である。

現代の科学の力はすばらしいもので、深さ千メートル級の大陸斜面の、さらに海底下十メートルほどのところにあるMH層をも、海底下音響探査器《サブボトムプロファイラ》という装置で見つけ出すことができる。しかし、いくら音響探査で海底下の構造が分かるといっても、その精度はせいぜい、この辺十メートル四方がくさいかな、程度のものだ。ほんの三メートル下に脈があるはずのところでも、ボウラーを刺したところだけ手応えなし、あるいは岩塊に当たってボウラーが折れるなどという事態はざらだ。

それをこなみは当てる、なぜか当てるのである。ほんの一年前に入社してから実に七回も鉱脈を掘り当て、理屈では説明できない能力があると、母船のラボで太鼓判を押されてしまった。

今度の発見でそれが八回目になったわけである。だからこなみは浮かれている。だが俊機はそういう得体の知れない現象が苦手である。だから難癖をつけているのだった。

とはいえ、本気でねたんだりうらやんだりしているわけでは、全然ない。

「報奨《ほうしょう》、楽しみだろ」

「あ、そうですね！　また社長からもらえるかもしれない。前回はですね、六十五万円ももらえたんですすよろくじゅうごまんえん！　ボーナス一回分！　今度はいくらかなあ」

「イカ焼き一本」

「は？」

ぽかんと口を開けたこなみの鼻を、俊機はこぶしでぐいと押した。

「いっぺん食ってみたいって言ってただろ、普通の海水浴場で。実家の目の前が超ローカルな浜だったから、そんなの見たことないんだろう？」

「連れてってくれるんですか？」

「今航が終わったらな」

「う……わあ先輩！」

俊機は防御姿勢をとろうとしたが、無意味な努力だった。後ろから首っ玉にしがみつかれて、白目をむいた。〃デビルソード〃はそういう座席配置である。後席は尻の下にジャイロの箱があって少し高く、伸ばした足が前席の左右を挟む。

俊機にとって不愉快な配置ではないのだが、現在この瞬間は命に関わる配置だった。いつまでたってもこなみが腕を緩めないので、強引に腕を振りほどいて、やっと俊機は息をついた。

「やめてくれ、水密破壊でもないのに窒息死するのは納得いかない」

「本望でしょ？」

「何様だ」

こなみのむき出しの膝を軽く叩いて、俊機は口調を改めた。

「ところで、うちに帰るにはこの道でいいのか？」

「え、はあ、まあ」

いきなりこなみの声がうわずった。俊機は何かを感じて、語気を強めた。

「ほんとに最短航路か。まさかまた寄り道を企ててるんじゃないだろうな」

「そんなことありませんよお？」

「なんだその裏声は」

俊機は、こなみに計算させた帰航チャートを自分のディスプレイに呼び出した。そして、眉をひそめた。

「……なんだ、〝えるどらど〟とは違う方向じゃないか！　なんのためにこの艇で二〇海里も東に出ていくんだ？」

「あうー……ばれた」

首をすくめるこなみを、俊機はにらみつけた。

「どういうつもりだ？　浮上して母船を待つべきだって、分かってるだろう」

「だって……これ……」

こなみが身を乗り出して、チャートを上から下に撫《な》でた。またか、と俊機はため息をついた。

「……日本海溝？」

「……はい」

こなみが示したのは、銚子沖を――つまり日本列島の東側を南北に走る、長大で深い海溝だった。

「覗きたいのか」

「はい」

最後の「はい」は、それまでと違う、芯《しん》の入った、「はい」だった。

俊機はしばらく、こなみの顔を見つめる。普段は子供で夜も子供で、俊機の言うことにはたいてい素直に従うこなみだが、ただ一つだけ、よく分からない癖があった。

それが、これだった。深い海を覗きたがること。

「行ってどうする？」

「別に底まで潜ろうなんて言いません。ちょっとお散歩するだけ」

「当たり前だ、この艇で九千メートルの日本海溝に潜れるか」

「でも、艇殻《ていかく》は大丈夫なんでしょ」

自分たちがいる、半径一・六メートル、長さ五・五メートルの、カプセル型の耐圧殻を手で示して、こなみは言った。俊機はあっさり首を振る。

「頑丈なのは殻だけだ。電装も機械系も二百気圧までしか耐えられない」

まるい童顔に不釣り合いな硬い表情を浮かべたこなみを、俊機は覗き込んだ。

「大体、どうしていつも行きたがる？」

「……」

こなみは気まずそうに顔を逸《そ》らしてしまう。俊機は眉間を揉んで、突き放すように言った。

「俺とおまえの間に、一つも秘密を作るななんて狭量なことは言わん。しかし、こればっかりは言ってもらわないと許可できない。命に関わってくるからな」

「……」

「言う気はないか。じゃ、仕方ない」

俊機は、実行中だった帰航チャートを閉じた。仰角を多めに取って取り舵《かじ》をあて、螺旋上昇の機動に入る。

「現在の経緯度で浮上して〝えるどらど〟を待つ」

深度四百メートルからでは、海面までは十分ほどの行程になる。鉄のバラストを投棄すればもっと速く上がることもできるが、この艇の場合それは非常用の手順であり、通常はガラス球と樹脂を混成した浮力材で中性浮力を得た状態を保ち、モーターで動力昇降する。つまり、魚の浮き袋のような可変式の浮力材は持っていない。

が、そういう道具があったとしても、俊機はちょっと使う気分ではなかった。

目の前のディスプレイに注視しているのに、後ろで落ち込んでいるこなみの重力がはっきりと背中に感じられる。彼女は恨みをこっちにぶつけてくるタイプではないが、逆に内部に溜め込んでブラックホール化することがしばしばある。

ブラックホール化しないまでも、せっかく金星を射止めて喜んでいたこなみをがっかりさせたのは、俊機としても悪いと思うのだった。

さりとて、無条件で折れてやるのもしゃくに障る。何か理由があれば、こなみの言うことを聞いてやってもいいのだが……

ふと観察窓の外に目をやる。海面まであと百メートルぐらいだが、まだ暗い。普段なら、ダークブルーの世界を横切る、ナイフの集まりのようなイワシたちや、巨大なナメクジのように滑るシイラたちが見えるのに。

考えていると、超音波を搬送波にした水中電話の呼び出しが入った。俊機がスピーカーに回すと、そこらの海底で何度か跳ね回ったらしく、五重ぐらいにエコーのかかった、若い男の声が出てきた。

『鯛島さんとこなみちゃんへ。ちょっと強い低気圧が来たので、〝えるどらど〟は鹿島港に退避します。〝デビルソード〟も水中で待っててください。風浪階級《シーステート》が六を割ったら戻ってきます。それじゃ、無事を祈ります』

録音だった。海上に残されたブイが、〝デビルソード〟のトランスポンダの信号をキャッチして、発振したのだ。

俊機は軽くため息をついて、さほど驚かずシートに身を沈めた。

「やっぱり荒れてたか……」

「え、分かってたんですか」

「外、暗いだろ」

俊機は観察窓を指差した。

「こんなに暗いっていうことは、空も相当曇ってるんだよ」

「はー、なるほど、そうですよね」

こなみは感心したようにうなずいている。俊機と同じく、置いてけぼりを食ったと聞いても驚いた様子はない。それもそのはずで、彼らはもう一週間もこの艇の中で過ごしているのだ。それが一日や二日延びたからといってどうということはない。普段は十日をともに過ごす。

海水は電波をほとんど通さないから、〝デビルソード〟は無線機を積んでいない。水中電話が届くのも、せいぜい五キロだ。だから、俊機とこなみは、嵐に蓋をされた海で、話しかける相手もいない、正真正銘の二人きりになった。

何気ない顔のまま、俊機は言った。

「そうなると、ただ待ってるのも退屈だな。ケージがいっぱいだからこれ以上サンプルは採れないし。……散歩にでも行くか」

「え？」

「東南のほうに二〇海里ばかり。なに、電池も酸素も、ライフサポートはまだ三日ももつわけだし」

次の瞬間、俊機は強烈な窒息攻撃にあった。

「先輩大好き！」

「そうか」

あらかじめ喉をカバーしているから、平然としたものである。だが次の攻撃までは予測していなかった。

「二〇海里ってことは、四時間はかかりますよね？」

「ああ」

「それで定深度航行ですよね。じゃ、居住室で一休みできますね！」

「――あー、うん」

俊機は曖昧な返事をして、奥の居住室を振り返った。

〝デビルソード〟の、前席の人間が後席の人間にもたれるような座席配置は、確かに大胆である。だがそれどころではないのが居住室だった。この名称は詐欺に近い。

「居住」というのは、そこに食料や水や酸素などがあるからだ。「室」というのは、操縦室より一段高くて一応境界があるからだ。しかしクロゼットやテーブルなどがあるわけではない。それどころかドアもなければ床もない。歩き回ることはもちろん、立つことすらできない。要するに、カプセル型の縦殻を前と後ろに分け、後ろ半分をさらに上と下に仕切り、下に機械類を入れて余った上のスペースが、居住室なのである。

二段ベッドの上段のような、高さ八十センチ、長さ二メートルのかまぼこ型の空間が、〝デビルソード〟の、二人の十日分の居住空間だった。何をか言わんやである。

「ほら、先輩！」

「ちょっと待て、シーケンサをセットしてから」

そう平静を装ったものの、俊機は自動航行シーケンサの操作を三回も間違えてしまった。

……こなみとの戯れは初めてではなく珍しいことでもなかったが、一週間の長距離航行の最後にそれをしたのは、やはり体力の消耗に追いうちをかけたらしかった。

俊機はふと目を覚ました。つまり、それまでは眠ってしまっていた。左手首のシーマスターを覗くと、あれから三時間半が過ぎていた。

隣を見たが、髪の毛が余り気味のふわふわの頭がない。頭がなければ体もなく、艇内の結露で少し湿ったマットレスに、小柄な体の形のくぼみだけが残っている。

トイレではない。この艇のトイレは居住室に人がいる状態では使えない。一人を操縦室に追っ払って、一番奥のストレージを居住室に引っ張り出してその奥に入って、やっと使えるという難儀な造りである。

だから操縦室か、と俊機は思い当たった。思い当たるも何も、顔を上げれば見えるのだから、それだけ疲れが出ていると言える。

自分もそっちへ出て行こうとして、脱ぎ散らかしたズボンとワイシャツを身に着けてみると、あとにホットパンツが残っていた。ここにあるということはあちらにないということとである。

俊機が操縦室に顔を出すと、タンクトップにショーツ一枚のこなみが、機械席で肩を動かしていた。今さら礼儀にこだわるような間柄ではないが、緊張感ぐらいは保っていたい。

俊機は咳払いした。

「こなみ、あのな――」

「静かに！」

あのモードの声だった。俊機は一瞬で四肢の気だるさを追い払った。

こなみは、機械席のディスプレイに付属するキーボードを一心に叩いている。その上をまたいで、俊機は操縦席に滑り込む。つきっぱなしのディスプレイをざっと見て、艇のステータスと位置・時間を把握する。深度は二百、目的地点まであと二海里。着いたも同然だ。

こなみの緊張の対象がなんなのか見えない。もう一度叱られるつもりで聞こうと思った時、ガラスのコップを弾くような涼しい音が、連続して始まった。こなみが、〝デビルソード〟自慢の最新機器、可変周波数《ヴァリアブル・フリケンシー》ソナーを使い始めたのだ。音からしてモードはマルチナロービーム、直下の平面の水深を取得しようとしている。

ピン、ピン、という音の中で、こなみが戸惑ったようにつぶやいた。

「反射が来ない……」

「信号を置き去りにしてるんだ。待て、艇速を落とす」

海底で反射した音波が戻ってくる前に、艇が移動してしまっているのだ。俊機は艇を減速させながら考えた。水中の音速は毎秒約千五百メートル。そしてこの辺りでは、海底反射波が戻ってくるまで、十秒近い時間がかかる。――片道八千メートル！

今、自分たちの真下には、富士山二つ分の厚さの海水が冷たく淀《よど》んでいる。その事実を噛み締めた時、受振器が鳴いてこなみがうめいた。

「何これ……」

天性の勘は凄いが、他の能力は飛び抜けて高くはない。ソナーが描く海底像をどう扱っていいか分からず、こなみは戸惑う。俊機がそれを機敏に見抜いた。自分のディスプレイを操作して、こなみの担当であるミッション機器系のオペレートに割り込む。

ひと目で異常が分かった。

映し出されたのは幅十五キロに及ぶ海溝底の平面図だ。赤や緑や青のカラーで高低が表現されている。周辺部分の深度は八千二百、日本海溝だからそれぐらいはある。

だが、画面の中央、ほぼ真下には、深度七千まで盛り上がった丘が現れていた。

海溝底から突然、千メートル以上の海山がそびえている？　――そんな不自然な。

ディスプレイに、それの平面形のプロッティングが進んでいく。こなみが不安げに数値を読み上げる。

「幅百二十メートル、長軸七百メートル、そこですっぱり切れてます。……海の底に小さな飛行場があるみたい。高さ千メートルの」

「端がぼやけてるぞ。艇が揺れたか？」

言ってから、俊機ははっと気付いた。

「ドップラーにかけてみろ」

「え？　は、はい」

それは反射波の波長偏移を分析するモードだ。こなみが言われたとおりにすると、確かに偏移が確認された。あまり理解していない顔でつぶやく。

「反射波、伸びてるんですけど。こっちは止まってるのに……」

「つまり相手が逃げてるってことだ。遠ざかる救急車のサイレンが低く聞こえるのと同じだ」

「山が、逃げてるんですか？」

こなみはぽかんとする。俊機は首を振る。山じゃない。これは――

「こなみ、低周波にモードを変えろ。サブボトムプロファイラだ」

「サブボトムですか？」

ますます混乱したような顔でこなみが操作した。ぴゅうッ、と口笛のようなチャープ信号の音が艇内にも届く。

周波数の高い波は指向性を持ち、分解能が高いため、高精細の走査に向いている。半面、減衰しやすいのであまり遠くまでは届かないし、音響インピーダンスの高いもの――平たく言えば、硬くて重いものに当たると、はね返ってしまう。

サブボトムプロファイラは、低い周波数でゆっくり揺さぶることで、硬い海底を貫いてその下の様子まで見抜いてしまうモードである。MH層を探す〝デビルソード〟には欠かせない手段だ。俊機は、この妙な海山の中を見抜いてやるつもりだった。

こなみが叫んだ。

「低周波が抜けてます！　この山、う、裏側があります！」

「山じゃないんだ。厚さは？」

「三十メートル！　てことは……浮いてるんですか？」

「そうだ」

「これ、なんなんですか！」

こなみが俊機を見た。顔色が悪い。

「落ち着け」

俊機はこなみの膝を押さえた。軽く震えていた。

「先輩、これ何？」

「こっちが聞きたい。おまえが見つけたんだろう」

「私は気配を感じただけです！　先輩でも分からないんですか？」

「分からん。まったく分からん」

すがるように聞いたこなみに、俊機は首を振った。分かるわけがなかった。

深度七千の深海に浮かぶ、飛行場ほどもある、移動する物体。

「潜水艦ですか？」

「軍用の潜水艦がこんなべらぼうな深さまで潜れるか。かといって、〝デビルソード〟みたいな探査艇がこんな大きいわけはないし……」

「鯨ですか。ダイオウイカとか？　あ、プランクトン雲？」

「生物がこんなにはっきり反射波を返すか？」

「じゃ、何！」

答えられず、俊機はディスプレイの表示を切り替えた。ハイビジョンカメラ級の画質を備えた高精細画面が、艇の真下の画像を映し出す。

無意味な行為だった。厚さ七キロの海水は可視光など一筋も通さなかった。投光器の光に応えるのは、深夜に降るぼたん雪のような、白いマリンスノーだけだ。

俊機は急に恐ろしくなる。自分たち人間は電波と音波でこの星の上を調べ尽くしたと思っている。どこがだ？　たった七キロのただの海水に俺たちは目を塞がれている。その下で何が起こっていようと知ることができないのだ。

ソナーの画像の中を、不思議な物体がじりじりと動いていく。じきにレンジを越え、それは見えなくなった。

いつの間にか呼吸を止めていた。俊機は大きく息を吐いて力を抜いた。その耳に、短いつぶやきが入った。

「ニライカナイ……」

「なんだって？」

俊機は背後を振り返った。こなみも正体不明の物体に脅え、体を硬くしてディスプレイにかじりついている。

いや――そうではなかった。よくよく見つめた俊機は気付いた。こなみの瞳は明るい。脅えているわけではないのだ。この潤みようは、さっきも見たばかりだが、緊張ではなくて興奮しているのだ。

「先輩、追っかけられますか」

「馬鹿言うな。運用深度の四倍も下だ」

「……ですよね」

ほう、と息をついてこなみはバックレストにひっくり返った。アスリートのように細っこい足をうーんと伸ばして、俊機のひじを蹴飛ばす。

そのまま体を反らして胸を天井に向け、ぼそぼそとつぶやいた。

「あれだ……きっと……」

何がだ、と聞くこともできたが、俊機はなんとなく前を向いてしまった。聞くまでもない。これはきっと、数時間前にこなみが見せた、奇妙な懇願に関わることなのだ。

できれば話せともう言ってある。二度も言わなければならないような関係ではない。少なくとも俊機はそのつもりだった。だから待った。

二分も待たないうちに即席の意地が蒸発した。

「こなみ、おい……」

「はい？」

のけぞった姿勢のまま、ずっと上を見上げていたこなみが、上気した顔でこちらを見た。ひとつ強気で言ってやろうと俊機は腰を浮かせた。

水中電話がホームドラマのような間の悪さでブザーを鳴らした。

「……はい、〝デビルソード〟！」

かくりとこけそうになりながらアームレストに手をついて、俊機は通信機からヘッドホンをもぎ取った。まだ学生のような若い声が超音波に乗ってやって来た。

「〝えるどらど〟、巻瀬《まきせ》です」

「もう来たのか。早いな」

「ええ、ちょっと無理しました。鯛島さんたちが窒息してるといけませんからね。二人とも元気ですか？」

「いや、もう絶望だ。幻覚を見た」

「え、ほんとですか？」

素直に驚いた様子で、巻瀬が声を上ずらせた。

「ドクターを待機させましょうか？　自力で浮上できますか？　艇のステータスは？」

「そう焦るな。俺たちと同じ程度しか狂ってない」

「お、同じ程度って！」

「あとでログを見せてやる。ああ、ドクターはいらんからな」

言うだけ言って、俊機は通話を切った。

それから、やや乱暴な手つきで自動航行シーケンサを切り、浮上準備を始めた。

「上がるぞ。迎えが着いた。今のソナーの記録、バックアップとっとけ」

「あ、はい」

こなみもディスプレイに身を乗り出して記録をまとめ始める。その途中でふと顔を上げて聞いた。

「さっき、なんて言おうとしたんですか？」

「ああ……」

俊機はちらりとこなみを振り返って、ぶっきらぼうに言った。

「クルーへのサービスにしちゃやり過ぎじゃないか、その格好」

言われてこなみはタンクトップの下のへその辺りに視線を落とし、ウツボに出会ったマダコのように真っ赤になった。

「こっこれは、さっき胸騒ぎがして起きた時に、あわててはき忘れただけで」

「あと四分で海面だ」

「分かりました急ぎます！」

こなみは座席から射出されたように飛び上がって、あたふたと居住室に潜り込んだ。身だしなみを整えるといっても部品一つ身に着けるだけだ、たいして時間もかかるまい、と俊機は落ち着いている。それに、たとえ船の連中に見られたところで、ウブな巻瀬が熱を出すぐらいが関の山だ。たいして問題はない。

観察窓の外に青い自然光が揺らめき始めた。海面が近い。

俊機はバッテリーを使い尽くすつもりで、思い切り仰角を取って、垂直スラスターとメインスクリューを同時に回した。艇があごを上げ、ぐんと行き足がついた。

とたんに居住室からごちんと音がした。

「いったあ頭打った……ああもう、後ろ前だし！」

太陽の世界が近づくにつれ、ついさっきまで艇内に満ちていた沈鬱な雰囲気も消えていくようだった。悪戦苦闘するこなみと笑いをかみ殺す俊機の顔を、観察窓から走った光が白く照らした。

うねりの残る海面を突き破って、〝デビルソード〟は太平洋に躍り出た。

〝デビルソード〟は、神鳳鉱産《じんほうこうさん》探鉱部に所有されている。全長十一メートル、空中質量三〇トン、運用深度千六百メートル、連続潜航時間は二百五十時間。乗員二人で十日の連続潜航をし、その間は海中で自在に三次元移動ができる、高性能潜水艇だ。

その能力のすべては任務のために与えられた。

〝デビルソード〟が求めるＭＨ《メタンハイドレート》は、水深千メートルの大陸斜面を中心とする、五百メートルから五千メートルの深い海底域にある。水上船舶からでは正確な位置をつかめないし、無人探査機のカメラや計器の探索能力は、いまだに人間の網膜と勘に及ばない。だから、人を乗せることは当然とされた。

問題なのは稼働時間だった。潜水艇を一時間海底で稼働させようと思うと、一日がかりの仕事になる。往復の沈降と上昇に時間がかかるだけではない。母船からの着水と揚収はダイバーが必要な大仰な作業だし、高圧と常圧を頻繁に行き来する艇の金属は脆《もろ》くなってしまい、整備が大変だ。

沈めっぱなしにすれば、この問題は解決する。

連続航行時間をうんと延ばすのだ。それも一時間や二時間ではなく、何日もの単位でだ。

そうすれば、乗員の休憩時間を差し引いても、艇は飛躍的に長い時間を作業にあてられるようになる。

そういうコンセプトで、〝デビルソード〟は造られた。日帰りの学術用潜水調査船と、外洋航海をする軍用潜水艦の、中間あたりを狙ったかたちだ。

乗員は二人と決まった。これは、水圧のせいであまり艇殻を大きくできないからだ。学術用潜水船の〝しんかい６５００〟は内径二メートルの耐圧殻に三人を収める。〝デビルソード〟も将来的には海溝近くのＭＨを探すことが予定されており、両端が半球になった、耐圧性の高いチタン合金製のカプセル型艇殻が用意された。その艇殻に詰め込むことのできる乗員の数が、二人ということだった。

二人の乗員を活動させる期限は、酸素や食料やトイレなどの問題や、動力源である固体高分子型の燃料電池の性能よりも、心理的な問題によって決まった。ベッドすら交代で使わなければいけない狭い艇内で、何日も顔を突き合わせていたら、どんなに仲のいい同僚でもけんかになる。まず五日が限度だろうと判断された。

だがこれは、俊機とこなみのペアが乗り込むときには、倍に延びることになった。二人は恋人同士だからだ。それもけっこう仲のいいカップルである。

いくらベッドを交代する必要がないからとはいえ、そんな個人的な事情に頼って潜水艇のようなものを運航するのは、普通に考えれば問題である。だが、彼らの所属する神鳳鉱産の探鉱部はいささかのんびりしていて、気にかけるものは誰もいなかった。

何しろ、まだ海のものとも山のものとも分からないMHを探そうという部門である。夢を食っているような仕事をしているだけあって、大らかで開放的でのんきだった。同じ神凰でも、為替《かわせ》相場と中東情勢と国内需要にアンテナを張り巡らせて、一円の円高円安で怒鳴りあう石油部門などではこうはいかない。

〝デビルソード〟の支援母船〝えるどらど〟が、事実上探鉱部の本拠地となっている。鯛島俊機と見河原こなみも、この部門の要員だ。俊機は民間の観光潜水艇会社から引き抜かれた二十八歳のパイロットで、こなみは国立大学の地学部を出てすぐに入社した二十三歳の研究員である。

俊機は最初から〝デビルソード〟のパイロットに見込まれていたが、こなみが探索員にされたのは、最初は他の人間の代わりだった。しかし彼女に妙な才能があることが分かってからは、めでたく定着した。

六月終わりの太陽もまぶしい太平洋に浮上した〝デビルソード〟は、〝えるどらど〟の船尾に差し伸べられたAフレームクレーンで、海面から吊り上げられた。

トリムタンクに残っていた海水を滝のように吹きこぼしながら、艇体が後甲板に上がってくる。作業艇で先に上がっていた俊機は、頭から上がってくるそれをいつもどおり正面から見つめて、謎の魚人間だなと苦笑する。

何しろこの艇には「顔」があった。

艇首の半球の上に「両目」があり、その間に縦長の「鼻」があり、二つの「鼻の穴」があり、下部には横一文字の凜々しい「口」まである。——目は一基五百ワットのハロゲンライト、鼻は前方ソナーとトランスポンダのケース、鼻の穴はメタクリル樹脂の観察窓だ。口の位置には、〝しんかい6500〟などでは研究用のマニピュレーターがついているのだが、〝デビルソード〟にはそんなものは不要なので、代わりに口そっくりの筒、サイドスラスターが取り付けられた。

マニピュレーターの代わりに、〝デビルソード〟は腹の下にサンプルボウラーを持っている。伸ばすと十七メートルもの長さになるそれが、カジキの角によく似ているので、ハワイの伝説のカジキ〝デビルソード〟にあやかって、この艇はそう名付けられた。——名前負けもはなはだしい命名だったが。

巨大な門のようなAフレームクレーンが後甲板におじぎをして、〝デビルソード〟を格納庫へのレールに乗せた。横から見た姿も、この艇はユーモラスだ。

長さ五・五メートルの艇殻の後ろに骨格だけの胴が長く伸び、四角い浮力材だとかバラストタンクだとか、燃料電池ボックスだとかMHのストックケージだとかがぎっしりと詰め込まれ、後尾に飛行機のような安定翼と、シュラウドリングで囲まれたメインスクリューがある。なんだかますます、皮だけ剝《は》いだ謎の魚人間という感じで、まるでスマートさがない。

みっともないからパネルで覆え、とたまに俊機は思う。

しかし現実的には無理だと知っている。〝デビルソード〟は神鳳が実験的に造った艇なので、あちこちいじるために剝《む》き出しのままなのも仕方ないのだ。その代わりこの艇は、例の可変周波数《VF》ソナーや、その情報とも連動したコンピューター制御の自動航行装置を備えている。〝おとひめ〟のように乗客を殺したりもしないので、俊機はそれなりに〝デビルソード〟を気に入っていた。

物思いにふけりながら、収容されていく〝デビルソード〟を見つめていると、ツナギ姿の巻瀬がやって来てビールの缶を二つ差し出した。

「お疲れ様です。明日の朝まではゆっくり休んでください。酔いつぶれちゃってもいいですよ」

巻瀬練《れん》はこなみの代替要員に相当する、工科大出の青年である。染めてもいないのに薄い栗色の巻き毛をしていて、肌も白くて体も目も細い。この青年とこなみが並ぶと、まるで高校生同士だ、と俊機は思う。二十四歳と二十三歳なのだが。

会話の内容も放課後のようだった。

「こなみちゃん、鯛島さんと仲良くしてた?」

「仲良くって、別にいつもどおりだけど」

こなみがビールをこんこん飲み干しながら、不思議そうに答える。巻瀬はもどかしそうに言葉を継ぐ。

「いつもどおりって言うけどさ、その……やっぱり、ずっと二人水入らずだと、いつもよりも仲良くなるよね」

「水入らず？　やだ、なに考えてるの巻瀬さんてば！」

こなみは頬に血をのぼらせてビールの缶をぶん回す。飲むのは好きだが酔うのも早い。

「そんなヘンなことしてないわよ、私たち！」

「そ、そうなんだ」

「そーなの！　私と先輩はまじめにお仕事してたの！」

まだ缶に入っているビールが巻瀬にばしゃばしゃかかる。照れまくるこなみに追われて、巻瀬が後甲板中を逃げまくる。見ている俊機のほうが恥ずかしくなったので、他人のふりをしてデッキを回り込もうとしたところ、前部からやって来た長身の女と鉢合わせした。

「よう、お帰り」

サンバイザーの後ろに無造作に縛ったポニテをぶら下げて、ワンピースの水着の上に両肩むきだしでウインドブレーカーを羽織り、下には健康サンダルなどつっかけて、とどめにしけった紙巻きをくわえるという、えらくバンカラな格好をした女である。名前は仙山《せんざん》悠華《ゆか》という。

男がいなくて一人でリゾート地に泳ぎに来たやさぐれOLみたいな見かけだが、これでも探鉱部長という肩書きの幹部である。年は三十二で、その年で部長になっただけあって、頭は切れ、生物化学の博士号まで持っている。そして俊機たち〝デビルソード〟運用チームの元締めでもある。さらにすっきりした感じの美人である。しかしやっぱり男はいない。

「こなみちゃんとケンカしなかった？」

「他に聞くことはないのか、あんたたちは」

「他のことは報告書で読めるもの。なにぶん一ヵ月も海の上をうろつき回ってると、ゴシップのネタも涸《か》れてね。こればっかりは黒潮に竿を下ろしても釣れるものじゃなし」

「いつもどおりだ。特に報告することもない」

俊機はこなみの真似をしてみたが、言ったほうも言われたほうも違う意味だと承知していた。

「ふうん。ま、あんたらの若さでは倦怠《けんたい》期にもならんわね」

「想像に任せる」

俊機は軽く片付けた。悠華も強いて突っ込んではこない。俊機より四つ年上なだけあって、泰然としている。あっさり話題を変えてきた。

「それで何、色恋よりも面白いネタがあるってね。白い鯨でも見た？」

「見たよ。何色かまでは分からなかったが」

俊機は、海中で探知した例の浮遊物体のことを話した。それを聞いた悠華は顔をしかめる。

「ありゃ、そんな大物か。しまったな、後で聞けばよかった」

「後って、なんの」

「〝デビルソード〟のログを読んでからだよ。クリーンな状態で生データを見たいじゃない。先入観ができちゃった」

「ああ……」

「うすらでっかい潜水空母みたいなもんが頭ン中泳ぎ出してる。まったく別のものかもしれないのにね。ただの反射影のゴーストとか」

俊機は船べりの手すりにもたれて、後甲板を振り返った。〝デビルソード〟は格納庫に収まり、こなみと巻瀬が笑いながらしゃべっている。

「こなみを口止めしてこようか。巻瀬にしゃべっちまう前に」

「まあいいでしょ。練なら何聞いても予断なくデータ見られるよ。大体、それがなんであったって、私らの業務には直接関係ないし」

「ないかもしれんが、海洋学に結構貢献しそうなネタだぞ」

「誰がまとめんの、それ。あんたがやる？」

俊機は苦笑した。

「確かに。——面白そうだが、俺たちの手には余るかもな。データのままで大学か研究所に回すか」

「とりあえず私がざっと目を通しておくよ。それから、採ってきたサンプルも分析の連中と見ておく。あんたたち二人は休みなさいな。寝るんじゃなくて眠るんだ」

格納庫に歩き出しながら、悠華が命令する。俊機はそれを聞きとがめた。

「えらく待遇がいいね。この場でもう放免なのか、俺たち」

「あれ、練から聞いてない？」

悠華が振り返って言った。

「明日も連続で再出撃。それまであんたたちは休養」

「なに？　なんでだ？」

俊機は思わず聞き返した。悠華は近づいてきたこなみたちに目を留め、ああちょうどいいあんたも聞きなさい、と手招きした。

「私らはこれから、八丈島の近所まで、潜りに行く」

「はあ？　あんなところにMH層が見つかったのか？」

「んにゃ。沈船《かし》探しよ。なんか、貨物船が沈んだんだって」

俊機は首を傾げた。

「意味がよく分からんのだが……それがうちに何の関係があるんだ」

「うちには〝デビルソード〟があるじゃない」

「〝デビルソード〟で沈んだ船を引き揚げるんですか？」

「いやこなみ、そんなことじゃなくてな。――どうして俺たちが船なんか探すのかってことだ。部長、それどこの依頼だ？」

「海保」

短く答えて、悠華はふかーっと紫煙を吐いた。

「海上保安庁か」

「そう、日本国沿岸警備隊《ジャパン・コースト・ガード》」

「うちは鉱脈探しの会社だぞ」

「それに、海保にも海底探査機材を積んだ船はあると思うんですけど」

俊機とこなみが口々に言った。悠華がこめかみに指を当てて、うざったそうに答えた。

「あんたらの意見を聞いてるわけじゃないのよ。これはもう決まったことなの。社長が引き受けた」

「社長が……」

こなみは口をつぐんだが、俊機は折れなかった。

「事故でわざわざ海底探査までするってのも納得いかないな。普通は乗組員への事情聴取だけで済ませるものだろ？」

「ああ、それはまだ無理」

「どうして？」

「生存者が見つかってないんだって」

問い詰めてやろうと身を乗り出していた俊機は、そのひとことで出鼻をくじかれたように沈黙した。デッキクルーの声だけが遠くに聞こえ、こなみがちょっと不安げに俊機の腕をつかんだ。

「小笠原からの船と羽田から出たジェットが現地を回ってるけど、救命いかだ《ライフラフト》のラの字も見当らないし、救難周波も聞こえないって」

ぴん、と煙草を舷側の向こうに弾いて、悠華が木に竹を接ぐように言った。

「沈んだ船は友田海運の自動車専用運搬船。五万六千トンのばかでかい船だよ。ああ、それ以上聞かんとって。実は私も詳しいことは知らんのよ」

こなみがはっと顔を上げた。

「それ、なんて船ですか？」

「〝トランスマリン7〟」

悠華がそう言った時、腕をつかんでいたこなみの体がぴくりと震えたのを、俊機は感じた。

悠華は話を打ち切るように、片手を上げて背を向けた。

「まあそんなわけだよ。あんたらにはあと十二時間あげるから、しっかり休みなさい。——あっと、忘れてた」

五、六歩行ってから、悠華は振り返った。

「こなみちゃん、新脈発見おめでとう。社長には私から、これでもかってぐらい売り込んどくからね。——ほら、練！　行くよ」

「じゃ、また後で」

巻瀬と悠華が格納庫に去っていくと、俊機はやれやれ、と肩をすくめた。

「やっと名古屋に帰れると思ったのにな。もうひと働きか」

「……」

「あと十二時間だと。俺はとりあえずシャワーでも浴びに行くよ。ずっと拭くだけだったからな。その後で、一緒に飯食うか？」

「……お風呂、一緒がいいです」

「ん？」

甘えづいてるな、とからかおうとした俊機は、こなみの顔のこわばりに気付いた。

「……どうした？」

「先輩が」

「俺が？」

「先輩じゃなくて昔の先輩が……私が沖縄にいた時の人が」

こなみはゆっくりと顔を上げて、現実を受け止めきっていない、曖昧な笑顔で言った。

「〝トランスマリン7〟、乗ってたはずなんです」

しばらく俊機は見つめていた。じきに船が傾き、こなみも傾いたので抱きとめる。

〝えるどらど〟が、その海へと向きを変えたのだった。

3

かん、こん、かん、と乾いた音が鳴っている。

こなみは目を覚ました。手探りで枕もとの腕時計を取ると、朝の四時半だった。起き上がってベッドのカーテンを開ける。常夜灯の橙《だいだい》色の光に満たされた船室の床に、ビールの空き缶が転がっていた。それが十秒ぐらいの周期で、あっちとこっちの壁の間を往復している。こなみを起こしたのはその音だった。

空き缶が転がるぐらいだから、結構うねっているようだった。飲んだ翌朝の腐った頭で、こなみはしばらく考えた。部屋の傾きで大体の波の高さはわかる。——せいぜいシーステート三ぐらいかな。〝デビルソード〟は四まで運用中止にならないから、出る準備をしないと。

普段からあまり片付けない。船の乗員の唯一のプライベートエリアといえるベッドは、こなみの場合、大都市港の岸壁と化していた。人間活動に付随する様々な物が流れ着いている。

その漂着物をもそもそと漁って、たぶん洗濯ずみだと思われるハーフパンツとセーラージャケットを掘り出して、下着で寝ていたから何も脱ぐ必要もなく、そのまま身に着けた。ベッドから床に降りてサンダルを履く。

〝えるどらど〟に二つある女部屋の一つである。個室ではなく、二段ベッドの上ではルームメイトが清潔な白いパジャマを着て、赤ん坊のようにすやすやと寝息を立てている。三十二歳にもなる女がどうしてそんな風に眠れるのか、毎度こなみに疑問を抱かせる相手である。つまり悠華だ。

出動の朝は彼女のほうが先に目を覚ますはずなのに、まだ寝ている。あれ珍しいと思ったところで、やっとこなみは思い出した。

通常の出動ではないのだった。沈船の捜索だから、サンプルリターンの機器の用意をする必要はない。

「なあんだ……」

すとん、とこなみはベッドに腰を下ろした。

俊機と巻瀬もまだ寝ているだろう。起こしに行くのも気が引ける。

手持ち無沙汰のまま、しばらく震動を味わう。船の部屋はいろいろな揺れ方をする。時化《しけ》の時は風波の当たるガツンと激しい衝撃があるが、今感じるのは、うねりによるゆったりした傾きと、船のディーゼルの絶え間ないジンジンいう震えだ。どれも好きだが、特にディーゼルのそれは、子守唄のように好きだった。

あと一時間ばかり、それを味わいながらまどろむのもいい。だが、こなみは立ち上がった。朝の海風を、久しぶりに浴びたくなったのだ。

悠華を起こさないようにドアを開け、パイプの走る通路を抜けて、右舷のデッキに出た。湿った潮の香をたっぷりと含んだ清澄《せいちょう》な航行風が、髪を巻き上げた。

「うふーっ……」

嬉しげに目を細めて、こなみは船首に歩き出す。力航する〝えるどらど〟の舳先《へさき》が、ざあん、ざあん、と白波を巻き上げ、霧のように細かな水滴が舷側を越えて飛んで来る。この船は民間の調査船のくせに、どういうわけか型破りな馬力を備えていて、全速で二四ノットを出すことができる。多分それを出している。

船首甲板に出て、それでも止まらずにウインチドラムを避けてのたくるロープをまたいで、舳先の手すりまで行った。

それから阿呆のように半口開けて、最高級のガラスのように黒く透明な海と空が、針よりも鋭い白金色の曙光《しょこう》に切り開かれていく様を見つめた。

日の出は左舷の方角だった。こなみは物心ついた時から家の前の浜に同じ光景を見てきたが、何千回も見たのに一回として同じ有様だったことはなく、そのたびにみぞおちがわななくような嬉しさを覚えるのが常だった。

今朝もそれが震えていた。

「このやろー……」

そう漏らす。いつもそうなのだ。何がこの野郎なのだか自分でもよく分からない。だが、こなみにとって海とは、未知を秘めてはいても不可侵のものではなかった。そこに分け入り、目を開き手を伸ばせば、必ず何かを手に入れることができる、そういう世界だった。

それを俊機によくからかわれる。怖いもの知らずめ、と。

俊機は、他の多くの人間と同じように、こなみとは違っていた。彼も海と親しい人間だ。だが、こなみほど海に近くはない。自分の手が、人間の手が届かない場所が海にはある、そう信じて畏敬《いけい》の念を抱いている。

抱きながらもそれを自覚し制御している。海に向き合う姿勢がある。だからこなみは、俊機が好きだ。ある一定のところまでは、彼はこなみと一緒だから。

そういう人が前にもいた。

櫛本、隆次だ。ちゃんと覚えている。最後に会ったのは五年も前、大学受験のために上京した時だったが、いかにも船乗りという日焼けした感じの顔も忘れてはいない。

沖縄の地元中学で二年違いだった。気象部という、名前だけはご大層だが実際はしょっちゅう校外へ遊びに行くだけの部活で知り合って、仲間と一緒に半年騒いだ。台風観測で風力計を立てて吹っ飛ばされて校舎のガラスを割ったのが一番の思い出だ。その後、卒業した彼は上京して商船高校に入り、四年後にたまたま横浜でこなみと出会っただけで、以後は音沙汰も無かった。

近くにい続けて、俊機と会わなければ、彼とつき合っていたかもしれない。ある意味性格の悪い面もある俊機と比べて、隆次は人好きのする本物の二枚目だった。それに気付かないほど当時は子供だった。今が大人だとして、だが。

その彼が乗った船が沈み、そこに向かっている。

奇遇なのだろうが、それほど変だとも感じなかった。彼はずっと海にいたし、こなみもまたそうだったから。同じ世界で生きていたのだから、どこかでぶつかるのも当たり前だ。

まさか、向こうが沈んでからとは思っていなかったけれど。

着実に明るくなっていく朝の中で、じっと立っていたこなみの背に、がらがらのだみ声がかけられた。

「鯛島とケンカでもしたのか」

「……船長さん」

振り返ると、ビヤ樽のような体型のギョロ目の男が立っていた。好き勝手な格好をしていることが多いデビルソードチームとは違って、のりの利《き》いた白い制服を隙なく着こなしているが、どちらかといえば横縞のシャツと眼帯が似合いそうな不穏な容貌である。〝えるどらど〟船長の伯方生然《はかたしょうぜん》だった。

「みんなそればっかり。ケンカなんかしてませんよ」

「そうか？　じゃ、何があったってんだ」

「何って、何かあったように見えますか？」

「いや……ちょっと寂しそうな感じだったからな」

伯方は言葉を濁した。彼にしては押しが弱いので、こなみは何の用か聞き返そうかと思った。だがあることに気付いた。

伯方の背後にそびえる船橋楼のブリッジで、当直航海士たち数人が、こちらを凝視している。こなみと目が合うと、あわてて双眼鏡を構えてあちこちに視線を飛ばした。

その妙なそぶりで分かった。

「もしかして、私が飛び込むと思ったんですか？」

「いや、な。こなみに限ってそれはねえと思ったが、連中がわいわい言うもんだから」

だからわざわざ、船長自らがブリッジから降りてきたのだ。口調は伝法だが意外と気配りが細かい。

そういう伯方たちがこなみは好きだった。

「飛び込んでも泳いじゃいますよ」

こなみは笑った。

「これから行くところにね、私の昔の知り合いがいるんです」

「ほほう。……沈んだ船にか？」

「そう。……『いた』って言わなきゃいけないのかな、もう」

こなみは視線を水平線に戻した。一瞬、海面に没したばかりの船のような影が、数十メートル横を通り過ぎたが、何かの魚の群れらしかった。

「だから、きちんと調べなきゃいけない。泳いだりしてるヒマはないんです」

「偉いな、こなみは」

深々とうなずいて、伯方はこなみの背をぽんぽん叩いた。

「しっかり調べようぜ」

「はい」

白々と明け渡る海原に、〝えるどらど〟が太く霧笛を響かせ、速度を落とし始めた。それに応えるように、どこからかもう一声、霧笛が聞こえてきた。

二人が海原に視線を巡らせていると、飄々《ひょうひょう》とデッキを歩いてくる、ワイシャツ姿の猫背の男が目に入った。

「先輩！　おはようございます！」

「おはよう。やっぱりここか」

手を上げながらやって来た俊機が、こなみの頭に手を置いて、伯方の隣に並んだ。同じように左舷の水平線を見る。

「来ましたね」

夜が速やかに駆逐されていく海上に、純白に輝く鋭角的な船影が近付きつつあった。

マストには、凹型のメッシュアンテナを始めとするいくつものレーダーアンテナが回り、前甲板に高々とそびえる楼では、いかめしくも二連装の機関砲がこちらをにらんでいる。

軍艦に近い精悍《せいかん》さを備えたその船は、見間違えようもない、海上保安庁の巡視船だった。

こなみが不安そうにつぶやいた。

「おっきい。……こっちより大きいんじゃないですか？」

「ああ、五千トン以上あるな」

「〝しきしま〟だ。海保最大のヘリ巡だよ。シュペルピューマを二機も積んでる」

「最大の……？」

俊機は何かに気付いたように伯方を振り返った。

「船長、どうも気になるんですが」

「なんだ」

「この件、変じゃありませんか。あんなうすらでかい巡視船を出してきたり、わざわざうちに船体を捜させたり。普通の海難事故ならよっぽどのことがない限り、外洋に沈んだ船体を捜したりまではしないでしょう。捜すにしても、民間に頼む前に、まず同じ役所の、海技センあたりに持ち込むのが妥当なやり方だ。あそこなら一万メートル級の無人探査機もあるし――」

「もう持ち込んでるよ、海保は」

「え？　――聞いたんですか、センターに？」

「海保がコンタクトしたのは確かだ。しかしその内容までは聞けなかった。海技センの潜水艦隊の連中とは古いつき合いなんだが。しかしおまえ、昨日から今まで何も調べてなかったのか」

伯方が馬鹿にしたように言ったので、俊機は思わず力が抜けてしまった。

「気付いてたんですか」

「当たり前だ。嵐が読めんで船頭が勤まるか」

伯方は人の悪い笑みを浮かべた。

「最初っから荒れる気配がしてたよ。営業を通さずに、直接うちの社長に声をかけられる人間を用意したところからしてください。それにあの急ぎっぷりも怪しい。もう魚の住みかになっちまった船を捜すのに、なんで母港にも戻ってない〝えるどらど〟を引っ張り出す必要がある？　こいつは異常事態なんだ」

「はあ……」

　毒気を抜かれて俊機は聞いてみた。

「じゃ、何が起こってるんだと思います？」

「さあて」

　伯方は視線を逸らした。〝しきしま〟を指差して、関係があるような、ないようなことを言う。

「あれもたいした船だよなあ。エリコンの三五ミリ砲が二門に、二〇ミリガトリングが二門だ。頭の上でぐるぐる回ってるのは、戦闘機も見逃さない対空レーダーだぜ。ああ、おっかねえ」

「戦争しちゃうんですか？」

　俊機にぴったりくっついたこなみが、心細そうに言った。きょとんとしてから、伯方は爆笑した。

「いやいや、こなみ。心配せんでも〝えるどらど〟であいつと事を構えるような成り行きにはならんよ。——しかし、万一そんなことになったら、おまえたちには〝デビルソード〟であいつの腹に穴を開けにいってもらおうか」

　天に抜ける伯方の笑い声に、爆音が重なった。

三人が顔を上げると、〝しきしま〟の方角からやって来た機影が、マストをこするような低空で頭上を横切り、四翔《しょう》のローターに朝日を散らして旋回を始めた。ずんぐりした胴の後部にバルジを備えた、大型のヘリコプターである。

「……わあ、おっきい！」

「降りる気か？」

「そうだ」

伯方がうなずき、俊機の肩を叩いた。

「一人、朝飯を食いに来ることになってる。おまえたちが出迎えて、食堂まで連れてこい」

「俺たちが？」

「どうせ暇だろうが。あちらのお目当てはおまえたちなんだ」

そう言うと、伯方は小太りの体を揺らしてひょこひょこと去っていった。

二人は顔を見合わせて、後部へと向かった。

〝えるどらど〟の後甲板は一応フラットだが、〝デビルソード〟運用のためのクレーンと機材でごちゃごちゃしている。ヘリコプターが降りられるようなスペースなどないのだが、その点、客は慣れたものだった。救助用のホイストとロープを使った懸垂下降で、一人の男が鮮やかに滑り降りてきた。

「第三管区海上保安本部、一等海上保安正の折津《おりづ》柾宗《まさむね》です。よろしく」

半袖のワイシャツに紺のスラックスの制服を着た、三十代前半と見える男が、そう言って格式ばった敬礼をした。

俊機はかすかな違和感を抱いた。なんとなく、わざと肩を下げて適当な挨拶をする。

「〝デビルソード〟パイロットの鯛島です。こっちは探索員の見河原」

「は、初めまして。見河原こなみです！」

こなみは変な気を利かせたのか、ぴんと背筋を伸ばして答礼を返した。馬鹿、とその頭を小突いていると、頭上のヘリがタービンの轟音を高鳴らせて、軽やかに上昇していった。

「こっちです。どうぞ」

俊機は先に立って歩き出した。ハッチに入りながら、それとなく探りを入れる。

「船がすぐそばまで来ているのに、ヘリでご来訪とは豪快ですね」

「〝わかたか〟はこれから別の船へ向かいます。私は出掛けに便乗しただけですよ」

「近くに別の船が？」

「〝照洋〟が先行しているんです」

俊機は少し首をひねった。〝照洋〟とはどんな船だったか。思い出せないまま適当に言葉をつなぐ。

「僕は保安庁の階級はよく知らんのですが、一等ホアンセイっていうのは偉いんでしょうね」

「さあ、別に偉くはありません。二百トンぐらいの一番小さい巡視船の船長ぐらいですか。確かに海保の階級は分かりにくいです」

船長クラスなら結構な身分じゃないかと口の中でつぶやいていると、こなみが気がかりそうに袖を引っ張って、小声で言った。

「先輩、さっきからどうしたんですか。なんか失礼です」

「ああ……悪い。気をつける」

そう答えた口先とは裏腹に、俊機は警戒心を抱き始めていた。思い出したのだ。〝照洋〟は海保の保有する、就航してまだ五、六年にしかならない新しい船だ。それも警備や救難用の巡視船ではなく、測量船である。確か、海洋科学技術センター《JAMSTEC》の観測船にも劣らない曳航《えいこう》探査器やソナーなどの装備を持っているはずだった。そんな船が来ているのに、どうしてこっちへ尻を持ち込んでくるのか。

そういう深い洞察もあったが、もっと簡単な理由でも俊機は身構えていた。どうも折津は、一筋縄ではいかない感じがするのだ。

「こちらです」

食堂に入ると、伯方と悠華がテーブルから立ち上がった。なぜか、いつもは同席している一等航海士や通信長、機関長などの士官たちが、別のテーブルについている。

俊機たちは士官ではなく部員だから、隅のテーブルに引き下がろうとしたが、ふと足を止めた。伯方が不器用なウインクをよこしたのだ。

何か企んでいるらしかった。俊機は回れ右したこなみを引っ張って、その場にとどまらせた。

「〝えるどらど〟にようこそ、船長の伯方です。こちらは探鉱部長の仙山といいます。たいしたおもてなしはできませんが、ま、どうぞ」

伯方の挨拶に、さっき俊機に見せたような、きびきびした名乗りを折津が返した。一同はテーブルにつく。伯方が妙にへらへらした口調で、念を押すように言った。

「本船は官庁の船とは違って民間船でしてねえ。それも神鳳の中でも一等風変わりな船で通ってましてね。朝食の作法もちょっとみっともないところがあるんですが、気になるようでしたら遠慮なくおっしゃってください」

「いえ、おかまいなく」

折津は涼しげな笑みを浮かべて言った。優等生だなと腹の中で俊機が思っていると、厨房からボーイの服装の司厨手が皿を持ってきて、テーブルに置いた。

俊機は目をむいた。

朝からなぜかカレーだった。それも、平皿のライスとボウルに入れたソースだった。とどめに、しっかりとスプーンがなかった。場違いに亜大陸な本格カレーだった。

どうするんだ、と俊機は思った。

どうもこうもなかった。

「それじゃ失礼して。——いただきます」

伯方は月の半分はそうしてますとでも言わんばかりに、右手で平然とライスをつまんでカレーソースにつけ、むしゃむしゃ食べ始めた。呆れたことに、悠華まで一緒になって、マニキュアをした細い指をどっぷりと混濁物に突っ込んで、うやうやしく手づかみで食べている。

「あ、あの船長さん、これ?」

ぽかんとしながらこなみが聞くと、伯方は柔和な笑みを浮かべて言った。

「本場の食べ方をしたほうがおいしいよな」

「ああ! それもそうですね!」

もともとなんでもやってみような娘である。嬉々として異文化の流儀で食べ始める。

折津は俊機の隣だった。こちらを見る目が、猛烈に動揺していた。

「あのう……この船ではいつもこうなのですか?」

「ええそうですよ」

俊機は即答して、やけっぱちで手づかみ食いを始めた。

いつもこうでたまるかと思っている。いや、この船の人間がふざけ好きなのはいつものことだが。にしてもこんな子供っぽいことをするなよこのおっさんは、と思っている。

明らかにこれは、折津に揺さぶりをかける手だった。

伯方の目論見どおり、折津は困っているようだった。周りをうかがい、おそるおそるライスに手を伸ばしながら、用談に入ろうとする。

「ええと……早速ですが、現場海域に着いた後の打ち合わせを――」

「左手は不浄の手ですわ」

どこの重役秘書だと疑うほど優雅に、悠華が折津の左手を押さえた。折津は感電したように手を引っ込める。

「こ、これは失礼を」

「〝デビルソード〟投入位置の決定と運用指揮はうちでやりますよ」

滑り込むようにさらりと伯方が言った。

「そちらの手をわずらわせるまでもありません。目的船の大体の位置さえ教えていただければ。つかんでいるんでしょう？」

「は、それはまあ……〝照洋〟が入っていますので」

「〝しきしま〟は生存者の捜索を？」

「いえ、それは〝しきしま〟の任務ではなくて――」

「えっ、もう捜索を打ち切っちゃうんですか？」

「いや、捜索は別の船艇が引き続いて」

「ほう、すると〝しきしま〟は何のために来たんです」

「それは警備行動のためでして……」

それを聞くと、伯方と悠華が同時に顔を上げた。はっと折津が表情を変える。釣れたな、と俊機は察した。

「警備行動ですか」

「いえ、それは……」

だが伯方はまだ突撃をかけなかった。悠華が別の方向から試し撃ちをする。

「〝デビルソード〟は千メートル級の中深海で運用する艇です。九千メートルの小笠原海溝や、五千メートルを越えるここらの大洋底に潜る装備はまだありませんけど、よろしいんですか？」

「は、いえ、はあ」

急な回り込みを食らって折津はうろたえる。悠華が追う。

「海洋科学技術センターに依頼したらどうでしょう？　あちらは潜水機材も充実していますし。一万メートル級の無人機もありますけど」

「〝かいこう〟ですね、照会はしました。しかしあれは今チリ沖で」

折津はなんとか持ちこたえる。

「他の〝ハイパードルフィン〟や、有人の〝しんかい6500〟も、運用中でこちらには来られないのです」

「〝ハイパードルフィン〟は予備機があったと思いますが、全機ふさがっていましたか。横須賀だからここへも近いでしょう」

今度は俊機が横から攻めた。折津は口ごもる。

伯方が素早く言った。

「三陸沖？」

また折津が表情を動かした。

「三陸沖で五日前、苫小牧《とまこまい》行きの木材チップバルカーが沈みましたな。――海技センの機体はそちらに回しているのではないですかな」

それは俊機も聞いていなかった。切り札だったのだろう。折津は沈黙している。もうカレーなど放っといて、伯方が金壺《かなつぼ》まなこをぐりぐりと見開いて、折津を見つめた。

「率直にお聞きしたい。五日前、バルカーの〝第九天元丸〟が沈み、昨日未明〝トランスマリン7〟が沈みました。三陸沖では早くも潜水調査の準備を進めていて、こちらの海域でも足の遅い測量船の〝照洋〟がすでに先行している。私らを呼んだということは、〝デビルソード〟でも到達可能な深度の海底に沈んだというところまで、位置が絞り込めているんですな。さらにそこに、プルトニウム輸送船の護衛も可能な、重武装の〝しきしま〟

がやって来た。――この手回しのよさと警戒ぶりは、実に不思議だ。私は考えましたよ」

伯方はずばりと言った。

「テロではありませんか？」

それを聞いて、ようやく俊機は腑に落ちたような気がした。

これは事故ではなく、故意なのかもしれないのだ。海保の妙な動きはそのためだと伯方は考えた。もしそうならば〝えるどらど〟にも危険が迫ることになる。

だからこんな手の込んだ真似をしてまで、折津から話を聞き出そうとしたのだろう。

「爆弾で沈められたという可能性もある。そこのところをはっきりしていただかないと、私らとしても協力しにくいですなあ」

伯方と悠華が、じっと折津を見つめた。

折津は迷っているらしかった。それはそうだろう。これが犯罪だとすれば、少なくとも二隻の船と二十人以上の人命に関わる大事件だ。彼の地位がどの程度であれ、独断で公開するのは難しいに違いない。

俊機は、伯方がかすかに舌打ちしたのに気付いた。追い詰めすぎたかな、という顔だった。

だが、せき止められた流れを意外な人物が再開させた。

「あの……折津さん、私たちをだまそうとしたんですか？」

こなみだった。保健所に連れていかれる子犬のような顔で折津を見つめている。

折津がふっと苦笑した。

「だまそうとなんて、していませんよ」

「ですよね。だめですよ船長さん、そんなにいじめちゃ。折津さんたちだって、一生懸命、事故の原因を調べてるんですから」

悠華がため息をつき、伯方は毒気を抜かれたように肩をすぼめた。俊機はこなみのあごに手をかけて、くきっとこっちを向かせた。

「あたっ。何するんですか！」

「あのなこなみ、おまえ分かってるのか？」

「分かってますよ。悪い人間が〝トランスマリン7〟を沈めたかもしれないっていうんでしょ？」

こなみは憤然と言った。

「だったら力を合わせて仇討《かたき》ちしなきゃいけないじゃないですか！」

「仇討ちってな……おまえはただの探索員なんだぞ」

「探索員でも船乗りです！　海に生き海に死ぬ仲間です！」

いきなり折津が笑い出した。一同はあっけに取られ、よそのテーブルで聞き耳を立てていた他の士官たちまでこっちを見る。こなみは、これがほっぺたを真っ赤にして怒った。

「なんですか折津さん！　女が船乗りで文句ありますか！」

「いや、何も、文句など、とんでもない」

肩を震わせて笑ってから呼吸を整えて、折津は何度もうなずいた。

「失礼しました。別に馬鹿にしたわけじゃないので……」

「じゃなんですか！」

「あなたみたいな立派な〝船乗り〟は、うちでも見たことがない」

こなみは急に体を引っ込めて、もじもじした。

「そ、そうですか？」

「ええ。……いや、分かりました。そうですね、我々は同じ船乗りだ。疑心暗鬼にかられていちゃいけない」

折津は伯方に向き直って言った。

「認めましょう。我々は海事犯罪の可能性も考えに入れています」

「そ、そうですか」

意外な展開に驚きながら、伯方はうなずいた。

「しかし、それだけを考えているわけではありません。テロや保険金詐取にしては不自然な点もあるのです。隠密調査や〝しきしま〟の派遣は、あくまでも用心なのです。正直に言って、まだ何も分からないのです」

「はあ」

「だからこそ、保安庁の人間が直接、潜水調査をして、肉眼で沈船を確かめたい。それこそ、我々があなたがたに頼みたいことなのです」

「あなたがですか！」

声を上げた俊機に、折津はうなずいた。

「ええ、私が行きます。〝トランスマリン7〟は、小笠原海溝のすぐそばの、水深千五百メートルほどの海山の上に着底しています。ぜひともあなたがたの協力が必要です。お願いできますか？」

テーブルを視線が飛び交った。伯方が、悠華が、俊機が迷う。

だが、結論は決まったようなものだった。――いかに〝えるどらど〟のクルーが人を食ったような面々ばかりだといっても、船乗りには違いないのだから。

一番立派な船乗りが言った。

「先輩、沈みに行きましょう！」

目が輝いている。俊機はそちらへちらりと目をやって少し考え、それから反対を向いて折津を見つめた。

「……ええとね、折津さん」

「はい」

「俺たちはいつもいつも、手づかみでカレー食ってるわけじゃないんです。嘘ついてすみません」

「ははあ」

面白そうに笑った折津の前で、悠華が気取った顔をやめてぞんざいにナプキンで手を拭い、伯方は厨房を振り返って、おいスプーン持ってこいと怒鳴った。

すっ飛んできた司厨手からスプーンを受け取ると、俊機は残りのカレーライスをがつがつとかっ込みながら言った。

「これを片付けたら、まともなところもお見せしますよ」

折津がテーブルを見回した。伯方は最初からそうしていたかのように平然とスプーンを使い、悠華が事務的な顔で福神漬けのタッパーを押してよこした。要するに彼らも、無用なハッタリで折津を脅《おど》かすことをやめたのだった。こなみだけは不思議そうにスプーンとカレーを見比べていたが。

「拝見したいですね」

元の真面目くさった無表情に戻って、折津がうなずいた。

4

明るく晴れ上がった洋上で、〝えるどらど〟、〝しきしま〟、そして三一〇〇トンの測量船〝照洋〟の三隻に囲まれて、〝デビルソード〟は海面に下ろされた。

艇内には俊機とこなみに加えて、折津が乗り込んだ。定員二名の〝デビルソード〟だが、今回はせいぜい半日の短期潜航だから問題はない。

初めて〝デビルソード〟に入った折津は、タンデム配置の二席や完全に電子化された操縦機器、真っ赤に塗られた不吉な非常用の酸素ボンベなどが所狭しと配置された艇内を見回して、物珍しそうに言った。

「これで十日間も潜るんですか？　背中が痛くなりそうですね」

「ベッドに横になれば体を伸ばせますよ。手は広げられないが」

「私はどこにいればいいんです」

「ベッドです。腹ばいになっていてください。到着したらこっちの窓を見せてあげますから」

窮屈そうに体を丸めていた折津は後部の居住室に潜り込むと、顔をこちらに向けて横になった。謹直な彼が寝そべっているのは珍妙な感じがして、こなみがくすっと笑った。

「こなみ、ジャイロ較正。SCSチェック。ハッチ閉めたか？」

「閉めました、そんなにいつも忘れないし、忘れたって水圧でくっつきます！　座標零点リセット、自己診断システムスタート。……あ、非常バラストの二番、開放弁が応答なしです」

「なしですじゃない、対策は」

「ええと、艇を引き上げて、アクセスパネルを開けて、絶縁オイルを抜いて導通チェックして……」

「それじゃ電車に乗ってからガスの元栓を見に戻るようなもんだ。二番は回路をカット、今航では固定。万が一のことがあっても、海底まで千五百だから一番を落とすだけで浮上できる。問題はない」

「は、はい」

客の前でみっともないところを見せてしまった。だが折津は静かに見守っている。俊機のきびきびした作業に、かえって信頼感を覚えたようだった。

「潜行開始……」

俊機は浮航用のバラストタンクのバルブを開けた。ブシューッという音とともに空気が抜け、〝デビルソード〟は白い泡に包まれる。海面下に没すると、俊機はメインスクリューと両舷の垂直スラスターを回し、五度の俯角でゆっくりと発進した。

伊豆諸島の強く高い日光が、青白いカーテンとなって窓の外に揺らめいている。五メートルほどの深さに集まっていた数百の銀のかけらが、一糸《いっし》乱れぬ動きでくるりと反転し、一目散に遠ざかっていった。イワシのようだった。

「動力潜行するんですか？　バッテリーがもったいないような気がしますが」

「こいつのPEFC電池は二百五十時間もちます。もともとこの艇は全行程をバラストに頼らず、動力航行で行くように造られているんですよ。自由に上下するためにね。〝じんかい〟シリーズはいったん浮上を始めたら再沈降できませんが、こいつは浮力がプラマイゼロの中性ツリムですから、上る途中で停止もできます」

「たいしたものだ」

「下までほんの三十分です。暇だったらそこのパネルの中のおやつでも食っててください」

「あ、それ私の」

俊機はひじでこなみの膝をつついた。折津が笑った。

「おやつは上がってからにしますよ」

〝デビルソード〟は、毎分五十メートルの速度で速やかに沈降していった。直径二十センチの観察窓からは、さっきのイワシのような小魚や、時に青黒い人体のような大きな魚などがちらりと見えたが、光度が下がるとともに、それらの姿もおぼろな影のように薄れていった。

〝えるどらど〟につなぎっぱなしでスピーカーに通してある水中電話から、サイドスキャソナーで監視している巻瀬の声が流れた。

『鯛島さん、もう百メートルばかり北です。ジャイロ動いてます？』

「こなみ？」

航法のこなみに、俊機は振り返らずに尋ねた。

「分かってます。中層に潮流があるから、流されるぶんを見込みました」

緊張した顔でディスプレイを見つめていたこなみが、もう間違えないぞ、というようにきっぱり言った。俊機は満足してうなずいた。

ピン……ピン……と澄んだ音が一定の間隔で響く。その音に遠慮するように、折津が小声で言った。

「窓は航行の役に立ちませんね。ほんとに潜水艦だ」

「外洋ではぶつかるものなんかありませんから……」

そう言いかけて、俊機は慣れない折津の不安に気付いた。こなみに合図して、彼女の前にアームで突き出されているディスプレイを、背後の折津に向けさせる。

「ちょっと待ってくださいね、今映像を出しますから」

「見えますか？　窓の外は真っ暗だが……」

「ビデオカメラがあるから底に着けば目視できます。今はＣＧです」

こなみがキーを叩く。ベッドにひじを立てて顔を突き出した折津が、ほうっとため息をついた。

十二インチのディスプレイに、まるで航空写真のように明るいカラー画像が現れた。前後左右はるかに長く裳裾《もすそ》を引く、富士山のように整った形の海山を、真上から見下ろしているのだった。

「こいつはすごい。ズームはできますか？　あの上に目標が着底しているはずだ」

「ううん」

こなみが首を傾げた。

「これ、ソナーのデータを味付けした絵なんですよ。きれいに見えるのはテクスチャです。実際はもっと粗い、解像度百メートルぐらいのデータしか取ってなくて」

「ソナー？　音でこんな絵が？」

「さっきからピンピンいってるやつです。マルチナロービームソナー。それが拾ったデータを、コンピューターが絵に直してるんです」

「そうですか……」

半分作り物の絵だと分かってからも、折津は魅入られたようにディスプレイを見つめていた。

黒く涼しい水の中を、〝デビルソード〟はゆっくりと舞い降りていく。俊機は映像を見ていなかったが、深度計の数値で正確に艇の位置を把握していた。九千五百メートルの小笠原海溝の岸辺にそそり立つ山に向かって、千五百メートル上の海上からじりじりと近づいていく艇の様子を。外洋でのこういった作業は普段はあまりない。数字の大きさが、深く広い海の中にぽつんと漂う、自分たちの小ささを実感させた。

「折津さん……怖くないですか」

「多少ね」

ぽつりと折津が答えた。

「臆病だと言われるかもしれませんが……」

「いや、それが普通です。ここは人間の世界じゃない」

「そんなことないですよ」

咎めるでもなく、むしろ不思議そうにこなみが言った。

「私、ほっとします。……ほら、冬なんか、羽毛布団だと軽すぎて頼りないじゃないですか。綿布団がどかっと乗っかってるほうが」

「わけの分からんたとえを使うな」

「えー？　分かんないかなあ」

折津がかすかな笑いを含んだ口調で言った。

「いいコンビですね。……十日間もこの艇で潜行するのはどんなに頼りないかと想像しましたが、あなたたちなら楽しそうだ」

「たっ、たのしっ、楽しいですけどお仕事ですから！」

　こなみは赤くなって手を振り回した。

　どうしてこいつは転ぶたびにパンツを見せるような頓馬なことをするんだと思いながら、俊機は深度計を見て、垂直スラスターの回転数を落とした。紙をこすり合わせるようなモーター音が弱まり、艇は水平に進み出した。

『前方百二十メートルです。気持ち左に』

　巻瀬のナビゲートがスピーカーから流れる。その音声に、さあっと小波のようなノイズが入った。

「〝えるどらど〟、どうした？」

『……D　S　L《ディープ・スキャッタリング・レイヤ》かな……波が不安定……ますか？　これでどうですか？』

「聞こえる、復活した」

『そちらとこちらの間をなんか通ったみたいですね。プランクトン雲かな』

「次にゲインが落ちたら〝照洋〟に中継させろ。あっちにも水中電話はあるだろう」

　言いながら何気なく観察窓の外を見た俊機は、青黒い闇の中に沈むごつごつした岩肌を認めた。

　そこはもう、海山の頂《いただき》だった。さすがに俊機も深度計だけでは足りずに、自分のディスプレイに映像を出した。艇の「鼻」にある前方ソナーと、艇殻の腹に首輪のように巻かれたVFソナーが得た情報を、描画速度優先の殺風景なワイヤーフレームにして、コンピューターがディスプレイに映し出す。

山頂から二十メートルの高さだった。月面を低空飛行する宇宙船からの眺めのような、線画の起伏がゆっくりとディスプレイを流れてくる。出し抜けに、倒れたビルのような角張った構造物が現れた。俊機は反射的にメインスクリューを逆転させて行き足を殺し、同時に艇内照明とディスプレイの光度を最低に落とした。

「着きました！　こなみ、折津さんと替われ。〝えるどらど〟、目標を確認！」

「失礼します」「は、はい」

「カメラの映像にしますか、それとも目視？」

「肉眼で見たいですね」

かご抜けの手品のように体をねじってこなみと場所を替わった折津が、機械席から身を乗り出して、左側の窓に顔を突っ込んだ。俊機は艇の「額」のところにある耐圧ハロゲンライトを点灯し、視界の半分が左側の窓と重なるように並べられた、右側の窓に顔を近づけた。

驚くほど透明度の高い空気のような海水を、純白の光条が貫いた。三十メートルほど先に、ハレーションを起こすほど白い壁がのしかかるように斜めに立ち、何か細長い生き物がひらひらと闇の中に逃げていった。――妙な魚だなと一瞬だけ思ったが、よそ見をしていていい場合ではない。

ちょうど光が切れる視界の左隅あたりに、躍動的な字体のアルファベットが並んでいた。

折津がつぶやいた。

「〝トランスマリン7〟だ……」

窓の外の光景とワイヤーフレームを見比べて、俊機は船の状態を把握した。〝トランスマリン7〟は上下を失わず、前後へも傾斜せず、ただわずかに左舷に傾いた状態で着底しているようだった。自分たちは、その左舷側の船腹を正面に見ている。

「録画します。スイッチは？」

「あ、そっちのパネルでビデオが撮れます。カメラはスラスターの下なんで、水平より上は撮れません。静止画は先輩が」

「パイロットと言え」

またしょうもないやり取りをしてしまったが、折津はもう加わってこなかった。初めて会った時のように冷徹に表情を消して、せわしなく観察窓とビデオカメラの映像を見比べている。

俊機は若干の自己嫌悪を感じながら思い出した。そうだ、漫才をしている場合じゃない。俺たちは重大な犯罪の証拠かもしれないものを見つめているんだ。——犯罪の証拠でないにしても、少なくともこれは墓標だ。自分たちの仲間、船乗りの死の証《あかし》。

「先輩、じゃなかった。パイロットさん。ほら、変なお魚が――」

「こなみ、今そんな場合じゃない」

窓の外を指差そうとしたこなみが、残念そうに手を引っこめた。きつすぎたか、と思ったが首を振って考え直した。――少しは恐れってものを覚えたほうがいい。

折津がぼそぼそとつぶやく。

「見た限り損傷はないな……少しは焼け焦げがあるかと思ったが」

「鋼船が燃えますかね」

「PCCは自動車を満載しています。ガソリンタンクを並べているようなものだ。原因が爆弾か何かならば、沈む前に延焼しているはずですが……」

「どうでしょう」

撮るだけ撮ったと判断した俊機は、微速で艇を進めながら言った。

「その自動車を自走させて積み込むために、PCCは隔壁を持たない造りでしょう。一カ所に穴でも開けば、そのレベルの甲板は一気に浸水する。燃えてる暇もなかったんじゃ……」

「反対側も見ましょう」

折津は慣れない手つきで撮影パネルを操作しながら言った。

「船首からゆっくり回り込んでください。舐めながら撮っていきたいが、これはどうするのかな？　カメラを旋回させられますか」

艇首のビデオカメラは、スーパーハープ管という特殊な撮像管を使ったカメラである。最近はやりのＣＣＤよりも高感度で、ハイビジョンよりも高画質のすぐれものだが、強度的にはＣＣＤに劣るので、俊機としてはあまり振り回したくない。

「それならこっちのほうがいい」

俊機は艇首を沈船に向けたまま、スラスターで艇を横滑りさせ始めた。折津がうなずいた。

「ああ、これなら窓も生きる。ゆっくり……」

自動車運搬船は、全長百メートルを越える巨大な箱のようなものだった。海上では高くそそり立つその船を俯瞰で見下ろすのは、妙な体験だった。

左舷から舳先に回り込む。つい三日前まで悠然と波を割って航行していただけあって、藻の一つも付いていない。今にも進み出しそうな生々しい姿だった。ただ、俊機は妙なことが気になった。

白く塗られた船の鋼板が、ギラギラと光りすぎる気がするのだ。まるで薄いプラスチックの皮膜をまんべんなく貼り込んであるように見える。

錯覚かと思ったが、折津も言った。

「変につやが強くありませんか？　ゼリーが塗ってあるような……」

「そうも見えますね」

「なんでしょうか。藻にしては少し早すぎるが」

舳先を過ぎ、右舷側に回ったところで、三人は息を呑んだ。

「あれは……！」

白く塗られた石壁のような船腹の先、ちょうど船の全長の中央、喫水線の直下あたりに、〝デビルソード〟がすっぽり入りそうな破壊孔が開いていた。誰がどう見ても、それが沈没の原因であることは明らかだった。

「鯛島さん、カメラを」

折津が俊機の肩にぐっと指を食い込ませた。俊機は左膝元に増設されたパネルを叩いて、操縦席のすぐ外に取り付けられた広角カメラの用意をした。照明の光さえかすむような強烈なテルミットフラッシュが続けざまに光り、破壊孔のささくれ立った縁に、白と黒の陰影を浮かび上がらせた。

それまで俊機が想像していた沈没の原因は、積み荷の荷崩れによる転覆だった。重心の高いPCCが転覆することがないとは言えない。だが目の前の光景は、想像を完全に否定していた。明らかに、何者かがこの船を沈めたのだ。

「爆弾ですか？」

「ああ……いや、焦げ跡がないので、まだなんとも……」

眉根を寄せて何かを激しく考えていた折津が、はっと目を見開いて観察窓に額を押し付けた。

「これは！　……おかしい、これはやはり……」

「折津さん！」

俊機も気付き、激しい驚愕を覚えた。まったく予想外の事実がそこにあった。

「あの破断面……中に向けてへこんでいませんか」

「……ええ。私にもそう見えます」

「そんな」

たまりかねたようにこなみが割って入った。

「あの船、外の何かに沈められたんですか？　他の船とぶつかったの？」

「あんな喫水線の下だけに穴を開けるような衝角船《ラム・シップ》が、今時航行しているはずがない……それに届け出もない」

「何なんですか？　まさか、潜水艦とか？」

「それが一番近い。しかし――そうではないんです」

奇妙に断定的な口調だった。〝デビルソード〟をじりじりと破孔の前に横滑りさせながら、俊機は折津を見上げた。

「折津さん、何か知ってますね」

「……ええ」

「何を？」

ふた呼吸ほど折津は沈黙した。それから、低い声で言った。

「沈没の直前に船から通信がありました。いや、途中で途切れたから、まさに沈んでいる最中に……」

「なんと？」

「硬い、化け物だ、と……」

さーっという静かなノイズだけが艇内に満ちた。

「それじゃ、最初から爆弾ではないと分かって……」

「信じていませんでしたよ、誰も。だから調べに来たんです。まさか、本当だとは……」

俊機は観察窓に目を移して、そこに残っている犯人の痕跡を探すかのように、〝トランスマリン7〟のねじ曲がり引き裂かれた分厚い鋼板や、血管のようにぶら下がる電路とパイプや、その奥に墓石のように折り重なる車の列を、食い入るように凝視した。

だがそこには、あってもおかしくないはずの、ぶつかった相手の破片や部品などは一かけらも見えず、ただ切れた鋼の端が、強烈な照明をはね返してきらきらと光っているだけだった。

わずかな潮流があるらしく、〝デビルソード〟はゆっくりと破孔の前を通過し、沈船の後部のブリッジに向けて流されていった。俊機はささやくように言った。

「〝えるどらど〟、聞いたか」

数秒待ってから、俊機はもう一度呼んだ。

「〝えるどらど〟、〝トランスマリン7〟は何ものかに外部から破壊されて沈没した。――おい巻瀬、聞いてるか?」

「先輩、切れてます」

俊機はやっと気付いた。さっきから聞こえていた静かなノイズは、水中電話が不通になっていることを表すものだったのだ。

「なんだ、こんな時に……」

こなみが折津の肩越しに、艇殻の天井部分に取り付けられている電話のチャンネルを切り替えた。何度目かで、いきなり悲鳴のような声がスピーカーから飛び出した。俊機は反射的に、必要もないのにマイクをつかんで言った。

「〝えるどらど〟、どうした?」

激しく走り回るような足音と、何かが床に落ちる音に続いて、巻瀬のあわてたような声が飛び込んできた。

『すみません、鯛島さん! 今、本船は回避行動を取っていて、回線が安定しないんです。これが切れたら三番か六番のチャンネルで呼んでください!』

「回避行動？」

町中で熊に出くわしたような驚きを覚えて、俊機は聞き返した。

「回避行動ってなんだ？　三角波でも来たのか？」

『〝しきしま〟が機関砲を――』ノイズによる中断。『――の射線に本船がかかって危険なんで、距離を――』また中断。

「機関砲？　おい、機関砲ってなんだ！　何が起こった、巻瀬！」

俊機は折津を振り返った。だが彼は、蒼白な顔で首を振るだけだった。

「分かりません。私もそんなことは……」

折津のそばにこなみも身を乗り出していた。息を詰めて見守る二人の前で俊機は水中電話のチューニングをいじり、ようやくもう一度、〝えるどらど〟を捕まえた。

「巻瀬、巻瀬！　説明しろ、何が起こったんだ！」

『……〝しきしま〟が……』

「〝しきしま〟が？」

『浸水してます。ああ、ボートが降ろされた。駄目です、総員退避です』

「退避だって！　沈みそうなのか」

『はい。あいつに機関砲の当たらない懐《ふところ》に入られて……』

俊機は、巻瀬が見ているものを考えた。彼がいるのはブリッジのすぐ後ろの調査指揮室だ。受話器を持ったまま顔を出せば外が見える。

彼の目の前で〝えるどらど〟より大きい船が、腹を食い破られ、逆巻く水に呑まれている。家族も同然の乗組員が叫び合いながら救命ボートに乗り移り、自分たちの家が沈んでいく様を、なすすべもなく見つめているのだ。

「何があった！　あいつってなんだ！」

『後で詳しく話します。とにかく、急いで戻ってください。今ならあいつがどこかへ行っています。またあいつが来る前に……』

またしてもノイズが走り、水中電話は沈黙した。今度はいくらチャンネルを変えても出力を上げても、うんともすんとも言わなかった。

「ちっ……」

俊機は頭上のパネルを叩くと、足の間のジョイスティックに手をかけた。

「戻りましょう。どうやら調査どころじゃないようだ」

その時、折津の隣に無理やり体をねじ込んで窓を覗いていたこなみが、ひゅっと妙な音を喉から出した。振り返った俊機は、彼女が張り裂けんばかりに目を見張っているのを見て、同じように窓の外を見た。

旋回する〝デビルソード〟の外で動いていく視界を、意外な近さで、白いビルのようなものが横切った。〝トランスマリン7〟のブリッジだ、と俊機は気付いた。その端、ブリッジウイングのあたりに、何か人間ぐらいの大きさの黒いものが引っ掛かって、風を受けているようにふわりとなびいていた。

旋回を続ける〝デビルソード〟からは、すぐにそれは見えなくなった。俊機はトリムを微調整し、上昇に移った。

「先輩」

「ああ……」

「先輩じゃなくて、私の昔の……」

どっと、こなみが俊機の肩に倒れ込んできた。

「いましたよね、あそこに、先輩が」

「服だけだ。誰のか分かりゃしない」

「海は怖いって言ってたんです。大丈夫って言ったら笑われたんです。ちゃんと怖がれって。……あの先輩が、こんなとこに……」

彼女は泣いていた。〝えるどらど〟の船上で思い出していたことが、今見た現実にくっきりと重なっていた。

「私……分かんない。あれ、何なんですか？　なんで海にあんな怖いものがいるんですか？　おかしいです」

折津は葬式の参列者のように沈黙している。俊機はそっとこなみの肩をつかむ。投光器に切り払われていく暗い海水の壁を見つめる。

〝トランスマリン7〟を沈め、そして今また〝しきしま〟を襲ったものは何なのか。それは同じものなのか、別のものなのか。何が目的で、何をしているのか？

無限の海は答えない。不意に光の中に現れた帯に似た奇妙な魚が、嘲笑《あざわら》うようにひらりと舞って消えた。

Part 2

みなそこのきば

1

うねりに合わせてゆっくりと上下していた浮きが、ぷるぷると震えた。

横からちらちらと覗いていた巻瀬が、目を凝《こ》らして首を突っ込んできた。ノースリーブのワンピースを着て麦わら帽子をかぶったこなみの肩を叩く。

「こなみちゃん、こなみちゃん！」

「……え？」

「引いてる引いてる！」

水平線から一〇度ほど上を見つめていたこなみは、海面に目を落として、無造作に腕を上げた。ずぼっと身も蓋もない乱暴さで糸が引き抜かれ、浮きが宙に舞った。

もちろんそんな大ざっぱな合わせでは魚はかからず、餌を取られたハリだけが、立てた竿からぶら下がった。

巻瀬がため息をつく。

「あーあ、せっかく来てたのに……」

帽子のつばの陰からこなみは無表情にハリを見つめて、それを手に取った。船底の餌箱を開けて中を見る。足の生えたミミズのようなゴカイがにょろにょろとうごめいている。つまんで、ぶっ刺して、放り投げた。

とぽん、と波紋が広がり、しばらくして浮きが立つ。その海面をまた、大きなうねりが横切っていった。

小さなボートも一緒に揺れる。巻瀬は船べりに手をついてバランスを取りながら、ぼーっとしていながらもふらつくことだけは絶対ないこなみを、心配そうに見つめた。

「大丈夫？　こなみちゃん」

「何がですか」

「何がって。二カ月前に八丈島沖から帰ってから、ずっとそんな感じじゃない」

「そんな感じって」

「自覚ないの？　熱でもあるみたいに見えるんだけど」

「そんなことありませんよ」

こなみは巻瀬を振り返り、ようやく意志が感じられる笑顔を見せた。

「私、平熱です」

「熱はなくってもね……何か気になってることがあるんじゃないの？」

そう言ってから、巻瀬は遠慮がちにつけ加えた。

「あの櫛本って人のこと？」

「……そうですね」

定期的にやって来るうねりで揺れる浮きを見つめて、こなみはつぶやくように言う。

「櫛本先輩のことは今でも悲しいですけど……それだけじゃないですね」

「じゃ、なに」

「裏切られたみたいで」

「誰に？」

「誰って、人じゃありませんよ」

こなみは浮きの下の海水を射貫こうとするかのように、じっと視線を据える。

「——海に」

それは巻瀬も聞いている。

分からないのは、なぜ彼女がそこまで、この広大で容赦のない世界に心を奪われているかということだった。

ベース所属の人間の例に漏れず巻瀬も釣りが好きだが、彼女を誘ったのは、むしろそれを聞くためだった。だが、こなみの返事は雲をつかむようで、はっきりした手応えは得られていない。

大体僕の仕事じゃないんだこんなのは、と巻瀬は腹の中でぼやく。彼は俊機のように自信を持って人の心に切り込むこともできないし、悠華のように理詰めで相手を説くこともできない。ましてや海千山千の伯方のように、老練な罠を仕掛けて本音を引き出すことなど、思いつきもしない。

できるのは率直に自分を見せて同情を誘うことだけだ。

「こなみちゃんが沈んでると、僕も悲しいんだけどなあ」

「沈んでませんって」

懸命な巻瀬の問いかけに、さすがに何かアピールをして見せる必要を感じたのか、こなみはやにわに立ち上がって、ぶんぶん腕を振り回した。

「ほら、元気元気――わととと!」

ざざあ、とひときわ大きなうねりがボートに噛みつき、船べりが水につかるほど揺さぶった。見事にこなみは放り出される。

「きゃわ!」「こなみちゃん!」

かろうじてかかとを船べりに引っ掛けたこなみを、手を伸ばした巻瀬が引き戻した。麦わら帽子がはね飛んで、ひらひらと熱い空気の中を舞った。二人で船底に転がって、はあはあと息をつく。

「まったく、魚を追っ払うだけならともかく、こなみちゃんまで持ってっちゃう気か」

いまいましそうに呟《つぶや》いて、巻瀬は前方の海上をにらんだ。

灰色の楼閣のようなたくましい鋼鉄の船体が、高く波を持ち上げて進んでいくところだった。

鋭角に尖った舳先から後方に伸びる舷側は直線に近く、いかにも船足の速そうな印象を与える。艦首甲板に陣取って空と海の境をにらむのは、一三海里かなたに毎分四十発の砲弾を撃ち込むOTOメララ一二七ミリ砲だ。加えて舷側に抱えた短魚雷発射管や、側方の空を斜めに見上げるハープーン対艦ミサイルもいかめしいが、この船の価値は中央の艦橋楼にこそある。

大きくて塊感のある、奇妙にのっぺりした台形の艦橋楼。その前面左右に、破れ穴を繕《つくろ》うあて布のような、巨大な八角形の板が張られている。半径一〇〇海里の空に電子の視線を届かせるフェイズドアレイ・レーダーだ。その目と艦内の電子指揮設備によって周囲の航空機をことごとく捕まえ、自分のみならず艦隊すべてを空の脅威から守る、それがこの艦の真骨頂だ。

海上自衛隊のイージス艦だった。

その後ろには東南アジア行きらしい、鉄の箱を甲板上まで山積みにしたコンテナ船を始めとする、何隻もの船団が数珠つなぎにくっついている。陽光うららと降りそそぐ八月の名古屋港に、さっきからたびたび大波を引き起こして二人のボートを揺さぶっているのは、遠く太平洋を越えて地球の向こうの国へと向かう外航船団と、それを守る護衛艦だった。

そう——近頃の日本では、軍艦が商船を守ることが当たり前になっていた。

「なんだ、大砲なんか乗っけちゃって大げさな」

目の前を横切る176と書かれた艦番号に、巻瀬は言葉をぶつける。ただ、あまり力はない。軍艦そのものではなく、それが必要な状況に対して言ったようなものだった。

それから、ふと思い付いて振り返った。

「こなみちゃんのブルーは、あれが原因？」

「軍艦はあまり好きじゃないですけど……まー、それだけってわけでも」

ははは、とこなみは笑った。笑うことそのものが最近は少なかったから、こんな舟遊びでもちょっとは気晴らしになったかな、と巻瀬も多少安心した。

クーラーボックスの横にくくりつけておいた携帯電話が鳴った。

「はい、巻瀬です……ああ先輩。いや全然です、坊主ですよ。……ええまあ、そっちもあまり……でも元気は出たみたいですよ」

巻瀬はちらりと振り返る。こなみは竿を伸ばして、波間に飛ばされた麦わら帽子を、うりゃうりゃと引き寄せている。

「分かりました、戻ります。賞品のジュースはあきらめますよ」

電話を切って、巻瀬は船外機のスターターをつかんだ。

「こなみちゃん、ベースに戻るよ」

「うぃーす。ああ、べちゃべちゃ」

言いながら帽子を拾い上げたこなみが、それを裏返して、不意ににかっと笑った。

「巻瀬さん、ほら」

果物ナイフのような形の小サバが帽子の中で跳ねていた。

「偉い。これで賞品が手に入るね」

巻瀬は笑って、エンジンをかけた。


木曽川の河口の埋立地に、〝えるどらど〟を擁する探鉱部の本拠地である、神鳳鉱産名古屋ベースが建設されている。

三二〇〇トンの〝えるどらど〟の隣にちっぽけなボートを係留して、二人は岸壁をよじ登った。例によってワンピースが風をはらんで落っこちそうになったこなみを、待ち構えていた俊機が手を伸ばして引き揚げる。

「三時間粘って坊主ってのは情けないぞ」

「そんなことないです！　ちゃんと一匹釣れました」

「そうなのか？」

「逃がしちゃいましたけど」

「まあいい、賞品は最初から買ってある。ぬるくなったけどな」

二人にコーラを渡すと、俊機は先に立って歩き出した。こなみが隣に並ぶ。

「夕方まで待ってくれたら、晩のおかずもゲットしましたよ」

「おまえは一本釣りで給料もらってるのか？　黙ってろよ、社長が来てるんだ」

「え、社長さんが？」

急に目を輝かせると、こなみは踊るような足取りで駆け出した。お約束どおり、〝えるどらど〟に引き込まれていたケーブルにけっつまずいて、転びかける。

入れ替わりに隣に来た巻瀬に言うともなく、俊機はつぶやいた。

「だいぶ充電したみたいだな」

「潮風で生きてるみたいな子ですからね」

「で、どうだった。何か分かったか」

「無理ですよ。彼氏の鯛島さんでも分かんないのに」

巻瀬は頭をかいた。彼は俊機の命令で――というか懇願で、こなみの最近の変調について探りを入れていたのだった。

「つき合っているからこそ、近すぎて分からんのだが」

避けた。

「悪い。おっとと」

「やめてくださいよ腹の立つ。ある意味のろけじゃないですか」

機材を担いで足早に走ってきた、数人の〝えるどらど〟クルーを、俊機はステップして避けた。

「なんだかバタバタしてるな。——でも、チームとしてもあれは問題だろう」

「業務はしっかりこなしているじゃないですか。MHサンプルの仕分けも、〝デビルソード〟の操機練習も、まず手抜きはしていませんし」

「ルーチンワークまでポカるようになったら、それこそ暇を取らせて沖縄の水にでも突っ込んでやらにゃならん。肝心なところで停まらないように、きちんとメンテしておきたい」

「機械じゃあるまいし。大丈夫ですよ、強い子ですから」

「だといいが」

岸壁のコンクリートから立ち昇る陽炎《かげろう》の向こうで、白い倉庫のような研究棟の前に立ったこなみが手を振った。

「せんぱーい、早く早く！」

「よーし」

二人は足を早めた。

分厚い鋼鉄で造られた巨大なプロパンガスタンクのような加圧チャンバーの中で、薄緑の皮膜で覆われた平らなバットが、グラスに注いだシャンパンに見られるような、細い泡の筋を放出している。

「摂氏一〇度、八〇気圧です」

俊機の背後で、加圧器を操作している技術者が映像ディスプレイを見つめながら言った。俊機はまるいガラスがボルト留めされた観察窓から、チャンバーの中を覗いている。

「減圧を始めます」

減圧弁のため息が聞こえた。チャンバーの横に突き出した機械式の圧力メーターの針がじりじりと下がっていく。

バットの皮膜が鳥肌のように盛り上がり、泡の筋が増え始めた。泡自体も大きくなり、針の先ほどだったものが豆粒ほどの大きさになる。

メーターが50に近づいた時、皮膜はひらりとめくれ上がった。一瞬、その下に雪面のような白いものが見えたが、直後に噴き上がった無数の泡のせいで、チャンバーの中全体が見えなくなった。

「大体このあたりで完全に気化してしまいます。パイプ掘削なら暴噴《ガスキック》しているところですね」

「……難しいもんだな」

俊機は窓から顔を離して、振り返った。

「あの皮膜が、今開発中のやつだって？」

「ええ。三邦化成と共同研究中の、表土硬化剤を応用したものです。海底に露出したMH《メタンハイドレート》層に吹き付けてメタンの気化を防ぐ保護層ですよ」

「防いでないじゃないか」

「これでも、初期に比べれば三倍近くまで保護効率が上がってるんですがね。もう少し厚く塗布できれば実用になります」

技術者はいささかむっとしたように言った。俊機は首を振る。

「万トン単位のMH層に、みたらし屋の親父みたいに丁寧に、皮膜を塗りたくるわけにはいかないだろう」

二人がいるのは研究棟の高圧実験室だ。採取したMHサンプルを分析して、商業生産が可能かどうか調べる部屋である。MH結晶を人工合成する低温高圧チャンバーを始めとして、成分分析器や大型冷凍庫などが備え付けられている。

ガラス器具の並ぶ実験テーブルでは、こなみと巻瀬、それに、スーツを着た背の高い初老の男が、小さなシャーレを囲んでいる。

シャーレに載っているのは、手で固めた雪玉が溶け始めているような、さくさくの氷状の塊だ。巻瀬がそれにライターを近づける。

ほっ、と音がして、蛍光灯の光に溶けそうな青白い炎の舌が上がった。巻瀬は背の高い男を振り返った。

「どうですか、社長。これが見河原が見つけた八つ目の鉱脈のサンプルです」

「よく燃えるな」

研究成果を見るため久しぶりに名古屋ベースにやって来た、神鳳鉱産社長の渡神千尋《とがみちひろ》は、短い言葉で嘆意を表した。

「一グラムあたり二百ミリグラム近いメタンを含有する、理想状態に近いMH結晶です。鉱脈自体も鉱体を二二パーセントも含んだ砂岩で、BSR面探査でも大量の埋蔵量が確認された、世界でも五本の指に入る優良脈ですよ。見河原のお手柄です」

「報奨は仙山君から聞いた時に出しておいたが」

「それも嬉しかったですけど、そうじゃなくて」

こなみがじれったそうに言う。うわ大胆なと巻瀬が青ざめるが、厳格で鳴らす渡神社長は、ちらとこなみを見て、ぷいと顔をそむけた。

「ああ。……その、なんだ、ありがとう、よくやってくれた」

「どういたしまして！」

部屋が明るくなるような笑顔を浮かべて、こなみが渡神の手を握った。渡神は頬を赤くしている。八百人の神鳳社員に君臨する辣腕《らつわん》社長だが、こなみに対してだけは弱いのだった。

「そっちはどうかね」

渡神は俊機たちに近づく。技術者は閻魔《えんま》大王に目をつけられたように首を引っ込め、俊機が肩をすくめた。

「言ってはなんですが、まだまだですね。採算ラインに乗るほどのものはできてません」

「分かってるんだろうな。それがこの事業のキーになると」

「もちろんです。でも、高圧の海水中で崩れやすいMH結晶に保護層を吹き付けるのは、非常に難しくて」

おそるおそる言った技術者を、渡神はにらむような目で見下ろす。

「難しくない研究などあるのかね」

「は、はあ」

「いっそ水密コンベアで結晶状態のまま引き揚げたらどうです。海底のマンガン団塊《ノジュール》を拾うやつがあるでしょう。あれをまるごと覆って、加圧した状態でMH結晶を吸い込む……」

「最低千メートルのコンベアにそんな強度を与えたら、どれだけの資材と資金がいると思ってる。それ以前に、技術的に可能とは思えんな」

俊機の提案も、渡神は一蹴した。

「メタンハイドレートの商業採掘を開始するためには、海底でガスを分離させて回収する技術を確立することが不可欠だ。そのための一番のネックは、気化暴噴してしまうメタンをいかにして押さえ込むかだ。――わしが理解していないとでも思っているのか？　社長の仕事はそろばんを弾くことだけじゃない」

「理解なさってるならその困難さもお分かりでしょう。新事業に困難はつきものですが、しかし――」

「しかしもかかしもない。神鳳五十年、いや、人類文明のこの先五十年を支える事業なのだぞ」

「……はい、そうですね」

渡神の壮大な言葉に、やや表情を引き締めて俊機と技術者はうなずいた。

彼らが求めるメタンハイドレートは、まさに二十一世紀のエネルギー問題を解決する切り札だった。

それは一般に「燃える氷」として知られる物質である。シャーベット状の固体で、火を近づけると燃える。その正体は、かご型に結合した六個の水分子が一個の別の分子を囲んだ、包接化合物《クラストレート》という物質の一種である。なかでもガス分子を含むものはGH《ガスハイドレート》、メタン分子を含むものはMH《メタンハイドレート》と呼ばれる。

メタンとはつまり天然ガスの主成分である。一九三〇年代にシベリアの天然ガスパイプラインで、このMHが勝手にできてパイプを詰まらせるという事故が起き、本格的な研究が始まった。当初はいかにしてそれをなくすかが研究の主目的だったが、じきに、いかにしてそれを掘るかにウエイトが移った。化石資源から生成したMHが、全地球の寒冷帯や深海底に埋まっているという予測が立てられたからである。

それと意識して探し始めたところ大変な成果が得られ、ウラル東部、アラスカ、カリフォルニア沖、メキシコ湾、ギリシャ沖やペルー沖など、どこにでもあるんじゃないかと思えるほど世界中あちこちで、膨大な量のMH層が発見された。

喜ばしいことに日本近海にもあった。九〇年代末の通産省と石油公団の調査では、網走沖や十勝沖、四国沖から熊野灘までの南海トラフ沿いなどで、立派なMH層が見つかった。〝えるどらど〟が名古屋を基地とするのも、他でもない、南海トラフ沿いの熊野灘・遠州灘に近いためである。

その総埋蔵量は日本の一年間の天然ガス消費量の百倍、六兆立方メートルに及ぶとの試算もある。これがすべて利用できるなら、核融合や宇宙発電などの未来エネルギーまでのつなぎとして、十分すぎるほど役に立つ。だから神鳳鉱産のみならず、世界中のエネルギー企業がその事業化を狙っている。

しかし物事はそううまく行かない。MH採取のためには大きな問題が二つあった。その一つが、MHの壊れやすさである。

MHは地下深部や千メートル以上の深海底に存在する。これが石油なら別に難しいことはなく、その程度の深さのものを、人類はあちこちでいくらでも掘り出している。しかしMHは、地上に出すと溶けてしまうのだ。これが厄介だった。

正確には摂氏一〇度で七八気圧以下、摂氏零度でも二六気圧以下の環境に置くと、溶けて水とメタンガスに分離する。逆に言えば、低温・高圧の深海底だったからこそ生成した物質なのだ。これを保持するのは液化天然ガス《LNG》を保管するよりはやさしい。しかし魔法瓶のような保冷タンクに入った人工のLNGとは違って、MHは最初からむき出しで結晶化している。深い海の底から引き揚げるのは難しい。

MH含有層を下手《へた》に掘ると、水圧でハイドレート化していた結晶が、圧力から解き放たれてガスを噴いてしまう。海底油田掘削のようなパイプ掘りを芸もなく敢行すれば、高圧のガスがパイプを昇ってきて設備を吹き飛ばすだけではなく、最悪、含有層そのものが一挙に気化し、無数のメタンガスの気泡を海上に噴き上げることになる。

これは危険である。昔バミューダ沖でよく船が沈み、魔の三角海域などと呼ばれたのは、この巨大噴出がよく起こったからだなどという仮説まである。気泡混じりの海水に乗り込んだ船は浮力を失って沈没してしまうのだ。

また、メタン噴出はもう一つの問題も引き起こす。それは地球の温暖化だ。

ドイツのある学者は、ノルウェー沖の海底に差し渡し三キロの穴が数百個もあることに着目し、それが八千年前にMHが噴出した跡だと唱えた。三千五百億トンのメタンガスが大気中に放出され、それによって地球は急激に温暖化したというのだ。

天然ガスは化石燃料だから燃やせば二酸化炭素が出る。それは避けられないにしても、巨大噴出でむやみと地球を加熱するのは避けたいところだ。

渡神はそれについて言ったのだ。

MHを採取するためには、MHを押さえ込まねばならない。神鳳鉱産では化学的な保護層を作ることでMH結晶の気化を防ごうとしていた。しかしまだうまく行っていない。試錐チームによる探索だけが先行している形である。

「気化抑制の研究に、あとどれぐらいかかりそうかね」

渡神が俊機たちに聞いた。室内には他にも数人の技術者がいる。彼らは重い口調で言った。

「技術的ブレークスルーがなければ、まだ五年以上は……」

「もちろん突破口を開く努力はしていますし、外国でも同じ研究が進められています。うんと早まることもありえます」

「うんと遅れることもある。まだ海のものか山のものか、といった段階か」

渡神はため息をついた。技術者たちは申し訳なさそうに頭を垂れる。

「やめちゃいませんよね？」

こなみが懸命に言った。

「せっかくたくさん脈も見つけたんだし、みんなも頑張ってるんですから、続けてくれますよね？」

「馬鹿、おまえみたいな小娘の頼みで社長が動くか」

俊機があわててこなみの肩を引っ張った。

「それにおまえの動機は、〝デビルソード〟に乗っていたいからだろうが。公私混同女め」

「それだけじゃありませんてば！　それにあんまりばかばか言わないでください！」

二人を見ていた渡神が、ぶっきらぼうに言った。

「わしがおねだりに弱いなんて評判が立ったら困るんだが……」

「――社長？」

「中止はしない。続けるとも」

「わあ」

こなみが飛び付いた。顔をしかめて、やめたまえと追っ払ってから、渡神は咳払いして言った。

「今までの海底調査では、地図帳の日本全図のあちこちに印をつけたぐらいの精度でしか、埋蔵海域が判明していない。経緯度の秒の位まで確定させておくことは、意味のないことではないだろう」

「試錐チームの活動は保証してくださるんですか」

「うむ。だが、うちは学術機関ではないんだからな。場所が分かっても採掘できなければやっていけない。君ら技術部も頑張ってくれ」

ほっとした雰囲気が室内に流れ、いくつかの感謝の視線がこなみに向いた。渡神の嫌がる評判が立ちそうだった。悪意のあるものではないだろうが。

廊下にスリッパの足音がして、戸口に白衣の女性が顔を出した。

「ちょっとお、機材部の作業が押してるってのに、何ちんたらしてるのよ。――あら社長」

悠華だった。渡神に気付いてそそくさと背筋を伸ばす。

「いらしてたんですか。東京本社で何か？」

「いや、あちらは問題ない。わしは見河原君が見つけてきたサンプルの実見と、それに君らの見送りにな」

「なんとか言って、財務のうるさ方から逃げてきたんじゃありません？　オイルロードに出してるタンカーがどれもこれも五日近く遅れて、石油部門がてんやわんやだって聞いてますわよ」

「株主は気にしてるが、株価に影響は出まい。よそも一緒だ」

「部長、何が押してるって？」

俊機が聞いた。渡神に軽く目礼してから、悠華が何をのんきなと言わんばかりに答える。

「あんたもさっさと荷造りしなさいよ。手ぶらで行く気？」

「行くってどこへ」

「フィリピン」

冗談か本気か判断しかねて、俊機は中途半端な笑顔になった。こなみに向く。

「フィリピンだとさ」

「え、先輩が行くんですか？　いいなあ、バナナ食べられますね」

「何をすっぽこなことを言ってるのこの子は。あんたも行くんだよ」

「へ？」

「聞いてないの？」

れんー、と悠華は巻瀬をにらんだ。巻瀬はばつが悪そうに頭を下げる。

「釣りが終わってからでいいと思ってたら、社長がいらしちゃったんで……でも、まだ準備には早くないですか？」

「ああ、それは言ってなかったか。なんか最近、黒潮に沿って妙な藻が大発生してて、どの船もスピード食われて大変だっていうのね。その分を見込んで、伯方のおっさまが予定を繰り上げたの」

「探鉱部長のくせにここにいないと思ったら、そんなことやってたのか」

岸壁で見た、やけにあわただしい出港準備を思い出して、俊機は額を押さえた。

「俺とこなみが出るってことは、〝デビルソード〟にお座敷がかかったんだろ。何を見に行く？」

「お化け」

「は？」

悠華はにやりと魔女のような笑みを浮かべた。

「あれよ、最近の物騒な風潮の元凶。——世界中の外航船が軍艦に頼らなきゃいけなくなった原因、例の〝トランスマリン7〟と〝しきしま〟と、あと七つの海で十二隻も船を沈めた化け物。それを捕まえに行くんだ」

「そ、それ！」

こなみの声が裏返った。

「あれ見つかったんですか？　なんなの？」

「まあ落ち着け。同じ相手とは限らないし、同じ個体とも限らない。でも、同じように商船が襲われて沈みそうになる事件がフィリピン近海で立て続けに起こって、それがどうやら、やつらしいっていうんだよね」

「やつらしいって……」

俊機が疑り深く聞く。

「生き物か兵器か知らないが、動くんだろう。フィリピン近海なんて大ざっぱな情報で出ていって、見つかるのか」

「フィリピン海軍がコロニーを見つけた」

部屋中の人間が息を呑んだ。悠華は真面目な顔で告げる。

「正確には遊泳ルートの一部らしいけど、正体不明の潜航物体が定期的に捕捉できるポイントを特定したって。だから私らが呼ばれた。あちらには〝デビルソード〟みたいな高性能潜水艇はないからね。行って、正体を突き止める。可能なら海軍と連携して捕獲する」

「危険じゃないか！」

俊機は呆れたように叫んだ。

「大型船を沈めるような相手だと分かってるんだろう？　ちっぽけな〝デビルソード〟で出ていって、もし襲われたらひとたまりもない！」

「ちっぽけだからこそ、なのよ」

悠華は俊機に近づいた。

「〝デビルソード〟は〝しきしま〟が沈められた現場に居合わせた。なのに攻撃されていないし、例のやつに近づかれてもいない。小さいってことが重要なのかもしれない。水面の物体だけが危険なのかもしれない。運がよかったのかもしれない。とにかく期待されてるんだ」

「話にならない。なんだ、かもしれないかもしれないって」

俊機は激しく首を振った。

「社長からもなんとか言ってくださいよ。神鳳の誇る貴重な潜水艇と社員二人が、無茶な中堅管理職のおかげで失われるかもしれないんですよ」

「仙山君だけの意見ではないんだ」

「……社長が？」

渡神は厳しい顔でうなずいた。

「わしが決めた」

「……そんな」

「ことは対岸の火事ではない。さっき仙山君が言っただろう。うちが運行会社《オペレーター》に頼んでいるタンカーも、護衛船団と歩調を合わせるために日程を変えることを余儀なくされている。全世界数万隻の商船が同じ危険にさらされているんだ。襲われたのはそのほんの一部にすぎないが、影響は嵐や為替《かわせ》変動より大きい。あれをなんとかするのは、その能力のある者の義務だ」

「じゃ、社長が乗ったらどうです」

俊機は切り付けるように言った。鯛島さん、と巻瀬が腕を引くが、振り払う。

「現場で危険な目に遭うのは俺たちなんですよ」

「あんたが嫌なら私が乗るよ」

「……部長が？」

俊機はゆっくりと振り向いた。悠華が腕を組んで見つめている。

「私と練で〝デビルソード〟を出すわよ。その資格も技術もある。あんたにはかなわないけどね。行ってでっかい魚釣ってくるわ」

「どうしたんだ、部長まで。危険だと分からないのか？」

「分かってるよ。だからやるんじゃない。日本近海だって同じように危険なのよ？　ＭＨ採掘を本格的にやろうとすれば、船を出して深海底を調べることは避けて通れない。どっちみち危険なのよ。受益者負担よ、私らが危ないから私らが調べるんだ」

「しかし……うちは私企業だろう」

俊機は懸命に言い返す。

「やるにしても、専門の研究者なり自衛隊なりと協力したらどうなんだ。何もうちが独自にやらなくても」

「よそもやってるわね。海洋科学技術センター《JAMSTEC》や日本の他の潜水艇が、海保と海自の調査に駆り出されてしゃかりきに潜ってる。東大海洋研の〝白鳳丸〟と〝淡青丸〟もこの仕事にかかりっきり。機密保持されてるからあんたは知らないだろうけど」

悠華は挑発的に俊機をにらむ。

「みんなやってんの。みんな戦ってんの。怖いなんて言ってる人間はいないの。――日本中の船乗りと学者と技術者と軍人が、よってたかって調べてもまだ糸口がつかめない。それがフィリピン沖で見つかった。願ってもないチャンスなのよ。私は、港でテープ投げて見送るだけじゃ、我慢できないね」

俊機は燃えるような目で悠華をにらんでいたが、じきに小さく息をついた。

「……分かった。俺が〝デビルソード〟に乗る」

「そう？」

「ああ。あんたに大事な〝デビルソード〟は任せられない」

悠華は肩をすくめた。

「そりゃ悪かったわね」

「しかし条件がある。こなみは乗せるな」

「先輩？」「こなみちゃんを？」

驚くこなみには目を向けず、俊機はうなずいた。

「ああ。俺と巻瀬で十分だろう」

「そりゃ私情かね」

「そう受け取りたければそう思え。俺は能力的なことを言ってるんだ。どんな不測の事態が起こるかも分からんのに、ひよっこのこなみに背中を任せられるか」

「……そんな……」

見捨てられたようにこなみがつぶやいた。

「私だって……私だって、先輩のサポートぐらい……」

「サポートで済むと思うか？　俺は、自分が〝デビルソード〟を操縦できなくなってもバトンタッチできるぐらいの人間がほしい。これは臆病じゃない。プロとして当然の用意だと思うが」

「……ま、筋は通ってるわね」

ここまでかな、という顔で悠華はうなずいた。

「しかし現場の海までは連れてくよ。人手は欲しいからね」

「それは……」

「ついてきます！　先輩がなんて言ってもついて行きます！」

断固とした顔でこなみが叫んだ。

「私、お飾りじゃないです！　行って役に立ってみせます！」

「バナナ食べに行くんじゃないんだぞ」

「いや、ほしけりゃ食べられると思うけどね」

けりはついたと見たか、悠華が軽く言って、渡神を振り返った。

「社長、そういうわけで、我が社一番のパイロットの説得、完了しましたわ」

言って、俊機に軽くウインクする。俊機は肩を落とした。

「一番ね。……こんなにありがたくない誉め言葉は初めてだ」

「謝りはせん。礼は言う」

渡神が社員たちを見つめて言った。

「それが最善ならわしが行く。しかし残って会社の面倒を見るのがわしの仕事だ。負い目はない。君たちには最大の感謝をしよう」

「……分かりました」

俊機の口調から、ようやく反抗の気配が消えた。彼は思い出したのだ。渡神もまた、自分たちの仲間だったことを。以前は石油調査船の船長だったのだ。

「それじゃ、とっとと船出の準備をするかね」

白衣を翻した悠華に続いて、三人は部屋を出ていく。

「いってきます、みんな！　社長！」

こなみとともに戸口で振り返った俊機は、手を振る技術者たちの中で、渡神が一瞬だけ、ひじを上げて敬礼したのを見た。

2

四番船からの速度低下の連絡を聞いて折津が舌打ちしたのは、熱低に尻を噛みつかれるな、と思ったからだった。

その時、東南アジア航路向けに編成された第四八護衛船団は、沖縄本島から東方に八〇海里の洋上を航行していた。この船団は、コンテナ船、自動車専用運搬船《PCC》、超大型タンカー《VLCC》など大型船舶十六隻で縦列を組み、それを第一護衛艦群に所属する七二〇〇トンのイージス護衛艦〝ちょうかい〟が先導する、大規模なものだった。

これだけの数の異種の船が船団を組むのは異例であり、それを護衛艦が先導するというのは前代未聞である。四十八回目を数えた現在でも、政府や各界では鼎《かなえ》の沸くような議論が続けられている。主に防衛問題が焦点になっていたが、もちろん懸念はそれだけではない。

原因不明の商船沈没現象――まだこれをはっきり指し示す名称はつけられていない――の危険性は国の内外に広く認識されたとはいえ、日程を急ぐ船や小型船、個人船舶は、相変わらず何の対策もなく勝手に外洋に出ていっているし、それを止めようにも、そもそも日本に出入りする、年間九億トンもの貨物を運ぶ商船すべてを護衛することなどはとうてい不可能で、大多数の船舶を危険なまま放置せざるを得ないのである。

当局の指示どおり、行儀よく護衛船団に参加することにした、大手海運会社の看板船たちにしても、問題はあった。

足の速さが全然違うのだ。

日程を守ることが商品価値に直結する生鮮食料の輸送船は論外としても、北米に自動車を運ぶPCCの中には、年間輸出台数を稼ぐために、二六ノットを越える快速で航行をするだけでは足らず、目的地での荷積みにかかる時間を嫌って、復路を空荷のままで帰ってきてしまうようなせっかちな船もある。かと思えば、原油を輸送するタンカーなどはなにしろ荷物が腐りもしないし、それ以前にもともと図抜けてばかでかくできているから、全速でも一五、六ノットと、足が遅い。

それらをまとめて船団を組むのだから、足並みがそろわなくなるのも当然だった。

だから折津は、〝ちょうかい〟の後方にかすむ船列の中で、船団で一番大きい、共英タンカーの二三万トンVLCC〝プラネットビーナス〟が、追突されるのを避けて舵《かじ》を切りながらスローダウンしつつあるのを、それほど驚かずに見ていた。

心配したのは、台風に巻き込まれることだ。昨日からルソン島東方で台風が発生しつつある。当初の予定では、船団はあと五日ほどをかけてシンガポール近海まで向かい、そこから先は各船がオーストラリアや中東に向かうため、解散するはずだった。南シナ海に抜けてしまえば、台風の暴風圏からぎりぎりで逃げ延びることができる。

だが、各船の間で通信が交わされた結果、〝プラネットビーナス〟の復調を待つことになった。どうやら嵐と戦う覚悟をしなければいけないような雲行きだった。

「例のアレにやられたようですね」

台形の艦橋楼の肩にある露天のブリッジウイングに立つ折津のそばに、〝ちょうかい〟の一等航海士が出てきて言った。

「〝シーリボン〟ですよ。最近増えてるっていう、あの藻かなんだかわからない、ひらひらした動くやつ。あれがスクリューにからまってどうにもならなくなったとか」

「対策はあるんですか」

「向こうの船長は逆転させて振り払うって言ってます。でも、この海域から抜け出さない限りはその場しのぎでしょうね。〝プラネットビーナス〟に限らず、どの船もみんな船底にあれが張り付いてるわけだから、早く抜けたいんですが……」

「まるでサルガッソー海域ですね」

折津の言葉に、航海士はそんな不吉なことを、というように顔をしかめた。

折津は双眼鏡を目に当てた。これから向かう南方に湧き立っている輝く雲の峰は、嵐の兆しか、それとももっと手前の局所的な低気圧か。日の暮れる西方はまだ曇らず、ぎらぎらと音が聞こえるような熱い南海の太陽が残っていて、十七時を過ぎた東シナ海に紅《くれない》色を広げつつあった。

海面を見下ろす。〝ちょうかい〟の高い艦橋楼から見る海面は、慣れた巡視船から見下ろすのとは勝手が違って、少しの間、距離感がつかめなかった。ピントが合うと、低角度の日光を浴びてきらきら光る海面のあちこちに漂う、魚群のような黒いくすみが見えた。一見イワシかカツオの群れのようだが、それぞれの幅は魚群の数十倍から数百倍、五、六百メートル近くもある。「例のアレ」の集団だった。

光の乱反射で定かではなかったが、藻には全然似ていない灰白色の、細長いものが無数にからまりあっているのが、ちらちらと見えた。海のリボンという名を誰がつけたにしろ、名前ほど可愛らしい代物ではない。

どこか全然別の場所でそんな感じのものを見たような気がして、折津は目を凝らし、懸命に輪郭を追おうとしたが、意外にはっきり見えるな、と思ったとたん、別のことに気が付いた。

艦が止まっているからはっきり見えるのである。嫌な予感がした。

「まずいかもしれない……」

「え？」

ブリッジの中と何か話していた航海士が振り向いた。折津はあまり自信のないまま言った。

「船団を止めずに、旋回させて待つわけにはいきませんか」

「は？　なぜです」

「それがだめなら、本艦だけでも周囲を遊弋《ゆうよく》させるのは……」

「どういうことですか？」

航海士が怪訝《けげん》そうな顔をする。無駄に船を動かせば当然燃料が減る。集団での動きに慣れていない民間船舶を機動させれば衝突の危険も増える。深刻な理由もなしにそんなことをするべきではない、と言いたいのだろう。

「いや……」

予感を覚えただけの折津は、あまり強く押せなかった。彼は、海保から海自にオブザーバーとして出向しているだけの人間である。海保の巡視船が商船護衛船団を組むに当たってどう行動するべきかを、戦闘を本務とする組織である海上自衛隊に学びに来ているだけだ。〝ちょうかい〟の行動に口を出す権限はない。

だが――折津は、自分の言いたいことに気が付いた。

〝トランスマリン7〟も、洋上で止まった時にやられたのだ。

言うべきだ、そう思って口を開いた。

「危険です。艦長に――」

その瞬間、腹に響くような物悲しい汽笛が〝ちょうかい〟に届いた。

「なんだ？」「衝突か？」

折津は首を巡らせて音源を探した。そのそばにブリッジから大勢の士官が出てくる。首を並べて後方を見た彼らは、一様に驚愕の声を上げた。

「なんだあれは！」

船列から五百メートルほど離れた〝プラネットビーナス〟の黒い船腹から、魚雷攻撃でも受けたかのような太い黒煙が湧き上がりつつあった。

一瞬で、〝ちょうかい〟のブリッジは蜂の巣をつついたような騒ぎになった。入港当直の時よりもたくさんの人間が窓辺やブリッジウイングに群がって双眼鏡を振り回し、艦体各所の見張り《ワッチ》への声高な命令と復号が飛び交い、通信室からは船団各船の通信士の様々な声がどっと飛び出してきた。大音響のサイレンが鳴ったかと思うと、増速、戦闘増速、と艦長の怒号が聞こえ、ぐっと体を持っていかれるような力がかかり、〝ちょうかい〟は一〇万馬力のタービンにものを言わせて加速を始めた。

折津は歯を食いしばって手すりにつかまりながら、身を乗り出すようにして双眼鏡を構えている航海士に聞いた。

「原油の誘爆じゃありませんね？　あの船はまだ空荷だ」

「どうだろう……いや、攻撃を受けたのは確かなようです」

ゴンゴンと艦全体を震わせるようなタービンの音にかぶさって、緊迫した声で隔壁閉鎖、総員戦闘配置の号令が降ってきた。こうしちゃいられないとばかりに航海士はブリッジの中に駆け込み、艦長が戦闘情報指揮室《ＣＩＣ》へと降りていった。入れ替わりに、まだはたちも出ていないような若い海士が、見張りのためにブリッジウイングに飛び出してきた。これは幸いだった。本来なら、お客扱いの折津は艦内の安全区画へ退避しなくてはいけないのだが、航海士がいなければここに居座ることができる。

〝ちょうかい〟は船団の側面に回るように、艦を傾けて大きく旋回していく。潜水艦の攻撃を想定しているな、と折津は見当をつけた。〝プラネットビーナス〟が損傷した左舷方向に艦首を向け、投影面積を減らしている。妥当な対応に思えた。低空を飛翔する対艦ミサイルは誰も目撃していない。

折津はこの頑強な鋼鉄の艦の中で始まった活動を想起する。ＣＩＣではレーダー士官たちが、この艦の精髄であるＳＰＹ－１対空レーダーの画面をにらみ、イージス防空システムで迎撃する準備を整えているだろう。ソナー手は艦底に突き出したソナーが拾う海中の音に耳を澄まし、見えない脅威を逃さず捉えているに違いない。いずれも海保のほとんどの巡視船にはないものだ。この艦は、政治的にどんな名で呼ばれていようと、まぎれもない軍艦なのだ。

広く視界を取るために双眼鏡を離して海面を見回していた折津の耳に、ブリッジからの鋭い声が突き刺さった。

「左舷二八〇度、距離二十五、潜水艦！」

士官たちがいっせいにそちらへ双眼鏡を向ける。裸眼で同方向を追った折津は、息を呑んだ。声の示したとおり、真横よりわずかに前方、約二千五百メートル離れたところに、そいつがいた。

潜水艦だ、と折津も確信しかけた。そこには大断面のものが海面直下を移動した時に特有の、盛り上がるようななめらかな水の丘と、渦を巻いてたなびく航跡があった。その全長に比べた航跡の長さから考えると、おそろしく速いようで、折津は緊張した。四〇、いや五〇ノットは出ているか？　だとすると旧ソ連のアルファ級原潜か、でなければアメリカのシーウルフ級原潜――

次の瞬間、信じられないことに気付いて、折津は突風を受けたようによろめいた。

現行の潜水艦なら必ず備えているはずの、艦体の上にそびえる司令塔《セイル》が、存在しない。さらに、距離のせいで見誤っていたが、サイズが奇妙に小さい。原潜ならどんなに小さくとも四十メートルを割るものはないが、それはどう見ても、三十メートル以下、二十メートル内外の大きさしかないのだ。

スケール感を修正した折津は、その物体の速度を三〇ノット程度と割り出す。だがその正体は皆目見当がつかない。ノルウェーかフィンランドあたりが建造した小型潜水艦を思い出したりもするが、そんなものがなぜ、西太平洋のここに――いや、それを言うなら、どこの国のものにしろ、なぜ攻撃を？

沸き立つような考えを抑えようとしたせいで、口にした言葉は、自分でも意外なほど静かな口調だった。

「……なんだか分からないが、あれが〝プラネットビーナス〟をやったに違いないな。勝てるかな？」

ひとりごとのようなつぶやきだったが、かたわらの海士が予想外に激しい反応を見せた。

「勝つに決まってるでしょ」

そう言って苦い顔をしたのだ。艦の人間に共通する、慇懃《いんぎん》な礼儀正しさの仮面が剥がれて、素顔が覗いたようだった。

だが、強気の言葉とは裏腹に、彼が無意識に手のひらをズボンにこすり付けていることに、折津は気づいた。緊張で脂汗がにじんでいるのだろう。

無理もない――と折津は思った。北朝鮮や中国との小競り合いを繰り返した海上保安庁とは違って、海上自衛隊は創設以来、戦闘行動をとったことがない。

五十年間、戦うなと命じられてきた組織なのだ。その戒《いまし》めは現在では、外から押し付けられたものというよりも、彼ら自身の内心を縛る、強力な枷《かせ》となっているはずだった。

それをここで破るかもしれない。――それも、互いに少なからぬライバル意識を抱いている、海保の人間の前で。

相反する自負と抵抗心がぶつかりあって、彼らがひどい緊張状態に投げ込まれているのを、折津は若い海士の態度から、ひしひしと感じ取った。

やるつもりなのか？

折津はつかの間、わずかなもどかしさとともに思った。この状況は、横須賀の護衛艦隊司令部に指示を仰いでいられるような、悠長なものではあるまい。〝ちょうかい〟艦長の判断にすべてがかかっている。自衛隊五十年のくびきから抜ける覚悟があるのか？

軽快なモーター音を聞いて、はっと折津は視線を下ろし、つばを飲み込んだ。

艦橋楼の直前にある、白いレーダードームを備えた小型の砲――近距離防空用の二〇ミリ機関砲が、コンピューター制御の動きで側方を向き、わずかに俯角を取っていた。

そして、撃った。

ガアーッ！　とドラム缶の中で鉄棒を振り回したような金属音とともに、六本の回転砲身が閃光の花と灰色の煙を長く噴き、鋭い数百の光の粒が洋上すれすれを走った。超音速を保った砲弾が目標の前方海面に一斉に着弾し、凄まじい水煙の針山を垂直に噴き上げた。

「撃った……！」

海士が押し殺した叫びを漏らした。折津はぐっと拳を握り締めていた。

――まだだ。今のは正確だが、外していた。威嚇だ。

一斉射のあと、機関砲は沈黙している。折津はそれと目標とを交互に見つめる。何度目かではっと目を見張った。目標が旋回した。左に――こちらに。

そいつが二千五百メートルの距離を詰めてくる数分の間、折津は窒息するような息苦しさを覚えていた。

折津に呼吸を促すように、再び機関砲が吠えた。威嚇ではなかった。数百メートルにまで近づいた目標に向かって、はっきりと攻撃を目的に、正面から撃った。

自衛隊が変わった瞬間だった。

目標の作る水脈《みお》が弾け飛ぶ水煙に隠れる。それを貫いて再び姿を現す。コンクリートのような、生物の肌のような、薄気味の悪い灰白色がはっきりと見えた。堪《こた》えた様子はまったくない。

そのままそいつは折津の足元に近づき、舷側の下に吸い込まれ、同時に耳を覆いたくなるような、硬いもの同士がこすれる摩擦音が上がり、ぐらりと足元が揺れた。

「た……体当たりしたな……？」

悪夢を見ているようにつぶやいた折津の横で、海士がやにわにブリッジに駆け込もうとした。折津はその肩を押さえる。

「どこへ行くんだ！」

「あいつは右舷に抜けた！」

振り返った海士の顔は発熱したように紅潮していた。興奮を感じ取りながら、折津は努めて抑えた声で言って聞かせる。

「敵はあれ一隻とは限らない。持ち場を離れるな」

「あ……」

当たり前のことをやっと思い出したのか、海士はきゅっと唇を引き結んで、元の場所に立った。その、何かをつかんだような横顔を見ながら、折津は思う。手応えを得られたのかな？　――いや、まだ興奮していて、正気とは言えない。

それは自分もだ、と気付く。

あれはなんだ？　敵――敵が一隻、自分はそう言った。敵なのは間違いない。だが、船か？

今頃になって、〝しきしま〟が沈んだ時のことを思い出した。直接現場を見ていなかったから忘れていたのだ。だが、〝デビルソード〟で浮上したあとの救助には参加した。仲間の海上保安官から話も聞いた。その男はこう言った。

――とても船とは思えない。

そんなところまで、そっくりだ。

あの時の敵は、〝しきしま〟を沈めたあと、〝照洋〟や〝えるどらど〟には目もくれずに姿を消した。〝しきしま〟は沈められる直前、機関砲による攻撃を行っていたが、当たったかどうかは分からず、当たったにしても破片や油はひとつまみも飛ばなかった。はっきりしたことは何も分かっていない。

そういったことは、〝ちょうかい〟の艦長も聞き及んでいるはずだ。だが、改めてそれを、特に、三五ミリ砲が明確な効果を表さなかったことを、進言しておくべきだったかもしれない。だったではなく、今からでも。

折津がブリッジに入ろうとした時、再び海士が声を上げた。

「敵が船団に向かいます」

折津は少しためらってから振り返った。CICに向かうことに、この目に敵の姿を焼き付けたいという思いが勝った。

再び海に目を向ける。〝ちょうかい〟は船団の縦列から一キロほどのところを反航しつつある。最初に船団の中を突っ切り、威嚇《いかく》射撃によって〝ちょうかい〟へと進行方向を変えた敵は、大きなS字を描いて、再び船団の中へと突進していた。

身をすくめる羊たちのように動かない船団を、一隻ずつ検分するように、悠然と敵は進んでいく。船団は〝ちょうかい〟の指示で停止しているんだろうが――折津は舌打ちした。散開させるべきだったのだ。この角度からでは船団に当たるから、〝ちょうかい〟は発砲できない。

なすすべもなく見守る折津たちの前で、敵は船団の船を通り過ぎていく。コンテナ船〝黒姫丸〟、PCC〝ぽーともれすびぃ〟、LNGタンカー〝ヘリオスペトロ・ヘルメス〟、鉱石撒積船《バルカー》〝第15嵐越丸〟。次のいけにえは自分なのか、おそらく生きた心地もなく待ち構えている商船たちの間を進んだ敵は、やにわに向きを変えて、再び、煙を上げ続ける〝プラネットビーナス〟へと加速し始めた。

遮《さえぎ》るものは何もない。海面の盛り上がりはそのまま〝プラネットビーナス〟の巨体へと吸い込まれ、今度は多くの人間が目撃した。軍艦と違って薄いタンカーの船腹が梵鐘《ぼんしょう》のような衝突音とともに変形し、黒く濁った水がどっとあふれ出るのを。

海士が怒りをこらえるような声で言った。

「油が！　あいつめ……」

「いや、あの船は往航だから原油は積んでいない」

この状況で積み荷の心配をするのは、雪山で遭難しながら雪焼けを気にするようなものだと思いつつ、何かしゃべらずにはいられずに、折津は言った。

「バラスト用の海水だろう。少しは油が混ざっているようだが……」

言ってから、ふと折津は妙なものを見たような気がして、双眼鏡を目に当てた。

どうどうとあふれ出す黒い水の周りで、海面がおかしな具合にざわめいていた。どうやらそれは、例のシーリボンのようだった。あんなに取り付いていたのかと驚くほどの量、量というか数がいたが、それがまるで逃げるように、〝プラネットビーナス〟から離れていく。

「海水の汚濁に弱いのか……？」

つぶやいた隣で、海士が、ダン！　と手すりを叩いた。

「そうだ、撃て！」

見下ろした折津は、大人げないと思いつつ、海士と同じ気持ちを抱いた。〝ちょうかい〟前甲板の一二七ミリ砲、護衛艦最大の火砲が、細長い砲身を巡らせて、船団から離れた敵を照準しつつあった。

やれ！　と思いながらも、一方で、折津はかすかに不審に思った。さっきの二〇ミリ砲といい、この一二七ミリ砲といい、海面下の敵へ向けるには不適当な兵器だ。なぜ魚雷やアスロック対潜ロケットを使わない？

疑問も思考も吹き飛ばすような轟音が響いた。一二七ミリ砲が砲塔よりも巨大な爆炎を噴き、固い炎の球が一直線に敵の姿に吸い込まれた。

折津は、その日もっとも信じられない光景を目にした。

その時、敵は灰白色の肌をほとんど海面上に露出するほど浅いところを直進していた。その背に突き刺さった砲弾が、まるで小石のつぶてのように、天高く弾き飛ばされたのだ。

「……嘘だろ？」

海士が、半分笑っているような妙な顔でつぶやいた。

一二七ミリ砲の砲手も同じような顔をしていたのかもしれない。砲は呆《ほう》けたように沈黙し、敵は平然と進み続けていた。止められるものなら止めてみろと言わんばかりに大きな半径で旋回し、三度《みたび》〝プラネットビーナス〟に進路を定める。

最後の加速はもっとも強烈だった。白い泡さえ飛ばしながら敵は突っ走り、糸に引かれるようにまっすぐ〝プラネットビーナス〟に突っ込んだ。海士がうめいた。

「だめだ、今度こそもたない……」

敵の航跡が〝プラネットビーナス〟の下に消えた。海士が待つ。折津も待つ。おそらく船団の全員が待った。〝プラネットビーナス〟が傾き、海底に没するのを。

だが、いくら待ってもその破局は起きなかった。折津は、敵の姿が〝プラネットビーナス〟の向こう側に見えないことに気付いた。

「――潜ったのか」

そのまま五分が過ぎ、十分が過ぎた。やがて艦長の低い声で、放送が流れた。

『戦闘配置、解除。解除。各員は通常直に戻れ』

ほーっ、と折津はため息をついた。その隣で、ぱたぱたと音がし始めた。

海士の膝が、大きく震えて手すりに当たっているのだった。

「撃った……撃っちまった……」

「ああ、人を撃ったね」

海士はぎょっとしたように振り向いてから、硬い表情でうなずいた。

「ええ、人を撃ちました」

折津は感心した。この青年は、たった今、人命のやり取りがあったことを自覚している。むしろ繊細に過ぎるほどだ。軍人にそこまでの感傷は必要とされないだろう。他国の軍ならおそらく、取り逃がしたことを悔しがる。それ以外の気持ちなど出てくるまい。

だが、日本の自衛官にとっては、今の一事がキリスト教徒にとっての踏み絵にも等しい、タブーを乗り越える行為だったのだ。この程度の動揺で済んでいるのは、剛強だと言ってもいいかもしれない。

「正しいことだった」

疑問を覚えつつも、折津はそうつぶやいた。

海士が力強くうなずいた。


だが、その思いは、意外な形で解消されることになった。

ブリッジに戻ってきた艦長に折津は声をかけた。そして理解しがたい話を聞いたのだ。

「お疲れ様です。――撃ちましたね」

ちらと折津を見て、退避しなかったんですか、と艦長は苦笑した。

「ええ。撃ちました」

「思い切りましたね。これで戦争だ」

「さあ……戦争になりますかね」

艦長の微妙な言い方に、折津は引っ掛かりを覚えた。

「なるでしょう、たとえ正当防衛だとしても。ＰＫＯ派遣先で攻撃された時ですら、自衛隊は可能な限り撃たずに戻るよう命令されていた」

「それは、相手も軍隊の場合ですな」

「──軍隊じゃ、ない？」

艦長がうなずいた。

「ソナーの音紋は見たことのないものでした。それに潜水艦らしい音はまったく聞こえなかった。いいですか、スクリュー音どころか機関音もです。そして代わりに、あれが聞こえた……」

「あれ？」

「歌──のように聞こえました」

「歌？」

「実際は索敵音だと思いますが、妙にパターンが豊富で。ほら、海棲哺乳類《かいせい》がいろいろやるでしょう。……あんな感じの歌です」

艦長は言葉を切り、水平線を見つめた。沈みゆく夕日のゆらめきがその顔を照らしている。折津はぽつりと言った。

「生物なんですか」

「ええ」

そうか——と折津は思った。アスロックや魚雷を使わなかったのはそういうわけだったのだ。誘導兵器は巨大亀《アーケロン》や海竜《シーサーペント》をロックオンするようにはできていない。

艦長が疲れたように言った。

「生物を攻撃するのは、戦争に当たるんでしょうかね」

それはこっちが聞きたい、と折津は思った。

気が付けば、損傷報告や船団との連絡の声が飛び交っていたブリッジはいつの間にか静まり返り、たくさんの人間が折津たちを見つめていた。折津が見回すと、そそくさと視線を外す。興奮と——それに混ざった安堵がブリッジ全体に漂って、折津の肌に触れていた。

初陣の興奮、そして、人を撃たずに済んだという安堵だ。

安心していていいのか、とちくりと言ってやりたくなった。

言わないためにブリッジウイングに出て、風に頬をさらす。火照《ほて》っていた。

敵は、自ら去った。

海自最強を誇るイージス護衛艦〝ちょうかい〟は、負けたのだ。

ミッドウェイ海戦以来、海は常に空に制された。それに対抗する道を選んだ軍艦の、頂点を極めたのがイージス艦だ。

だが、その進化は、水底《みなそこ》からやって来た敵には無力だった。

海を穿《うが》つ捻子《ねじ》も持たないのにたくましく水を蹴り、自在に駆け、鉄を叩き、歌いながら消える敵。その敵が言いわけをせずに戦える生物だというのは、幸なのか不幸なのか？火砲を鼻であしらうような化け物に安堵していいのか？

あれは何者か。

突然折津は、無性に話したくなった。同僚でも上司でもない。二ヵ月前にともに黒潮の中に潜り、脅威の最初の予兆をともに目撃した、あの二人と。海から来て海に帰りそうな不思議で愉快な娘と、斜に構え恐怖を知りながらも見つめる目と探る手を持った男。あの二人なら、今見た敵と正しく向き合う方法を考えてくれるに違いない。いや、あの二人にこそ、自分が見たものを伝えなければいけないのだ。

いったんそれを決心してから、折津は一人で苦笑した。考えてみれば自分は、彼らのことを何も知らないのだった。自分の組織と相手の組織を通して連絡することになるが、それがスムーズにいったとしても、彼らもまたこの海原のどこかに乗り出しているかもしれない。焦っても意味はなさそうだった。

〝ちょうかい〞がまた旋回し、〝プラネットビーナス〞に舳先を向けた。黒煙が大分薄くなっているところを見ると、あれは燃料に引火した炎だったのだろう。とするともう自力航行はできないはずだが、置いていくのだろうか。――そう思っていたら、ブリッジの中から曳航がどうとかいう話が聞こえてきたので、折津は驚いた。いくら〝ちょうかい〞が一〇万馬力を誇るとは言っても、あの巨体を曳航するのはただごとではあるまい。行く手の雲峰は残照を浴びて金色に輝いていた。美しい光景だが、その下の海は穏やかではないだろう。

嵐になるな、と折津は思った。

この頃、全世界で、同じように襲撃を受けた船からの情報が少しずつ集まりつつあった。最初の数件が発生した時に各地の国境で交錯した疑惑は、事件の回数が重なるにつれ薄れ、ことあるごとにとげとげしい非難声明を出す一部の国を除いて、国際社会はおおむね、これを人為的原因以外によるものだと認識した。根拠は簡単で、それが可能な人類の道具が存在しなかったからだ。テロ対策に神経を尖らせているアメリカでさえ、いわゆる「ならず者国家」たちがそんな兵器を持っていないことを、しぶしぶ認めた。

そんな時に、日本の〝ちょうかい〟と第四八護衛船団が襲われる事件が起こり、謎の敵の正体の一端が明らかになった。接触時間が短すぎて形のあるデータが残らなかった〝しきしま〟の沈没事件を除いて、今までにこれほど多数の目撃者があり、交戦まで行われたケースはなかったのだ。〝ちょうかい〟から日本に電送され、防衛庁が公開した音響データと攻撃損傷評価用のビデオ映像に、世界中の海事関係者が驚愕した。

敵は生物だった。

米軍はそれを、未確認敵性遊泳体という意味でUHNの略称で呼んだ。だがそれよりも、アメリカのジャーナリストがつけた〝ニューク〟という名称のほうが人口に膾炙《かいしゃ》した。Nuke――Necton of Unidentified Killing Echo、殺戮《さつりく》を歌う謎の遊泳者。不気味な言葉遊びだった。元はと言えば、これは核兵器を指すスラングなのだ。

この発見は、世界の安全保障に関係する人間たちに、複雑な思いを抱かせた。それに勝てるかという当然の懸念と、それと同じほど強い、おおっぴらに敵を叩ける、という単純な喜びである。〝ちょうかい〟の乗組員たちが感じたあの思いは、軍人という同じ立場の人間たちに共通するものだった。

だが彼らは、やはり〝ちょうかい〟乗組員とは違った。敗北は他国の軍のものと確信していたのである。それもまた軍人という人種の性《さが》のようだった。

軍隊の対極に位置し、それゆえに同じように行動を誤ったのが、時として軍さえ出し抜く行動力を発揮する動物保護団体だった。彼らはニュークを保護するよう訴え始めた。今まで救ってきた、熱帯雨林の小さなクモから南氷洋を群れで回遊する鯨にまで至る、数多くの人間に追い詰められた生命たちと同じように。だがニュークは、追い詰められてなどおらず、こちらを追い詰めてくる相手だった。

ただ、彼らは責められるべきではなかった。ニュークは彼らが今まで倒し、あるいは守ってきた相手とは、まったく違う相手だったから。

人類は数多くの破片からなるモザイクであり、もちろん彼らだけで占められてはいない。他の人々の動きも活発化した。しかし、報道機関、行政組織、宗教団体などの活動は、的を射たとは言いがたかった。彼らが触れることができた一次情報は少なすぎたからである。結局、知るために知る、本来なら最も実務的でない人々――科学者、研究者たちが、皮肉にも謎に一番近付きつつあった。

その中の一勢力が、奇しくも〝ちょうかい〟たちを巻き込んで足止めにした琉球諸島東方の台風の縁をかすめて、懸命な疾走で南に向かっていた。

〝えるどらど〟のメンバーたちだった。

3

垂直に襲いくる真水の津波のようなスコールが去ると、地面まで貫きそうな強烈な日光がラヌーサの町に降った。

白壁の小さな箱のような家屋と魚や揚げ物を売る屋台が、メインストリートに並ぶ。熱帯標準の開襟シャツを着た浅黒い肌の男たちと、派手な花柄の服の女たちが歩いているが、それよりも軒の日陰で座り込んでいる人々のほうが多い。真っ白なワンピースをひるがえして走ってきた五つぐらいの女の子が、ふと立ち止まって深い黒い瞳で見つめた。

ぼさぼさの犬がやけに堂々と背筋を伸ばして歩き、豚とニワトリが、があがあぎゃあぎゃあと駆けずり回る通りを、穴だらけのアスファルトにぼこぼこはねながら、ジープとバスの合成物であるジープニーが突っ切っていく。その先一キロも行かずに町並みはすぐ途切れ、あとはプランテーション時代の置き土産の広大なココヤシ畑だ。

「楽しいとこですね」

手綱《たづな》を放したらどこかへふらふら行ってしまいそうな顔で、こなみが言った。別に手綱などなかったので俊機はそれを放しはしなかったが、釘は刺した。

「離れるなよ。離れたら捕まって売られるぞ」

「それ偏見です」

町中を見回る間、俊機はなんとかこなみを曳航しきったが、バナナは買わされた。

七千の島を持つ多島国家フィリピンで二番目の大島、ミンダナオ島北東部のラヌーサという小さな港町である。名古屋を発し沖縄から台湾まで南西に走り、南に舳先を変えてほんの一渡り。台風を避けたルートだったが、出港からわずか五日の短時日で、彼らはこの町にたどり着いた。燃料費がすべて相手持ちだと聞いて、船長の伯方が〝えるどらど〟のディーゼルに全力運転を命じたからである。

その〝えるどらど〟は沖に停泊して待っている。

下手《へた》に入港なんかしたら、お調子者ぞろいのうちの連中があっという間にフィリピンじゅうに遊びに行っちまう、というのが伯方の言い分だが、実のところは、入港しようにも港湾管制もないし水深も分からない小規模港だから、のこのこ入ってって座礁なんかするよりは、さっさと依頼主のフィリピン海軍のフリゲートと合流して現場海域に向かいたい、その辺が本音らしかった。

フリゲート艦〝ラプラプ〟はこの町の漁協のような小さな海軍基地で待機している。早く出てきてほしいところだが、出港準備がまだなのかなかなか出てこない。

〝えるどらど〟から基地と無線連絡をしても、なんだか話が要領を得なかったので、俊機とこなみが連絡員として作業艇でやって来たのだが、海軍担当者から聞き出したのは妙な話だった。フリゲートの準備は済んでいる。だが目的海域のことを知っている水先案内人《パイロット》がいないというのである。

そもそも問題のニュークの遊泳海域を見つけたのは、フィリピン海軍ではなく地元の漁師だった。彼の通報で海軍が調査に乗り出したのだ。海軍は詳しい場所を知らないから、その男を呼んでこないとフリゲートを出せない。

なんとも大ざっぱな話である。俊機はあきれたが、のんびり待ったり手ぶらで帰ったりすれば、上司の悠華にマストから突き落とされる。とにかくそのパイロットとやらを連れてこい、だめなら居場所を教えろと問答したところ、それならあなたが行って呼んできなさいと言われてしまった。通関や検疫は短時間だから必要ない、相手は町のどこかにいる、という大らかさである。

かくて二人は作業艇の操縦士を残し、町へ出た。

バナナを食べ歩きながらこなみがにこにこと言う。

「いませんねえ、アルワハブさん」

相手はアルワハブという名である。それと年格好しか聞いていないというのが恐ろしい。

「いませんねって、こんな適当に歩いてるだけで、おまえ見分けがつくのか?」

「つきますよ、私、鼻利きますから」

文字通り真上から突き刺さる日光に目を細めて、俊機は無言で額を拭いた。

大きくもない繁華街をいつのまにか抜けてしまい、商港のほうに出ていた。商港といっても冷凍倉庫やコンテナ用のガントリークレーンなどない。昔ラワン材を積み出していた低い岸壁に、さびを吹いた貨物船が数隻並び、タイヤをくりつけた木造の桟橋が数本突き出ているだけの、のどかな港だ。実のところ隣の軍港とはフェンス一枚を隔てているだけで、警備もへったくれもない。

「あ」

こなみがつぶやいて、指差した。桟橋の一本に、魚網を積んだ恐ろしく古ぼけた木造の船がもやってある。その側で、あぐらをかいて釣り竿を立てている人物がいた。立っているだけでやけどしそうな強烈な日差しの中で、頭にかぶった白布がまぶしい。

「あの人」

「……どうしてわかる?」

と聞いたときにはすでにこなみは走り出している。服装は確かに、聞いたとおりの——白い頭布《ゴトラ》をかぶって黒い輪でそれを押さえ、やはり白い寛衣《トーブ》をひらひらさせた、典型的なアラブ人の格好だ。しかし、暑さ避《よ》けなのか、似たようなかぶり物やトーブをまとっている人間は町中にも数人いて、俊機にはそのどれも見分けがつかなかった。

「ハロー! 釣れますか?」

こなみが元気に話しかける。沖縄育ちで米軍仕込み、という触れ込みではなはだ覚束《おぼつか》ない英語をしゃべるのが彼女である。そしてフィリピンは米軍占領時代の影響で英語とフィリピノ語を公用語にしている。

その人物はゆっくりと振り返った。老人だった。浅黒いというより赤黒いような、日焼けが底まで染み込んだ肌が、彫刻刀で彫ったように深い陰影をたたえていた。あごには豊かな白い髭《ひげ》をたくわえている。

「売り物じゃないよ」

ノットセール、と、こなみと似たようなかくかくのピジン英語で老人は答えた。

「ううん、お魚買いに来たんじゃないんです」

言ってから、こなみは透き通った水に垂らした竹の魚籠《びく》の中を覗き込んだ。

「あ、サバ《マッカラル》だ。こんなところでも日本と同じお魚が釣れるんですね」

「日本の方かね？」

「はい。〝えるどらど〟っていう船で来たんです。大きな怖い魚を捕まえに」

「……ビッグ・テリブル・フィッシュ？」

「ヤー」

老人がゆっくりと繰り返し、こなみがうなずいた。そのあたりで俊機が追い付いて、頭をつかんで下げさせた。

「ソリー。釣りの邪魔をしてすみません」

彼の英語は、〝えるどらど〟で待機する間に、暇を見て地道に覚えたものである。正しいがやはり下手だ。こなみが怒って暴れる。

「ちょっと、頭、放して！　私なんにも悪いことしてません！」

「うるさい、行くぞ」

「ああ、基地に戻らなくってもいい。ここから行こう」

二人は口論を止めて、魚籠を引き揚げる老人を見た。

「……ミスタ・アルワハブ？」

「うん、ヌフ・アルワハブだ。知ってて話しかけたんじゃないのかね？」

俊機はまじまじとこなみを見つめた。

「なんで分かった」

「だから言ったじゃないですか、私は鼻が利くの！　海で暮らしてる人なら分かります！」

そういえばこいつには、見えもしないMH層を嗅《か》ぎ当てる妙な特技があったな、と俊機は思い当たった。――部長が俺たちを町に出したのは、こういうわけか。

「ええと、なぜ釣りを？　捜しましたよ」

「なぜってそりゃ、君たちが来るのはまだ二日も先のはずだったじゃないか」

「はあ……そういえば」

伯方の奮闘で早く着いたのだった。

「でも、なぜ俺たちが誰だか分かったんです。――ああ、おまえが〝えるどらど〟って言ったな」

「わしたち、ここらの漁民もビッグ・テリブル・フィッシュと呼んでいる」

俊機はさっとこなみからアルワハブに視線を移した。アルワハブは竿をかつぎながら淡々と言う。

「しかし軍ではニュークと呼ぶようになったな。それともアメリカ海軍にならってUHNと呼ぶかね。君たちは、ビッグ・テリブル・フィッシュと呼んでいるのか？」

「いえ、やはりニュークと呼んでいますが」

「ひどい呼び方だ。だがシンプルではある」

「はあ……」

俊機は、アルワハブへの態度を定められずに曖昧な返事をした。地元の漁師と聞いて、こんな穏やかな隠者めいた老人ではなく、もっと大声でがあがあ怒鳴るおっさんを想像していたのだ。それに姿も気になる。顔も服装も明らかにアラブ系だが、フィリピンではイスラム教徒は少数派なのではなかったか。なぜそれがここに。

やや納得いかないまま、俊機は頭を下げた。

「私はタイジマトシキといいます。こちらは」「ミガワラコナミです」

「トシキにコナミね。……ああ、チャイナとジャパンは逆さまだったかな」

「いえそれでいいです！」

こなみが宣言すると、老人はにっこりとしわ深い顔をほころばせた。悪い人ではなさそうだ、と俊機は無理やり納得した。

「ええ……じゃ、行きますか」

「ああ、こっちへ来なさい」

アルワハブは雲を踏むような軽い歩みで桟橋を行き、ひょいと飛んで、そばにもやってあった二十メートルほどの大きさの、ヤシの実を割ったようなずんぐりした木造船に飛び乗った。

「ほら、おいで」

「え、あの、軍艦の水先案内をしてほしいんですけど……」

こなみがフェンスの向こうの軍港に目を走らせながら言うと、後部の操舵室にさっさと入ってしまったアルワハブが、窓から顔を出して手招きした。

「分かっとるよ。今呼ぶから」

「呼ぶ?」

アルワハブはマイクをつかんでいた。よく見れば、発掘品のように思えたその船にも、ちゃんと航行灯があり、煙突が立ち空中線が張ってあって、それなりの近代設備を備えているようだった。

「今来るよ。ほら、早く上がって」

その語尾に、はじけるような太い汽笛が重なった。振り返った二人は呆然とした。

軍港に停泊していた、灰色の針山のようなフリゲート艦〃ラプラプ〃が、煙突から黒煙を吐き出し、船尾の海面に白い泡を湧き立たせて、岸壁を離れつつあった。

アルワハブは艫《とも》に出てもやい綱を解き、あたふたと飛び乗る二人には目もくれずに、操舵室に戻った。どろろろっとディーゼルの響きが上がり、ずん胴の見かけに似合わない軽快さで、木造船は桟橋を離れた。こなみは目を白黒させながら操舵室によじ登る。

「あ、あの! 基地にまだボートの仲間がいるんですけど!」

「こなみ、それよりもだ。あんたが〝ラプラプ〟を動かしたんですか？　なんでそんなことが？」

　こなみを押しのけて俊機が聞いた。アルワハブは古めかしい小さな舵輪をくるくる回して他の船を避けながら、振り返った。

「なんだ、基地の連中は何も言わなかったのかね？」

「はあ」

「退役前は少将やっとった」

　俊機はあんぐりと口を開けた。こなみが先輩変な顔とちょいちょい袖を引っ張る。

「少　将《リーア・アドミラル》？」

「うん。ミンダナオの南半分の海を仕切っとったよ。その後、家族で動かしとった、この〝怒った小鮫《ザラーン・クライシュ》〟に戻った。軍艦も勇ましくていいが、やっぱり潮と魚を相手にするほうが気楽でね」

　アルワハブは不思議にエキゾチックな鼻歌を口ずさみ始めた。俊機はやっと合点がいった。フィリピン海軍とても、ただの漁師の通報で、遠く日本に助っ人を求めるような大規模な調査を始めたのではなかったのだ。

　こなみは、開放式の凹型甲板に人がいるのに気付いた。アルワハブと同じような格好の男たちだ。船べりに腰掛けて、水平線まで届くような鋭い目つきで、じっと周囲を見つめている。息子たちだ。あれは長男のザイド、とアルワハブが言った。

百トンもないような小さな木造船が湾を進むと、他の漁船や機帆船がするすると道を譲り、その後を十倍も大きな軍艦が飼い主に従う犬のようについてくる。こなみは罪のない優越感に胸をわくわくさせて、泳げるほど重い熱帯の航行風に体を乗り出した。

アルワハブが思い出したように言った。

「ボートはどうするんだね。戻ったほうがいいか？」

「いーえ、このまんまでオッケーです！　全速前進《フール・アヘー》！」

「後で無線で呼ぶか」

振り返ると、俊機もまんざらでもなさそうな顔だった。

アルワハブが案内したのは、ラヌーサから東におよそ四〇海里の海域だった。世界屈指の深海、フィリピン海溝の岸辺である。広大な太平洋の波が打ち寄せるそこで一行は腰を据え、ニュークを求めて調査を開始した。

フリゲート艦のBRP〝ラプラプ〟は、アルワハブの木造船に比べれば大きいとはいえ、〝えるどらど〟の半分しかない、排水量一七五〇トンのほっそりした小型艦だった。艦体には、電子戦全盛の現代ではレーダーに引っかかりまくって危険なはずの、ごてごてした煙突や突起物が多く、あちこちにさびが浮き、大時代な七六ミリ砲やとっくに世界の海軍から引退したヘッジホッグ対潜投射弾が残り、ブリッジなど露天である。なんだか怪しいぞと思って俊機が聞いてみれば、この艦はなんと、いにしえの太平洋戦争中に米海軍が建造した、キャノン級駆逐艦のお古だということだった。フィリピン海軍でも先ごろ退役したものを、このためにわざわざ改名して引っ張り出してきたのだ。

　それでもこの艦は我が海軍で最大のものなんですよ、と言って艦長のロゼリオ・ルイス大佐は厚い唇を引き締めた。多島海に海賊が横行し、国力いまだ充実しないフィリピンの、精いっぱいの努力なのである。乗組員たちはきびきび動き、ディーゼルは唸《うな》り、砲も懸命に回って、大いに熱意が感じられたので、打ち合わせに訪艦した〝えるどらど〟クルーたちも、敬意を持って接するようになった。

　実際、〝ラプラプ〟の活躍はあなどれなかった。設定海域の周辺を軽快に走り回り、民生品を改造したソナーブイを爆雷投下軌条からたくさんばらまいて、半径八〇海里に及ぶ警戒エリアを作り上げた。ニュークはきわめて静粛な相手だが、まったくの無音でないことは分かっている。何もいきなり魚雷で撃とうというのではないのだから、受動《パッシブ》感知するだけのそのやり方でも、十分捕捉できる。

　もしニュークが見つかれば、〝デビルソード〟の出番である。目標の前方に潜航して待機、ソナーで音を採り、可能であれば撮影し、バラスト投下で急速離脱する。危険な任務だが、悠華がプラスの要素を二つほど提示していた。一つは、これまでニュークに襲われたのが、大型船に限られているということ。もう一つが、秘密兵器である。

「これさ」

〝えるどらど〟の格納庫で、にやにや笑いながら悠華が披露した手製の道具を見て、俊機は頭を抱えたくなった。

その束ねた消火器のような代物は、海底下走査用《サブボトムプロファイル》のカートリッジ式エアガンを六本ひとまとめにしたものだった。エアガンといっても空気銃とは違う。圧縮空気を海中に打ち出して大音響を立て、硬い岩盤の下にまで弾性波を届かせるものだ。

それを六本一度に発振させようというのだ。

「音響爆弾かよ……」

「〝ちょうかい〟はニュークが索敵音を出すことを見つけてる。音を出す以上は耳もあるはずだ。やつの鼓膜をぶっ壊してやるんだ」

「怒り狂って襲ってきたらどうするんだ？」

「怒り狂って襲ってきた場合の切り札なんだってば」

「使わないですめばいいですねえ」

こなみがしみじみと言った。俊機はその後で遺書を書いた。

衛星通信で地球の裏側とでもリアルタイム会議ができる〝えるどらど〟には、毎日世界中から最新情報が入ってくる。ニュークの研究はあらゆる分野で必死に進められているのだ。そうやって手に入れた情報はもちろん、警戒のために走り回っている〝ラプラプ〟とも共有しなくてはいけない。ところが〝ラプラプ〟にはテレビ電話はおろか、まともなコンピューターすらない。無線通話で埒《らち》があくものでもないから、顔をあわせて会議する必要が出てくる。

ヘリがあったらな、と俊機は痛切に思う。だがそれはないし、両船ともヘリポートは備えていない。いちいち作業艇を下ろす手間はかなりのものだ。

アルワハブの〝ザラーン・クライシュ〟が、こんなところで役に立った。奇妙なアラブ系老人と家族たちは、一日おきの乗り入れ会議のために、おんぼろの木造船を駆って精力的に二船のサポートを行ってくれた。そんなボロが外洋航行能力を備えているというのは〝えるどらど〟の誰にとっても驚きだったが、伯方に言わせれば、あれは二千年も前からペルシャ湾を走り回っていた由緒正しい船で、昨日今日水に浮いた〝えるどらど〟の人間がつべこべ言う筋合いのものじゃない、とのことだった。

「ダウ船だよ」

この辺りに多い低気圧のうねりで、ごろりごろりと揺れる〝ザラーン・クライシュ〟を、減揺装置の効いた〝えるどらど〟のブリッジから見下ろしながら、伯方は感心したような顔で言う。

「アラビアのベドウィンたちが造った偉大な帆船だ。キリストの時代から使われ続けて、今でもアフリカの船大工が製法を受け継いでる。オイルロードの日本タンカーも、貨物満載でインドと中東を往復するあの船たちと、よくすれ違うそうだ」

「ベドウィンって、ラクダで月の砂漠をはるばる行くんじゃないんですか？」

巻瀬がまぜ返し気味に聞く。阿呆、と一喝して伯方は続ける。

「ベドウィンは定住しない民族だが、その行動範囲には海も入ってんだ。季節が変わるたびにラクダを飼い、ダウに乗る。星見の技は砂漠で鍛えてる。インド洋が連中の庭だが、もしやらせれば、帆走だけで北米航路を渡るだろうな」

半信半疑のような巻瀬などほっといて、一杯やりたい爺さんだ、と伯方はしみじみうなずいた。

十日もの間、連続で作業を続けられたのは、奇跡に近い幸運だった。だが目立った成果のないままその幸運も終わり、秋口だけに台風が発生した。ラヌーサ港は防波堤もないし他の港に向かうにしても日数がかかる。風上を向いて根性で粘る踟躊《ヒービング》でもって、〝えるどらど〟は台風と戦った。旧式の〝ラプラプ〟が付き合ってくれたのは驚きであり、〝ザラーン・クライシュ〟までが残ったのは驚異だった。そして三船は見事嵐を乗り切り、伯方は着任時から秘蔵していた古酒の封を切って、ルイス大佐とアルワハブを小宴に呼んだ。しかし、そこでちょっとがっかりした。アルワハブ老人の一家はダウの甲板がどれほど揺れようとも日に五回の礼拝を欠かさない、敬虔《けいけん》なムスリムだったのだ。杯は丁重に断られた。

それはともかく、その後、きっかけを待っていたように数個の台風が続けざまに東太平洋に発生したが、いずれも彼らを直撃はせず、遠くからうねりを送ってくるだけだった。熱帯の空は相変わらず、突き上げた手が染まりそうなほど濃く青く晴れ上がり、不意に曇ってスコールを叩きつけた。毎日それを浴びながら、三隻のちっぽけな船はだだっ広い太平洋を走り回っていた。

ただ、その周りには、まるで嵐が呼び寄せたかのように、ぽつりぽつりと見慣れぬ者たちの姿が現れるようになった。

4

「ちぇすとー！」

叫びながらこなみが三回転半で海面に転がり落ちた。あわてたように逃げ回るコバンザメやらパイロット・フィッシュやらの中で、小麦色の肌とクロームイエローのビキニが、厚さ三千メートルの濃紺の海水に溶けていく。そのまま二分。

木目がつるつるにすり減ったダウの船べりに腰掛けた、真紅のハイレグワンピースの悠華が、サングラスをちょいと持ち上げて透明な海面を見下ろした。

「……沈んだかな?」

原潜から発射されたトライデントミサイルのような勢いで、ぷはあっ! とこなみが顔を出した。ものすごく嬉しそうに叫ぶ。

「あー苦しかった!」

「生きてたか」

「生きてますよう。悠華さんも来ませんか?」

「朝からずっとじゃないか。なんだか妙に水温も低いし、私はもういい。今度泳いだら有機物片《デトリタス》になってエムデン海淵《かいえん》に沈んでしまう」

「拾ってあげますよ。〝デビルソード〟で」

はいはい、と言うように悠華は手を振った。

〝えるどらど〟から一海里ほど離れて停止している〝ザラーン・クライシュ〟の船上である。悠華がそばのクーラーボックスからジンジャーエールを取ってストローをくわえていると、操舵室からアルワハブがやって来てまぶしそうに目を細めた。

「水遊びは楽しいかな」

「ええ。ハイドロフォンが雑音拾ってしっちゃかめっちゃかになるから、走査中の〝えるどらど〟では泳げないんですの」

「そうかね。こんなボロ舟に女性二人がなんの用かと驚いたが、役に立てて幸いだ」

「迷惑ですか」

悠華は、甲板で魚網の手入れをしている息子のザイドたちを振り返った。こっちを見ていた彼らはあわてて目を逸らす。

「肌を出さないほうがよかったかしら」

「異教の君たちにまでは強制しない。家族になれば別だが」

アルワハブは悠華の、年にしては引き締まった見事な腰のあたりを見つめながら、真面目な顔で言った。

「もし一人身なら、下の息子の妻になって、わしの孫を産んでくれんかね」

「あら、光栄です。でも私は研究室に嫁入りした身なので」

さらりと答えて悠華は微笑んだ。アルワハブはあきらめずに海へと目を移す。

「コナミはどうだろう。まだ子供は産めないかな」

「あれでも二十三です。でも鯛島の――トシキのステディです。まず決闘からですね」

「そうか、残念だ。あの子はまるで、わしたちと同じ海の民のようなんだが」

漂う〝ザラーン・クライシュ〟の周りで、こなみが踊るように遊泳している。真下に広がる底なしの深淵を恐れることもなく、細い手足を伸びやかに旋回させて、潜り、浮かび、小魚たちと戯れる。サメが来たらすぐに呼び戻す手筈だが、あの子ならサメとも仲良くなるな、と悠華は思った。

時計を見て口笛を吹く。生まれた時から知っているような見事なクロールでこなみが戻ってきて、ロープをよじ登ってきた。ジンジャーエールを渡そうとした悠華は、逆に、にょろりとした長いものを突き付けられた。

「うわ、なんだ？」

「お土産です。群れからはぐれた子みたい」

悠華はまじまじと見つめた。ウナギに似た、だがもっと白っぽくて目もひれもない不格好な生物。それはあのシーリボンの個体だった。うろこのない体表は、煮過ぎた魚の白身のようにぐずぐずしていて奇妙に手応えがなく、かすかに金臭い匂いがした。体長は三メートルほどもあろうか。

つかもうとすると、こなみがひょいとそれを持ち上げた。

「戻してあげますね」

「ちょい待ち。持って帰ろう」

「え？　食べないでくださいよ」

「食べやしない。〝えるどらど〟じゃ、こいつのサンプルはまだ採ってなかった。——いや？　調べ終わったら食べてみるか」

「もう」

頬を膨らませたこなみを背にして、巻いたそいつをクーラーボックスに入れてから、悠華はさりげなく言った。

「それで、憂さ晴らしにはなった？」

「はい、とっても！　〝えるどらど〟って海に浮かぶ船なのに、全然泳げないですから……」

声を徐々にしぼませて、こなみは上目遣いになった。

「あの……憂さ晴らしって……」

「別に私でなくたって分かるよ、あれだけ空騒ぎしてりゃ。鯛島とケンカしたわけじゃないんだよね。日本から何を引きずってきたの？」

こなみはあまり力の入っていない姿勢で突っ立っていた。体積を失ったおかっぱの髪から、ぽたぽたと水が垂れる。

「……確かめようと思ったんですよね」

「何を」

「ほんとに離れちゃったのか」

悠華は振り向き、先を促すようにあごを動かした。こなみは視線を上げ、空中から言葉を引き出すようにして、ぽつぽつと言った。

「私……ずっと海のことを友達みたいに思ってたんです。生まれたところにあって、本土に渡ってからもあって、それ全部一つにつながっているものですから。……でも、最近は仲良くできない。私の知らない生き物をぶつけてきて、私の知らない顔を見せて……まるで私を嫌いになったみたい」

「嫌いになったんだろうね」

こなみは振り向いて、そばに来た異邦の老人を見上げた。聞くだけなら日本語にも慣れている、と無線機の空中線をちらりと指差してから、アルワハブはゆっくりした英語で言った。

「海は決してやさしくはない。台風で船を壊し、サメで人間を食べる。底に沈んだ骨は帰らず、二度と見ることはできない。コナミ、昔から海は容赦がなかったさ」

「でも、私にはやさしいはずなんです！　おばあちゃんが守ってくれるから——ニライカナイに行ったおばあちゃんが！」

「うん？」

首を傾げたアルワハブの隣で、悠華が確かめるようにつぶやいた。

「それは、沖縄の伝承にある言葉だな。詳しくは知らないが……アルワハブさん、この子が生まれた島に伝わる、彼岸の地、神の国のことです」

「ほう、そこにコナミのおばあさんがいるのかね」

「はい……」

こなみは小さくうなずいた。

「私のおばあちゃん、ユタでした。……ユタって、巫女《みこ》さんです。占い師、予言者……そんなの。おばあちゃんは死んだらニライカナイに行くっていつも言ってました。水平線の向こう、誰も知らない遠い海の奥にある、水の大地と、水の柱と、水の屋根の広がる、神様のまっさおな神殿に……」

つかの間、行ったことのある土地を思い出すように、こなみは目を閉じる。

「……そして言葉どおり、おばあちゃんは私が七歳の時に台風で亡くなったの。浜を歩いていて、波にさらわれて……」

うつむいてつぶやくこなみを、悠華は不思議な感傷とともに見つめる。人間、何を隠しているか分からないものだ。ただの明るい単純な娘だと思っていたこなみが、こんな深い思い出の淵を持っていた。

もちろん現代の女の子だから、何もあの、日本の中でも特殊な琉球の伝統を、完全に継いでいるわけではあるまい。だが、風習は消えても、島々を洗い続けた黒潮のざわめきは、古来と変わらず打ち寄せている。全身で受け止めたその流れを、こなみは彼女なりに呑み込んだニライカナイの名に結び付けて、しっかりと心のいしずえにしているのだろう。

だからこの子は俊機と惹《ひ》かれあったのかもしれない、と悠華はとりとめもなく考えた。

「こんなすてきな海だから、中に入れば昔みたいにやさしくしてくれると思ったの。なのに……冷たくて……」

「そう、そういうものだ。仲のよい友人でも、飲み水を奪い合うことはある。君とこの海は今、離れているのだろうね」

そう言った後で、アルワハブは糸のように目を細めて微笑んだ。

「しかし、いつか必ず仲直りするだろう」

「……どうして分かるんですか？」

「分かるとも」

老人は深々とうなずいた。

「アラビアの男は太古から潮と風に乗って、南はアフリカから東はこの多島海まで、はるばる行き来してきた。その中には、ここから北へ向かう海流に乗って、君の生まれたオキナワまで旅立った者もいただろう。そしてそこで妻を見つけ、子を作ったはずだ。――君とわしは、古い血でつながった家族なのさ」

「アルワハブさんと……私が……」

「わしはつい数十年前にこのフィリピンにやって来た人間だ。いろいろあって海軍で鉄の船に乗ったりしたが、潮と風を見る目は失っていないつもりだ。君の目はわしと同じように光る。君が〝ニライカナイ〟を見ようとするなら、きっと海はそれを見せてくれるだろう」

アルワハブの言葉には、言語の壁を楽々と越える豊かな響きがあった。こなみが何度もうなずくのを見て、悠華は、キリスト教徒が大半を占めるフィリピンで、なぜイスラム教徒のこの老人が必要とされたのか、分かったように思った。

「それにな、海は君から遠いだけではない。今はわしにも冷たい」

アルワハブはゆったりしたトーブのひだの中で腕を組みながら、海に向けて立った。

「あのニュークの謎を解くまで、安らぐ時は来ないかもしれない。――しかしコナミ、耐えなければいけないよ」

「はい」

こなみは子供のように素直にうなずいた。

クーラーボックスの側においてあったトランシーバーがぶつぶつ言った。悠華が出る。

「はいよ、こちらフロリダのリゾート」

『部長か？　いつまで遊んでるんだ、人に資料整理押し付けといて』

〝えるどらど〟の俊機だった。こなみがぴょこっと聞き耳を立てるのを見て、可愛いなあと思いながら、悠華は遠慮なく切り返す。

「あんたが泳がないって言ったんじゃない。こなみちゃんの水着姿を見逃して悔しくなった？　どのみち〝デビルソード〟の出番まではやることもないくせに」

『会議の準備ができた。お客さんを連れてきてくれ』

「あら、そ。近くまで来てるの？」

『何を言ってるんだ。塩水で目が見えなくなったのか？』

悠華はあわてて見張りを始めた。〝ザラーン・クライシュ〟前方象限には〝えるどらど〟が横腹を見せ、水平線上に灰色の点がいくつかと航空機らしい移動物体がある。いやそれは関係ない。

後方象限を振り返ると、なんのことはない、ほんの三海里ほどのところに、〝ラプラプ〟が黒煙を吐いて近付きつつあった。

『さっさと行って向こうの連中を連れてきてくれ。でないと接舷移乗して勝手に始めちまうぞ』

「やれるもんならやってみろ、亀の甲もろくに読めないくせに。――〝ザラーン・クライシュ〟了解。スリーサイズ確認式の後、〝ラプラプ〟スタッフを迎えに行く」

『ああ、それと』

着替えるためにこなみと船室に向かおうとした悠華を、俊機の声が呼び止めた。

『〝ラプラプ〟の航海士に、けっつまずいて舳先を折らないように注意しといてくれ』

「……下になんかいるの？」

『あれは絶対わざとだな。幅がたった二度のマルチナロービームの中を、何度も横切ってるんだから。巻瀬がプロトン磁力計と重力計見て、七千トンぐらいって割り出した』

「ミスタ・アルワハブ！　徐行運転でお願いします！」

いまいましそうに波間を一瞥《いちべつ》してから、悠華は叫んだ。

「七千トン……攻撃型原潜か」


タラップで〝えるどらど〟の上甲板に上がると、巻瀬と伯方が並んで双眼鏡を覗いていた。もう顔なじみになったフィリピン人スタッフたちを見て、ウエルカム、と手を上げる。

「なんか見えますか？」

「あれを」

近付いたワンピース姿のこなみに、巻瀬が双眼鏡を渡した。指差されたあたりの水平線をこなみは見る。

「わあ、おっきな船」

「それじゃないよ。もっと右」

こなみのひじが引かれた。視界に入っていた逆さまのアイロンのような大きな船が消え、代わりにぐっと小さな灰色の船の横腹が現れた。

「何あれ。積み木みたい」

こなみは変な声を上げた。その船はまさに、四角や三角の積み木を組み合わせたような形をしていた。船に付き物の手すりや柱やワイヤーなどが一つも見当たらず、のっぺりした平面だけでブリッジやマストが構成されている。舳先から艫《とも》までの線はほとんど完全な直線で、そこに通路がなく、折り目だけを残して舷側からじかに上部構造物が立ち上がっている。煙突の下の側面に横長の穴が開いて、中に短艇と吊り降ろし用のダビットが見えたが、やがてご丁寧にもシャッターが下り、開口部はなくなってしまった。

「なんだか、つんつるてんですね」

「ステルスもあそこまで徹底すると気味が悪くなるもんだな」

「ステルスですか？」

「曲面をなくしてレーダー波の乱反射を防いでるんだ。まったく色気のねえ、俺ならあんな船に乗るのは死んでもごめんだな」

「台湾海軍の康定《カンディン》級でしょう。フランスのラファイエット級をベースにした最新のフリゲート艦ですよ」

双眼鏡がないので額に手をかざして、肉眼で灰色の小さな点を遠望していたルイス大佐が、硬い口調で言った。伯方がぎろりと目を動かしてからかうように聞く。

「ほっといていいのかね？　南シナ海じゃいろいろ角つき合わせてるお隣さんだろう」

「領海には入っていませんから……しかし、必要とあらば我が海軍は断固として挑みます」

「悪かった、断固としなくってもいいよ」

艦齢半世紀の〝ラプラプ〟とあのハイテクフリゲートでは勝負にならないだろうが、大佐は臆する様子もなかった。頭一つ分背の高い彼に厳しい顔つきで言われて、伯方は船長帽を軽く持ち上げた。

こなみが、まだ物珍しそうに双眼鏡を覗きながら聞く。

「あれ戦艦でしょ。なんであんなのが来てるんですか？」

「戦艦ね。本物の戦艦はあの十倍の大きさなんだがな——なんて現代っ子に言っても始まらねえか。ま、戦力は戦艦以上だ。来たわけはもちろん、大捕り物を見物するためさ」

「大捕り物」

「俺たちが捕まえるだろうが。でっかい魚を」

「……ニュース見物にわざわざ台湾から軍艦が来てるんですかあ？」

びっくり仰天という顔でこなみが振り向いた。台湾どころじゃないと答えてその手から双眼鏡を取ったのは、悠華である。

覗いて舌打ちした。

「いちいち大げさだなあの国は。まさかと思ったけど、ほんとに空母だ」

「くーぼ！」

悠華は、こなみが最初に見つけた巨艦を見ていた。本業で勉強した水に潜るもの関係を除いて、軍事は彼女の守備範囲外だが、ニュースで聞く程度の情報は、忘れず頭にストックしている。

「米海軍だ。太平洋にいるのは第何艦隊だっけ？　下にはロサンゼルス級がいるそうだし、かなり本腰を入れて乗り込んできたな。あれあれ、空母に巡洋艦に駆逐艦に……戦闘機までぶんぶん飛ばして、まあ実に物見高い連中だこと」

「はあー……」

こなみは芸もなく感心して、海にまいた豆粒のような艦隊を見つめた。ふと、視界に入ったルイス大佐の横顔を見る。彼は今度は解説してくれず、何かを期待するような顔で米艦隊に視線を送っていた。

「見物は後にしたらどうだね。彼らは当分あそこにいるだろう」

「おっと、そうだな。中に入ろう」

アルワハブの穏やかな声で、伯方が皆をうながした。

「鯛島は？」「ぶうぶう言ってるぜ。おまえさん水着で戻ってくりゃよかったんだ」「こなみちゃんのほうがよく効くと思うけど」「いやいや、おまえの乳のほうが特効薬うわ」

悠華が伯方を蹴転ばす音を聞きながら、こなみは鉄の通路を走り、船橋楼最前部の会議室に飛び込んだ。

「先輩！」

「ああ、こなみか。プールはすいてたか？」

プロジェクターの準備をしていた俊機が振り返った。こなみは飛びつく。

「はい、貸し切りでした！」

「そうか。よかったな」

頭を撫《な》でられてふやけていると、咳払いが聞こえた。あわててこなみは飛びのいて、壁際に立った。

「準備オッケー？」「ああ、後は任せる」

会議の主役は悠華だった。タイトスカートとタンクトップに白衣代わりのヨットパーカーを引っ掛けて武装も完了している。スクリーンを背に壇上に立ち、俊機がプロジェクターを受け持つ。室内に入ってきた合同調査スタッフがそれぞれ席につくと、一つ空咳を落として、ドクター・センザンは学会で鍛えた完璧な英国英語を披露し始めた。

「今日は新しい報告があります。日本の水産庁の調査船〝開洋丸〟が、ニュークの謎を解く重大な鍵になるかもしれないレポートを送ってきました」

先入観は極力排除がモットーの悠華だが、人に聞かせるときは別である。最初の一行でいきなりつかむ。

「〝開洋丸〟は、曳航式のネットで生物資源を採取する調査を得意とします。彼らは半年をかけて、北太平洋を数回往復する調査航海を行い、新種の遊泳生物《ネクトン》のサンプルを大量に集めました。——そう、シーリボンです」

ほう、とフィリピン側から声が漏れる。

「まだ正式な名称の付いていないこの生物は、昨年終わり頃にチリ沖で発見されて以来、主に太平洋で目撃されるようになりました。〝開洋丸〟は調査の結果、彼らの分布が、あるデータと符合することに気付いたのです」

悠華は言葉を切り、無造作に放り投げた。

「ニュークの出現ポイントです」

一瞬、呼吸の音がなくなった室内を、闇が覆った。悠華の合図でこなみが照明を落としたのだ。海洋全図のスライドが浮かぶ。

「シーリボンは今まで、ポリネシア南部から日本までの太平洋東岸、そこからアラスカに至るアリューシャン近辺、南アメリカ西岸などで、幅数百キロにわたる群集が確認されています。しかし他の大洋では少なく、インド洋では大スンダ列島西方からインド東岸で中規模の発生報告がありますが、大西洋ではわずかに、西インド諸島近辺で数十平方キロ規模のものが、それに南氷洋に近い海域で数平方キロの規模の群集が見られただけです。これらがほぼ、ニューク出現の報告地点と一致しました」

たたみかけるような説明とともに、レーザーポインターの光がスクリーンを走る。それが短く停止した時に、ルイス大佐が発言した。

「偶然――という可能性は検討されただろうか？　今、あなたが指摘された海域は、いずれも多くの船舶が航行する重要な航路ばかりだ。船が多いから、目撃情報や被害も多い」

「いわゆる人間原理ですわね。しかし反論は簡単です。重要な航路の中でも最も交通量の多い、北大西洋と地中海では、シーリボンの目撃報告はまったくと言っていいほどないんです。そしてその方面では、ニュークによる被害もゼロです。ちょうど昨年から国際海事《IM》機関《O》が、海難データベースを作ってくれていましたので、確かな数字が出ますわ」

「なるほど。つまり、シーリボンとニュークにはなんらかの関係がある」

「お分かりですか」

にっこりと微笑むと、悠華はスライドをいったん消させた。

「さて、ここでちょっと話を戻します。私は生物化学者なんです」

はあ、というような顔を一同はぶらさげる。

「生物化学者ってなんだと思われるでしょうが、要するに生き物がどんな化学物質でできているかを調べる人間のことです。うちの会社の神鳳鉱産が扱う石油やメタンハイドレートは、太古の微生物の死骸が地中で化学変化を起こしたものなので、品質検査なんかのために私が雇われて、油を顕微鏡で覗いたりしているわけですが、まあこれは余談です。今回何が問題かというと、ニュークが一体何でできているか——平たく言うと、何を食べているかということです」

寄り道と見せかけていきなり本筋だった。

「物理学者でない私でも断言できますが、無からエネルギーは生まれません。生物はこの原則に従い、よそからエネルギーを摂取して生きています」

「そりゃ、食べなきゃ生きていけないのは当たり前……」

「タイムリーなご指摘です。でもこなみ、あんたがボケちゃいかん」

スライド。リゾート地のポスターのような砂浜と渚《なぎさ》。水着美人となんの変哲もないヤシの木。その木が主役であるらしい。映した俊機が額を押さえる。

「植物は何も食べません。——が、太陽光というエネルギーを入力されて生命を成立させています。他に特殊な例として、深海底に化学合成生命群という連中もいます。彼らは光エネルギーの代わりにアンモニア、鉄イオン、硫化水素などの無機物を酸化させたエネルギーで、二酸化炭素から有機物を作り出して、植物と同じ一次生産者の役割を果たしています。そういう愉快な連中もいるので、他者を捕食することだけが生命を維持する手段ではない、これは認識していただきたいと思います」

本筋と見せかけて寄り道のようでもある。アルワハブが隣の巻瀬にささやく。

「なんだか楽しそうに難しいことを言っているが、あれは彼女の詩か何かかね」

「すみません、ノってくるといつもこうなんです、うちの部長」

巻瀬は赤面する。

「しかしそれを念頭においた上で、一般的にこう言えます。一次生産者以外の生命は他者を捕食する。ニュークも例外ではない。では彼らは何を食べているのか」

本筋だった。そして進んだ。

「信頼できる報告に拠《よ》っただけでも、彼らの体長は十メートルのオーダーに達し、体表は砲弾を弾くほど強固で、しかもきわめて高い運動能力を持っていることが判明しています。人間という例外を除いて、生物は運動を、捕食するためか、捕食から逃れるために行うものですが、ニュークの体表の強靭さを考えると、彼らが捕食者を恐れる必要はほとんどないと言え、捕食する側だと推定することができます。もっともこの考えには、食べられる恐れがあるからこそ鎧《よろい》をまとったのだという反論ができますが、今までシャチやサメなどの海洋捕食者の胃からニュークやニュークの一部が見つかったという記録はないので、とりあえず脇におきましょう。ニュークは食べる。しかし、輸入されたブラックバスが在来種を食べ尽くして日本の淡水域を席巻した時のような、生態系上位者の交替は、この海では起こっていません。イカもマグロもカツオも今までどおり漁獲されている。それでは、つまり、彼らが食べているのは――」

長い詠唱を終えて、悠華が呪文の効果を待った。それは期待どおり発揮された。

「シーリボン？」

「イエス」

ルイス大佐に、悠華はうなずいてみせた。

「襲われた船はシーリボンに囲まれていた。ニュークはそれを食べるためにやって来た。オキアミを追うナガスクジラのように突進するニュークの前方に船がいた。――私は、それが事故の原因だと考えています」

フィリピン側スタッフは呆然としている。無理もない、と俊機は思った。彼らが鈍いんじゃなく、悠華が突っ走りすぎなんだ。彼自身も、この核心の部分は聞いていなくて、内心たまげていた。人類が見たことのない肉食魚とその餌の同時発見！　新聞の科学欄をぶち抜きで、いや、一面を飾るほどの新説だ。

待て、と頭を振る。それは、悠華が正しければの話だ。俊機に話していないぐらいだから、まだ学会やマスコミにはひとことも漏らしていないだろう。検証されていない。このままでは、仮説の域を一歩も出ない作り話と一緒だ。

フィリピン側もそれは感じたらしい。海軍付属の研究所から来ている中堅の学者が指摘する。

「実に興味深い説ですが、まだまだ完全とは言えませんね。襲われた船の周りには確かにシーリボンがいたかもしれない、これは我が国の商船にでも聞いて確認を取りましょう。しかしそれが、ニュークが一直線に船に突っ込んでくることの説明になりますか。他でもない、日本の〝チョウカイ〟が、明らかな反撃を受けたと聞いていますよ」

「つまり、ニュークは人間を食べようとしたかもしれないと？」

言い返したものの、悠華は素直に譲った。

「そうですわね、それは私にも分かりません。今の説はまだまだ未完成です。それは認めておきますわ」

フィリピン側がざわざわと声を上げる。一矢報いられたので喜んだのだろう。

しかしましても、その空気の変化をつかんで、悠華がおまけのようにさりげなく言った。

「最後に一つ、ささやかな発見があります」

「発見？」

「ご覧ください」

あれだな、と直感しながら俊機はスライドを映した。それも俊機は聞いていないが、悠華に言われたとおりにスライドを作っている途中で、気が付いた。

再び海洋全図である。前と違うのは、悠華が列挙したシーリボンの発生海域が、色塗りされていることだった。今度は悠華は長広舌《ちょうこうぜつ》を振るわなかった。ひとこと言っただけだ。

「これは何の図だと思われますか」

「シーリボン……」「トレンチの図では」

意外にも意見は二つに分かれ、言った人間同士がぎょっと顔を見合わせた。

悠華が満足そうにうなずく。

「どちらも正解です。シーリボンの発生海域にはすべて、六千メートル以上の海溝《トレンチ》があるのです。――これは、どういうことなんでしょうね」

「彼らは深海生物なんですか！」

ルイス大佐を含む数人が腰を浮かせた。悠華は謎めいた笑みを浮かべている。

次に疑問を提示したのは、意外な人物だった。

「ユカ。その話は、君自身が言ったことと相反しているんじゃないかな」

アルワハブだった。潮風の香りを白いトーブから漂わせる老人は、確かな口調で言った。

「君は、生物は必ず他の生物を食べると言ったね。それはニュークに当てはまるかもしれない。しかしそれなら、シーリボンにも当てはまるのではないか？　つまり、シーリボンの食べ物も考えなければ、さっきの話は意味がない」

「……ええ」

「わしの船には底引き網がある。もちろんそれは、せいぜい数百メートルの海で使うものだが、少しは深海についても知っているつもりだ。一万メートルのフィリピン海溝の底は、暗く、寂しく、生き物の姿のきわめて少ないところだ。そんなところからシーリボンがやって来たというなら――一体、何を食べているのかね？」

「まったく分かりませんわ」

胸を張って悠華は言った。的確な質問は、たとえそれが自説の穴を指摘するものであっても、科学者にとっては喜びである。――いつぞや悠華が酔っ払って垂れていた講釈を、俊機は思い出した。

「シーリボンは深海から来たのではないのかもしれない。それはこれから調べるべきことです。私の話はここまでです。――お役に立ちませんでしたかしら？」

ひそひそ話し合っていたルイス大佐と部下たちは、顔を上げてまばらな拍手をした。

「いや、役に立たないどころではありません。少なくとも、シーリボンが危険の兆候かもしれないということが分かったんです。――これは重要な発見だ」

皆がうなずいていると、いきなり天井をふっ飛ばしそうな悲鳴が上がった。

「あーっ、大変！」

「なんだ、どうした、こなみ」

「わた、わたし、アルワハブさんの船で」

会議室の入り口に置いておいたクーラーボックスにダッシュする。

「いたんですシーリボン！　捕まえました！　これって、もうすぐニュークが来るってことじゃ……」

蓋を開けたこなみは、あれ、と妙な顔をする。頭をかきながら、俊機は叱りつけた。

「馬鹿だな、ここらにシーリボンがいることはとっくに分かってるんだ。シーリボンどころか、ニュークがよく現れるから、俺たちはここに来たんだろうが。待ってるんだぞ、分かってるのか？」

「はあ」

「……どうした」

なんだか呆然としているこなみのそばに、俊機が歩いていった。任せておこうと決めたのか、悠華が照明をつけに行きながら言った。

「捜索の基本方針は、今までどおりソナーに頼るものでいいと思います。それに加えて、シーリボンに注意することを徹底してください。では、今日の会議はこれで」

人々が椅子から立ち上がる。研究者の二、三人は悠華を囲んで専門的なことを話し始め、アルワハブは礼拝のために船へ引き返し、〝ラプラプ〟と〝えるどらど〟の乗組員たちは、最近両船で交互にやっている昼食会のために、談笑しながら食堂へ歩いていった。巻瀬も俊機たちに近付いて誘おうとした。二人の妙な顔に気付く。

「どうしました？」

「ほら」

こなみが手のひらを差し出した。どろりとした、おかゆのでき損ないのようなものがのっていた。

「シーリボン、溶けちゃった」

「はあ？」

巻瀬は間の抜けた声を上げた。

死んだ後で急に金臭い匂いが強くなったシーリボンを、こなみは適当なお経を唱えながら、〝えるどらど〟の後甲板から海に流した。

「不思議な魚ですね……」

「足が早いんだな」

スライドレール上の〝デビルソード〟にかけられたカバーを直したりしながら、俊機が短く答えた。青魚じゃないんですから、とこなみがつぶやいた。

「そんな妙な性質だってあるさ。なんといっても、あのニュークの餌なんだから」

もともとそういう性格なのだが、俊機は乾いた返事をするだけである。こなみはかまってもらいたそうな顔で手すりにもたれている。ついてきた巻瀬が、居心地が悪くなったのか、取ってつけたようなことを言った。

「そういえば鯛島さん、十時ごろ届いたファクス見ました?」

「十時ごろ? 朝イチのやつじゃなくてか。いや、見てない。部長の丁稚《でっち》をやってたから」

「名古屋から、SDMPの分析結果が来たんですよ」

「……なんの結果だって?」

眉をひそめて俊機は振り返った。気を引くことができたので、ほっとしながら巻瀬は説明する。

「スーパー・ディープシー・ムービング・プレイン、超深海移動平面。六月に鯛島さんたちが千葉沖で見つけた、あの妙なでっかい移動物体です。とりあえずそう呼ぶことに、あちらで決めたみたいです。ニュークなんかに比べると芸のない命名ですけど」

「あれか……」

俊機の横にこなみもやって来た。二人は顔を見合わせる。日本海溝、八千メートルの深淵。その上層を二人きりの〝デビルソード〟でかすめた時に、彼らはソナーで見たのだった。暗黒の海中を悠然と横切っていく、不可解な影を。

目撃報告はそれ一件だけで他に例はなく、危険なニュークや業務に関わるMHのこととも違って緊急性もないので、神鳳名古屋ベースの技術者たちがあちこちの研究機関に月例の報告として送り付けて、低い優先度で調べてもらっていたはずだった。

「忘れてた。で、あれはなんだって？　泥土混じりの混濁雲とか、密度飛躍層の一種とかか？」

「いやそれが、やっぱり固体みたいです」

「固体ねえ」

俊機は難しい顔で腕を組む。

「ロシアが極秘開発した超深海潜水艦、ってのはどうだ。あの国は二、三年前にも、工業プラントだか戦艦だか分からんような妙な浮遊物体を、根室沖に流してきたことがあるし……」

「人間がこんなばかでかいものを造って沈めたら、なんであれ水圧でぺっちゃんこになっちゃいますよ。そうじゃなくて、文字どおり無垢《むく》の固体物質みたいなんです。音響インピーダンスは氷に似てるって」

「氷？　氷がなんで浮かびもせずに深海を流れてるんだ」

「さあ……」

巻瀬は頼りない返事を返す。

「よく分かりませんが……名古屋のみんなは、上に泥土層が積もってるんじゃないかって言ってます。反射波をよくよく見てみると、固体表面が微妙にぼやけてるとかで」

「南極あたりでできた土混じりのテーブル型氷山が、土の重さで深海に沈んで漂ってる、そんな感じじか」

「はあ」

「そんなことあるのか？」

「さあ」

「さあって、二カ月半も分析してその程度しか分からなかったのか」

「だって、鯛島さんが取ってきたデータだけしかないんですから。ちゃんと観測機器揃えて取ったものでもないし」

自分のミスのように巻瀬が身を縮めたので、俊機も語調を和らげた。

「まあいいさ。差し当たり、ニュークみたいに襲ってくるものじゃないって分かったんだ。今度潜った時にでも、じっくり探してみよう」

「見つかるといいですよねえ」

こなみがうっとりと言った。

「こういうの、どきどきします。先輩、一緒に探しましょうね」

「勘弁してくれ。おまえはまた勘違いして大騒ぎするに決まってる」

「あ、ひどい。私は一人前の船乗りですってば。ニューク探しだって一緒に行きますからね」

こなみがむかっ腹で言うと、俊機は真面目な顔になって言い渡した。

「それはだめだ。それとこれとは別だ。巻瀬と潜る」

「別ってなんですか。どっちも探し物でしょ」

「全然違う。ニュークはでかい口を開けて噛みついてくるんだぞ」

「でも先輩は別に死にに行くつもりじゃないんでしょ？　だったら私がついていってもいいじゃないですか？」

「わからんやつだな、生きて戻るのにおまえじゃ力不足だと言ってるんだ」

「なんですかそれ！　あのSDなんとかを見つけたのは私ですよ？　ニュークだって、近づいてきたら感じ取ってやりますよ！　巻瀬さんはそんなことできないでしょ！」

「それはできないほうが普通だ。というかそれは偶然だ、そんな超能力みたいなことが本当にできてたまるか！　巻瀬、気にするなよ？」

「あ、はい、別にそんなことは気にしませんけど……」

「すまんな。なあ、こなみ。こっちはおまえのためを思って言ってるんだ、わがままはよしてくれ。それに巻瀬に謝れ」

こなみは自分より背の高い俊機に詰め寄られて、のけぞり気味に後退していたが、それを聞くととうとう噴火した。

「おまえのためとかなんとか——やめてほしいです、そういうの！　私、行くって言ってますよね、名古屋を出る前からそう言ってますよね！　自分の意志で大丈夫って言ってるんだから、聞いてくださいよ。守ってもらってばっかりでこっちが嬉しいと思わないでくださいよ。前から思ってましたけど！」

「こなみ、おまえ——」

「謝れって、巻瀬さんに謝れって、それは私も言いすぎましたけど、先輩だってさっき無茶ぶりしましたよね、巻瀬さんに！　分析データが不満なら自分でやればいいじゃないですか！　先輩いっつもそう、偉そうすぎです！」

「偉そうすぎってなんだ？　おまえな、俺が好きで偉ぶってると思ってるのか、これは艇長としての責任から言ってるんだ。俺の判断次第で、俺自身だけじゃなくて同乗するおまえや巻瀬の運命も決まってくるんだぞ。だから偉そうになるのも仕方ないんだ、おまえにそんな判断ができるか？」

「できるかって、できるわけないじゃないですか、私はまだ全然新人なんだから！　先輩がそんなこと言い出すなんてずるいです！　そりゃ先輩は〝おとひめ〟乗ってたり事故に遭ったりした経験がいっぱいあるから、判断とか責任もってできるんでしょうけど、それ言われたらこっちは何も言えないですよ。そんな経験振りかざさないでほしい――」

堰を切ったようにまくしたてていたこなみが、いきなり口を閉ざした。その顔に、しまった、という後悔の表情が浮かび上がる。彼女を見ていた巻瀬は、振り返った。

俊機の日に焼けた顔が、目に見えてこわばっていた。かすれた声で言う。

「……ああ、そうだな。俺が艇長の判断うんぬん言い出すのは、確かにずるいかもな」

「ずるい……って、そういう意味じゃ」

「実際その通りだ。確かに、無駄に偉ぶってたよ」

「ちが、先輩、そうじゃなくて」

「いや、いい。俺にはおまえを乗せてやる実力がない。結局、そういうことだ。……すまんな」

手のひらを立てた俊機のひと言は、むしろ弱々しかった。くるりと踵を返してハッチへ向かう。二人を見比べていた巻瀬が、あわててついてきた。

船内通路に入って歩き出すと、追いついてきた巻瀬に腕をつかまれた。

「鯛島さん、どうしたっていうんですか？　あんな怒り方するなんて、らしくないですよ」

「放せよ」

巻瀬を引きずったまま俊機は歩く。小柄な巻瀬は長身の俊機を止められない。だが壁のダクトをつかんでふんばった。半ば怒って叫ぶ。

「一体なんなんですか、大人げない！　二十八にもなって、女の子に叱られて逃げるんですか？」

「……何をやってるんだろうな」

どさり、と俊機は力なく壁にもたれた。

「あれから三年も経つってのに。まったく……」

「あれからって……〝おとひめ〟からですか？」

日頃から潜水艇パイロットとしての落ち着いた自信に満ち、周りをまるで気にせず我が物顔に振る舞っている俊機が、こんなに動揺したのを巻瀬は初めて見た。

「〝おとひめ〟がどうしたっていうんです？　鯛島さん、関係ないんでしょ？」

「ないことがあるか。ああ……おまえは聞いてないのか、おととし入社したんだもんな」

「事故があったっていうのは聞いてますよ。裁判沙汰になったってのも。でも鯛島さんは無罪だったんですよね？　それとも何か隠してるんですか？」

「別に隠してやしない。……ただ、二人死なせたってだけだ」

巻瀬は息を呑んだ。俊機は沈んだ目を後輩に据える。彼が逃げ出さずにうなずいたので、ため息をついた。

胸の奥から言葉を押し出し始める。

「紀伊半島に海中公園があって、〝おとひめ〟はそこの観光潜水船だったんだ。潜水船って言っても百メートルも潜れないちゃちなやつだが、それでも船体は〝デビルソード〟より大きくて、一度に四十人を乗せて、全没状態で一時間の海中散歩ができた。俺はその船の三番手ぐらいのパイロットで、まだ船長にはなれずに、先輩に手取り足取り教えてもらってた。

あの日は台風の後で、ちょっと風は出てたが波は穏やかで、少し沖なら透明度も三十メートルはあったから、そっちにルートを変えていつも通り運行することになった。で、船長が操縦桿《かん》を握って、俺は途中の平坦なところで代わってもらう手筈で、〝おとひめ〟を出した。母船から海底まで降りて、五分航行したところでトラブルが起きた。なんだと思う」

「トラブル？　ええと、空気漏れとか、浸水とか、あるいは電気系の異常ですか」

巻瀬の言葉に、俊機は首を横に振って答えた。

「どれでもない。いきなり前が見えなくなった」

「は……？　あ、視界不良ですか？　海底の泥が……」

「いいや、それだったら航行を中止しただろうな。でも、違った。ビニールシートが前方窓に貼りついたんだよ。後でわかったが、台風で農家からおもりごとふっ飛ばされてきたやつだった。そいつは、船首を振ればなんとか剝がれそうに思えた。だから、船長はそうした」

成り行きが想像できたかのように、ああ……と巻瀬が眉を寄せた。

「通常と異なるルートで航行中に、視界がない状態で、乱暴な操縦をやった……ということですね？　では」

「ああ、ご想像通りだ。大岩に横腹をぶつけて、客席の丸窓をぶち抜かれた」

熱帯の〝えるどらど〟の通路で、俊機は寒気を覚えて両腕を抱え込んだ。耳の奥に、あのときの叫喚が蘇ってきた。

甲高いガラスの破砕音とともに最初の一人が叫び、うお、わあ、水、という間の抜けた驚きの声が広がって、たちまち恐怖の悲鳴に変化した。乗客が総立ちになり、水から遠ざかろうと動いた。〝おとひめ〟の客席と操縦席のあいだにドアはなく、客の動きを肩越しに見た俊機はとっさに止めようとしたが、遅かった。客の八割が浸水を避けて後部へ詰めかけると――一トン以上の荷重の変化を起こした〝おとひめ〟は、そのまま尻もちをつくように海底に衝突してしまった。

その傾きのせいで海水が後部の配電室に流れ込み、電装がやられて照明が消えた。

「明かりって不思議だよな。窓から水中光は入っていたし、浸水自体も船内の空気圧ですぐ止まったのに、頭上の電気が消えたってだけで、人間はパニックを起こしちまうんだ。パニックって、つまり人間が一方的にしゃべるだけの状態になることだが、そうなってしまうと、当たり前の指示も通じない。一人ずつ前へ戻ってくれと言ったのに、みんな一度にドッと押し寄せて、今度は船が尻上がりになって、その動きでまた泣き騒いで……」

「鯛島さんは冷静だったんですね」

「そんなわけがないだろう」情けなさがぶり返して、俊機は顔を歪ませた。「操縦席から指示だけ叫んでたんだ。俺もパニクッてたんだよ。なんで言う通りに動いてくれないんだって苛立ってた。動いたのは、操縦桿にしがみついてた船長にケツを叩かれてからだ。それでようやく、後ろへ助けに向かったんだ……」

浸水が起きてすぐの時点で、船長が救難ブイの射出ボタンを叩いていたのは、さすがというべきか、当然と言うべきか。母船が駆けつけて海面の救難ブイを巻き上げてくれたのは、わずか十五分後のことだったが、そのあいだに致命的なことが起きていた。我に返った俊機の誘導も空《むな》しく、パニックの初期に二人の高齢者が突き倒されて溺死していた。

会社は営業停止となり、船長には重過失で執行猶予つきの懲役刑が下された。俊機だけは、そのときの運行責任者ではなく、客席で誘導の義務を果たしていたと多くの乗客が証言したため、失職しただけで罪には問われなかった。

巻瀬が何度か口を動かしてから、「無罪じゃないですか」と言った。しかしその口調は、言葉ほどには晴れやかではなかった。俊機は首を横に振って、苦笑した。

「裁判ではな。船長との役職の差でそうなっただけだ。本当は、俺はあの時、思ってたんだ……シートがかかったまま動いたら危ない、って。思っていたのに、言わなかった。船長に叱られるのが嫌で黙ってたんだ。だから……」

俊機は言葉を切った。巻瀬も口を閉ざす。事件は過ぎ去り、裁きは終わり、俊機は神鳳鉱産に移った。しかし、彼は今でも同じ場所にいて、同じものを握っているのだ。海の中の、船の中の、人の命。

昔のことだ、で済ませられるわけがなかった。

俊機は首を振った。

「本当の土壇場で、俺はまた客を助けそこなうかもしれない。こなみは乗せられない」

「じゃあ、最初に言ってたみたいに、こなみちゃんが力不足だって話とは反対ですよね。

それでもいいってこなみちゃんが言ってきたら、乗せてくれますね？」

「なんだ、巻瀬。今日はやけにしつこいな」

そう言ってから、俊機ははっとした顔になったが、すぐに「いや……」と首を振った。

巻瀬はそれを見咎める。

「なんですか？」

「なんでもない。——おまえこそ、俺と一緒に乗るのがいやなんじゃないかと思っただけだ。そんなことはないだろう？」

疲れたような目で見られた巻瀬は、不意を突かれたように息を詰まらせたが、やや目を逸らしただけで、そっけなく言った。

「それはないですよ。そこまで臆病じゃないです」

「こなみもだ。あいつは恐れを知らなさすぎる。それでもおまえなら自殺行為じみたことはやらんからつれていけるが、あいつは自覚もなしにそういうことをしそうで……」

「……それを教えてあげるのが、鯛島さんの役割なんじゃないですか!?」

巻瀬がいつになく強い口調で言ったが、俊機は背を向けた。

「とにかく、今回はだめだ」

そう言って歩き出した鯛島を、巻瀬は黙って見送るしかなかった。

ニュークたちが現れたのは、その二日後だった。

5

ズドドドドッ！　と鉄の甲板を揺るがすような轟音を叩きつけて、七翔《しょう》のローターを持つ重量級のヘリコプターが、〝えるどらど〟のマストのすぐ上を追い抜いていった。

「嫌がらせもたいがいにしろっての……おーい、そこォ！　いつまでケーブルひねくってんの！　ねじれて亡失《キンクし》でもしたら、潜って取ってきてもらうからな！」

低く垂れ込める雲の下を飛び去った米海軍のヘリを、憎たらしそうに見上げてから、大車輪で〝デビルソード〟の発進準備を進めている後甲板のデッキクルーたちを、悠華はぐしょ濡れの紙巻を唇に躍らせて怒鳴りつけた。

波の高い海上を、二四ノットの最高速で跳ねるように力走《りきそう》する〝えるどらど〟は、戦場のような騒ぎだった。北方二〇海里に設置されたソナーブイ群が、明らかに既知の生物のものではない海中遊泳音を捉えたのだ。

ブイが通報の電波を発した時、一番近くにいたのが〝ザラーン・クライシュ〟だった。その二五海里南に〝えるどらど〟が、さらに二海里南に〝ラプラプ〟がいて、米艦隊はもっと東に離れていた。これは幸運だった。彼らを出し抜くことができるからである。

なぜ出し抜く必要があるかというと、彼らもまたニュークを追っていることが、無線の会話などからはっきり分かったためである。大体の居場所が〝えるどらど〟側の動きでつかめたのか、後は用なしと言わんばかりにヘリは飛ばすわ潜水艦は走り回らせるわで、一昨日あたりからこちらの音響観測装置は攪乱させられっぱなしだった。

レール上の〝デビルソード〟の腹にもぐりこんだ俊機が、スパナを使いながら首にはさんだトランシーバーに喚《わめ》いている。

「船長、もうちょっとゆっくりやってくれ！　こうぶっ飛ばされるとボルトの代わりにこっちが回ってしまう！　え、何？　聞こえない！」

真下のエンジンの轟きとクルーたちの声でトランシーバーの音など聞こえない。するといきなりブッッとスピーカーの音がして、全船放送で伯方の塩辛声が飛んできた。

『文句があるならブリッジに来てレーダー見てみろ、アメ公どもも罐焚《かまた》きまくって突っ走ってんだ！　のたのたしてたらこっちが着く前に丸ごとかっさらわれて、太平洋の向こうまで持ってかれちまうぞ！』

「やらせとけばいいでしょう。こっちは六つのブイでニュークの鼻息まで捕まえてるんだ。連中がうろうろしてる間にピンポイントで降りればいい」

『馬鹿野郎、おまえは軍隊をなんだと思ってるんだ。学術用のソナーなんかなくても、あっちは音を拾って飯食ってる潜水艦戦のプロを、一山いくらで抱えてるんだぞ。今頃水ン中じゃ、例の黒いでかぶつが、牛追いみたいに群れ作ってニュークを囲い込もうとしてるに違いねえんだ！』

「俺たちは調査に来てるんですよ！　カウボーイと張り合ってどうするんだ！」

「やめなって、やかましいから」

寝そべった俊機の足を蹴っ飛ばして、悠華は自分のトランシーバーに言った。

「こっちはあと三十分で潜行準備完了させるから。気にせずぶっ飛ばして」

『言われるまでもねえ』

放送が途切れる。にやにや笑いながら聞いていたクルーたちを横目でにらんで、悠華は俊機の側にしゃがみこんだ。

「というわけよ。文句を言わずにさっさとやる」

「やってる。しかし例の二番バラストがずっと調子悪くて……えい、くそっ！　こんな使い捨ての部分、手のかかる機械式じゃなくて火工品ですませりゃいいんだ」

「しかしなんだね、アメリカさんはどういうつもりなんだろうね」

「何が」

「漁船の魚探にかかるぐらいニュークがうろついてるのは、太平洋でもここだけだから、彼らがここまで来たのは分かる。しかし、来てどうすんの？　私らが調査やるって言ってるんだから、おとなしく結果だけ受けとっときゃいいのに」

「それは……そうだな」

ボルトを締め終わって抜け出そうとした時、ざうん！　と船が飛び、俊機は部材に額をぶつけた。

「いてっ。——大丈夫かな？」

起き上がって部材を撫でていると、水素燃料の入った、分厚い断熱材で巻かれた自動販売機のようなキャニスターを引きずって、巻瀬が〝デビルソード〟の反対側から現れた。

「電池の燃料、満タンです。捕獲する気なんじゃないですか？」

「おう、ありがとう。——捕獲って？」

「米軍が、ニュークを」

俊機は顔をしかめた。

「簡単に言うが、相手はシロナガスクジラ並みの図体なんだぞ。その上、銛《もり》も撃ち込めないほど硬いんだ。どうやって捕まえる？」

「さあ、そこまでは。でも、やる気はありそうですよ。ブイが電波出して五分もたたないうちに、空母が動き出したんですから。きっとしっかり聞いてたし、準備もしてたんです」

「空母が動いたのか……考えたらそれも妙だな」

俊機は少し言葉を切った。空母の役割は艦載機を飛ばすことだから、十キロや二十キロ近づいてきてもメリットはないはずだ。あるとしたら——

ひとつ思いつきはしたのだが、俊機は自分でもそのばかばかしさに呆れて、すぐ打ち消した。子供みたいな発想だ。やるわけがない。

「……まあいい、アルワハブさんがもう着く頃だ。俺たちだって先行してる」

「どうかな。あれ見なよ」

悠華に言われて、船尾の巨大なAフレームクレーン越しに後方を見た俊機と巻瀬は、思わず嘆声を漏らした。

「おう、頑張るなあ」

〝ラプラプ〟が追いついてきた。シーステート四を越えて二メートルもの波がうねる海上を、旧式なV字艦首に豪快な白波を立てて突っ走っている。もともとフリゲートは快速の艦種だが、じゃじゃ馬観測船の〝えるどらど〟よりも速いということは、推進系を改修しているのだろう。半世紀の齢《よわい》を感じさせない勇姿である。誇らしげなルイス大佐の顔が見えるようだった。

「そっちじゃない、あっち」

悠華は右舷を指差していた。振り返ると、意外なほど近くに、積み木細工に似た灰色の軍艦が並走していた。例のステルス艦だった。こちらは船型の勝利か、目立つほどの波は立てていない。〝ラブラブ〟の二倍以上の排水量と量感のある構造のせいで、突っ走るというより押し渡るという印象がある。悠然と〝えるどらど〟を追い抜いていく。

「大佐、あれと張り合ってるな」

「今は彼が頼みの綱だね。なんとかあいつより早く現場に着いてもらわないと」

「おーう、運動会だなまるで」

後部ハッチを出た伯方が、手を広げて甲板の揺れをいなしながら歩いてきた。ブリッジは？　と悠華に聞かれて、あそこは高いから揺れるんだ、と吐く真似をする。

「嫌なことが分かったぜ。あの船の通信を横から聞いてたんだが、時々おフランスの言葉でしゃべってやがった」

「フランス？」

「台湾海軍なんかじゃない。あれは本家フランスの〝シュルクーフ〟、ラファイエット級の二番艦だ。フランス領のタヒチから来て米軍に合流したらしい」

「それがなんで嫌なことなんです。台湾でもフランスでも軍艦には違いないでしょう」

絶縁用に油浸された耐圧電路の漏洩チェックにかかりながら、俊機が背中で聞いた。分かんねえかな、と伯方は腕を組む。

「台湾は、言っちゃなんだがアメリカの衛星国家みたいなもんだ。第七艦隊がそこの船を連れ歩いてても、子分を呼んだようなもんで、別にどうってことはない。だがフランスと合同艦隊を組んだとなればわけが違う。アメリカにはヨーロッパのお墨付きがついたことになる」

「フランス一国でお墨付きになりますかね」

「EU諸国の船ならどれだって一緒だ。というより、アメリカの独走と言われなければどこだっていいんだ。ロシア海軍があんなにぼろぼろになってなけりゃ、でかい図体の置きどころに困ってるキーロフ級の一隻も呼んだかもしれん。しかしそんなややこしい政治的配慮なんかはこの際どうでもいい。俺が本当に気になるのは、連中がそこまで手筈を整えて何をやるかだ」

「何を……」

巻瀬と俊機は顔を見合わせた。まあいい、と伯方は手を振った。

「考えたって仕方ない。俺たちは俺たちのやりたいようにやるさ。ところで、こなみはどうしたんだ。朝方アルワハブの爺さんと話してたが、まさかあのまま向こうの船に乗っていっちまったのか？」

「今回は俺と巻瀬で出ます」

俊機が背を向けたので、あわてて巻瀬が付け足した。

「こなみちゃん、今ちょっと調子が悪くて」

「そうか？　まあどっちみち一日もかからんミッションだ。おまえでも代わりは務まるだろう」

「あの、僕のほうが経験長いんですけどね……」

「最近全然潜ってないだろ？」笑いながら巻瀬の肩を叩いて、伯方は別のクルーの一団に叫んだ。

「おい、ケーブルの準備はいいのか？　とっとと降ろして下の様子を見るんだ！」

〝えるどらど〟は海底下のMHを探索する船である。その主力兵器はストリーマケーブルという長さ三キロにも及ぶチューブ状の受信装置だ。それを船尾に延ばし、海面下数十メートルで曳航しようとしている。

船の後ろでエアガンによって大音響を発生させ、海底下で跳ね返ってきた弾性波をケーブルで受けるのがいつもの使い方である。これでニュークを探すことができればいいのだがそう甘くはない。ストリーマケーブルでは直下の線状の部分しか分からないのだ。

だが悠華は、それを特大のマイクロフォンとして使うことを考えついた。いわゆるパッシブソナーだ。長さ三千メートルものソナーは、さすがに米海軍も持っていない。軍用潜水艦に対する不利を、〝えるどらど〟はこれで補う手筈だった。

直径が人の背丈ほどもあるドラムから、三千メートルのケーブルが引き出される。伯方が喚《わめ》く。

「キンクなんかさせやがったら、ケーブル滑ってって手で直してもらうからな！」

「それ、私が言った」

悠華がぼそりと言い、伯方が固いものを呑み込んだような顔になった。クルーたちが笑いながら言い返す。

「大丈夫ですよ、しっかり鯛島の露払いをしてやります」

「ようし、ブイ落とすぞ！」

右舷に突き出した箱型クレーン《ギャロース》から、ケーブルを引き出すためのブイが、ついでシリコンオイルを封入したチューブ状のケーブルが海面に降ろされた。〝えるどらど〟が走るにつれて、ブイが後方に離れていく。

風が出てきて、船体がローリングし始めた。ワイヤーの伸びていく〝えるどらど〟の白い航跡の先は、不穏な灰色の雲の湧き立つ空だった。


いつもどおりのタンクトップとホットパンツで飛び出してきたことを、こなみは少しだけ後悔していた。

〝ザラーン・クライシュ〟の船首に立つ彼女に吹き付ける風が、冷たい。熱帯の、それもまだ夏の続いている海なのに、日本の秋口のように肌寒い空気が首筋を撫でる。

腕をさすり合わせていると、ふわりと布をかけられた。

「着なさい」

「……ありがとう」

トーブをかけてくれたアルワハブを見上げて、こなみはつぶやいた。

「変ですね、この天気……」

「よくない風だ。だが今はありがたいかもしれない」

「なんで？」

「モンスーンはこの辺りの海の熱気を糧《かて》にして育つんだよ。海面がこれだけ冷たければ、あまり成長することはないだろう」

太陽光をすべて奪うかのように、じわじわと曇っていく空を見上げて、アルワハブは白髭をつかんだ。

「――しかしそれでも、わしたち人間にとっては十分な猛威だ」

「早く終わればいいんですけど」

波頭に白い泡が現れ始めた海の向こうを、こなみはじっと見つめている。〝ザラーン・クライシュ〟の周囲には多くの船がひしめき合っていた。〝ラプラプ〟、〝シュルクーフ〟、そして〝えるどらど〟。今まさに〝えるどらど〟の後甲板では、三角形の骨格の下に〝デビルソード〟を吊り上げたAフレームクレーンが海面に掲げられ、慎重にワイヤーが伸ばされていくところだった。

「何時間ぐらいかかるのだろうね」

「ニュークを発見できれば、すぐにでも終わるはずです。来なければ――」

言いかけてこなみは口をつぐんだ。

海面が沸き立っているのは時化《しけ》のためばかりではない。紺碧に澄んでいるはずの海水の中には、イカの肌を思わせる青白い色彩の渦《うず》が果てしなくうごめいていた。一体どこから現れたのか、かつてない数のシーリボンが遊泳しているのだ。北から現れ南へと去る流れが、何かを求めるように、あとからあとから限りなく続く。

悠華の仮説が当たっているならば、この無数のシーリボンは、間違いなくニュークを呼ぶはずだった。

バタバタと圧力を感じさせるような音を立てて、周囲の空をヘリコプターが巡っている。一機ではなく、いつの間にか数機に増えていた。まるで、難破船の救助シーンみたい――

そう思いかけてこなみは激しく首を振る。誰も遭難なんかしない！

「心配なんだね」

「心配なんて！」

反射的に叫んで、こなみは力なく肩を落とした。

「心配なんて……」

「想ってあげなさい。男が海に出るとき、女は無事を祈るものだ。――それが君の身代わりならば、なおさらだ」

海面の〝デビルソード〟の上に降り立った人影が、手を振った。応えて手を振ろうとし、こっちを向いていないと気付いてぐっと抑え、それでもたまらなくなって片手を上げて背伸びをして、上下する舳先から落ちそうになるのもかまわずに、こなみは叫んだ。

「せんぱぁい！」

もちろん、届く距離ではない。人影はハッチに消え、やがて〝デビルソード〟は波間へ、深い深い海へと発進した。


うねりは二十メートルも降りれば感じられなくなる。徐々に鎮まる水の中を、俊機は〝デビルソード〟を降下させていく。機械席の下にある宇宙ロケットと同じRLジャイロ、それに海面各点のブイが放つトランスポンダのピン音が、〝デビルソード〟の正確な位置を知らせる。すべての基点となるのは、カーナビの十倍以上の精度を持つ、誤差一メートルのD《ディファレンシャル》　GPSで船位を保持する〝えるどらど〟だ。

直下へパルス発振。反射は五・六秒後、水深は四千二百メートル。俊機は機械席の巻瀬に聞く。

「巻瀬、耳はいいか？」

「大丈夫、フィルタが効いてます。自分の出す音にやられてちゃ話になりませんからね」

今回は海中の音を直接聞く必要もあるので、巻瀬は聴音手よろしくヘッドホンをかけている。無用な音はコンピューターが弾いてくれるが、急激な音響を受けると間に合わないこともありうる。巻瀬は額に汗を浮かべている。

続いて艇首ソナーから発振。小型だが精密に作られた球形アレイが、反射波の方向を絞る。音波を屈折させる温度逆転層の平面の上に、コンピューターが小さな点を見つけ出した。俊機は緊張したつぶやきを漏らす。

「いるな……」

「絶対方位北北西三五〇度、俯角一五度、距離約三千、相対深度差約五百、ほぼ真南――こちらに向かって五ノットで進んでいます。十五分後に最接近」

「ぎりぎりだ、よく間に合ったな」

「間に合うように降りたんですから」

俊機は水中電話にささやく。

「〝えるどらど〟、反射は取れてるか？　ニュークらしい移動体をキャッチした」

『こっちでも見てる。どうやら散歩気分みたいだね』

ビットレートが低いせいで聞き取りにくい悠華の声が返ってくる。

『私らに気付いてないのかな。上も下も観客でぎっしりなのに』

「いるのか？　潜水艦」

『いる、ストリーマケーブルが捕まえた。あんたたちより三百メートル下の右と左、後ろに千五百メートルのところにそれぞれ一隻ずつと、もっと下に一隻。そっちで取れてないってことは気泡発生器《マスカー》で隠れてるな。今データを送る』

「それと水上船の音紋を送ってくれ。ニュークと間違えたらまずいから、フィルタリングする」

『分かった。見たらびびるよ』

「何？」

『回線が埋まるからとりあえずおしゃべりは終わり。ああそれと、一つ目の移動体を以後M1と呼称する』

「……了解」

声が途切れ、代わってデジタル化されたデータが送られてくる。超音波回線のビットレートは二世代前のインターネットモデム程度の三〇Kbpsしかない。しかも、モデムと同じようにデータ通信中は音声が途切れてしまう。海水に吸収されにくい青緑色のレーザーを使った高速通信は、まだ研究中だ。

コンピューターが展開したデータを見て、俊機は目を見張った。

「四軸の大型船がいるのか？」

「空母ですよ。追い付いてきたんだ」

データには現時点での各船の座標も含まれていた。南方五海里のところに、米軍の空母機動艦隊が到着していた。五海里といえば約九キロだが、音速の速い水中で聞き耳を立てている俊機たちにとっては、注意しなければいけない範囲内である。

「もう来たのか……ああ、随伴艦の音紋も来てる」

「でも途中でデータが切れてます」

「再送だ。部長、おい、部長！」

スピーカーからは、細かいノイズが流れていた。俊機はその音に聞き覚えがあることに気付いた。

「切れた。八丈島沖の時と一緒だ、なんでニュークがらみだと切れるんだ？」

「……シーリボンじゃありませんか？　あの大群のせいで超音波が散乱させられるんじゃ」

「それだ、間違いない！　くそっ、うかつだった」

俊機は唇を噛んだ。アボートしますか、と巻瀬が聞く。少し考えて俊機は振り向いた。

「いや、中止はしない。スタンドアローンの本船でもいけるだろう。もう打ち合わせはすんで、やるだけなんだから」

「そうですね」

「進路そのまま。うまい具合に逆転層がM１のすぐ下にあるから、そこに隠れよう。近付いてきたら全力上昇して、すれ違いざまに撮る」

俊機は艇を降下させ始めた。

事前に立てられた作戦は、単純だが、それゆえに間違いの少ない方法だった。〝えるどらど〟側には強力な測位能力がある。それでニュークの進行方向を正確に割り出して、予想される扇形の到達範囲内に〝デビルソード〟を投入し、待ち伏せる。これが並みの探潜水艇なら逃げられてしまうこともあるだろうが、〝デビルソード〟は母船の〝えるどらど〟と同じく大幅な性能余裕が持たされていて、探査艇としては異例の、巡航四ノットの速度で航走することができる。さらに、大電力の燃料電池を短時間に消費することで、およそ十分間、倍の八ノットの高速を絞り出すことが可能なのだ。その時間内に走破できる距離は二キロ以上にも及ぶので、ニュークの変針にも十分対応できるはずだった。

狙うのは至近距離からの詳細な音響観測である。各国海軍が設置している固定式の対潜ソナーは浅瀬にあり、そういうところにはニュークは近付いてこないので、放出音を水中から詳細に取った記録はない。だから、それだけでも大きな価値がある。

しかし〝えるどらど〟チームはさらに野心的な計画を立てていた。五十メートル、そこまでニュークが近付いてくれれば、〝デビルソード〟が備えている超高感度ビデオカメラ、スーパーハープの射程に入る。ニュークの顔を拝んでやろうというのだ。

「馬鹿な計画だ、まったく……」

つぶやきながら俊機は深度計を見つめるが、もう脅えてはいない。〝トランスマリン7〟と〝しきしま〟、そして他の多くの船の弔《とむら》い合戦だ。船乗りの意地にかけて、ここまで来た以上はやってやろうと決めている。いざとなれば、悠華が取り付けた音響爆弾もある――いや、そんなものを使うのは願い下げだが。

「使わないですめばいいですねえ」

ほとんど幻聴のようなリアルな声が耳に蘇《よみがえ》り、それとともに二日間触れていない温かい肌の感触を思い出して、俊機は動揺した。彼女を置いてきて、自分が安堵しているのか頼りなく思っているのか、一瞬分からなくなった。

「……よかったに決まってる」

「なんですか？」

「いや」

俊機は巻瀬の硬い膝を叩いた。

「深度五百十、もうすぐだ。位置関係は把握できてるか？」

「はい。M1はわずかに低いところにいます。距離千二百、速度と進行方向は変わりません」

「潜水艦は」

「ちょっと待ってください。さっきもらったデータで彼らの音紋を洗い出しますから……ああ、ずっと前に追い抜いてます。後方千五百、深度四百の同じ位置で静止しています」

「その辺だろうな。ロサンゼルス級の最大潜航深度は、確か四百五十メートルだから」

「可愛いもんですね、〝デビルソード〟に比べたら」

「ああ……」

俊機はうなずく。〝デビルソード〟はそのちっぽけな体に、機械・電装系を含めて二百気圧、艇殻だけなら一千気圧にも達する、とてつもない耐圧性能を秘めている。巨大な軍用の潜水艦を歯牙《しが》にもかけない高性能だ。

だが潜水艦は耐圧性能と引き換えに、長大な航続力を産み出す原子炉と、凶悪な破壊力を持つ兵器を抱え込んでいる。物騒なだけのおもちゃと笑い飛ばしていていいのか？

後方頭上の海中で息を潜めている二隻の潜水艦に対して、俊機はかすかな不安を抱く。

──いや、悠華が妙なことを言っていた。

「巻瀬、その辺にもう一隻いないか。部長がそんなことを言ってただろう」

「でも、もうロサンゼルス級の潜航可能深度を越えてますよ」

「じゃ、違う型のやつかな？」

俊機は首を傾げる。ロサンゼルス級はわりと古いタイプの攻撃型原潜だから、それよりも性能のいい原潜が存在しないわけではない。一九九六年に就航したシーウルフ級なら、さらに百メートルか二百メートルほど深く潜れるはずだ。それに──アメリカの艦とは限らない。ロシアのアルファ級は千メートルもの潜航性能を持っていた……。

考えているうちに、深度計の数値が六百メートルに近付いた。そろそろ逆転層だ。海水の音速が変わるその層は、ソナーに対して陰になるエリアを作り出す。〝デビルソード〟がその下に張り付けば、上方からは探知されにくくなる。もちろんそれはニュークが音波で周囲を見ていると仮定しての話だが、そもそもそれを前提にした上で彼らはここに来ている。

不意に、直下を一定間隔で測距していたソナーの表示が変わった。コンピューターが自動的に補正をかける。逆転層を越えたのだ。〝デビルソード〟は重力潜航型の潜水艇には不可能な静止待機に入る。

その直後、巻瀬がはっとヘッドホンを押さえた。

「スクリュー音！」

「何？　例のもう一隻か？」

「らしいです。今、前方ソナーを。……同深度、距離約一千！　前方、Ｍ１と百メートルの深度差ですれ違います！」

「何で今まで……ああ、逆転層か」

「そうです、隠れていたんですよ！」

「どういうつもりだ？」

俊機は舌打ちした。下手にＭ１を刺激されるとまずい。

だがＭ１は、何事もなかったかのように悠然とその艦を通り過ぎた。真上を通ったから明らかに見えているはずなのに、無視したのだ。巻瀬が早口で言う。

「ラッキーですよ、あの艦は五十メートルもない小型艦です。それが見逃してもらえたんだから、もっと小さい僕たちは、より安全だってことに――」

「待て。そいつ何発だ」

「――え？」

巻瀬は眉をひそめる。すでに千メートル以内に近付いたM1に聞かれるのをはばかるような小声で、俊機がささやいた。

「スクリューだ。あの艦は何軸だ？」

「それが何か関係あるんですか？」

言いながらソナーの解析ソフトを切り替えて、巻瀬は目を見張った。

「二軸です！」

「やっぱりか！　あいつなら九百まで潜れるはずだからな！」

俊機は水中電話の受話器をつかんでやたらとチャンネルを変え始めた。雑音は続いていて、なかなかつながらない。

「えい、くそ……〝えるどらど〟！　〝えるどらど〟応答しろ！」

「どうしたんですか鯛島さん！」

「NR－1だ！」

俊機は振り向かずに喚いた。

「あんなものを用もないのにわざわざ持ってくるはずがない！　〝えるどらど〟、アメリカが何かやるぞ！　返事をしろ、こいつ！」

巻瀬は俊機ほど潜水艦には詳しくない。その名前は彼の知識にないものだった。だが俊機の不安は伝わった。できるだけのデータを集めようとしてソナーのビームを前方に絞り込む。

小型の潜水艦が、すれ違ったＭ１の背後に向けて回頭している。ディスプレイに映るその光点を凝視していた巻瀬は、画面の上方にぼんやりとした奇妙な曇りを見つけた。

「なんだ……？」

上方、つまりソナーの探知限界近くに、幅の広い光が湧いていた。濃淡はあるもののその幅は数百メートルもある。ニュークではない。今まで見たことのない像だった。

「鯛島さん……」

言いかけた巻瀬は、さらに別のことに気付いて、ヘッドホンを押さえる。フィルタリングソフトを調整。複数の音の選別、増幅、合成。

ぽつりとつぶやく。

「まさか」

上昇する泡の音。

開いた蓋から空気が放出される音。

〝えるどらど〟の調査指揮室で、超音波通信を回復させようと悪戦苦闘していた悠華は、指揮室の続きにあるブリッジから呼ばれて、毛を逆立てた。

「おい悠華」

「何よ！　今忙しいんだけど！」

今まで無線通信室に入っていた伯方が覗き込んでいた。

「まだ水中電話は回復してないのか？」

「してないわよ！　ケーブルが深いおかげで音は聞こえるんだけど。エアガンの一発もぶっ放して、あのトロロウナギどもを追っ払ってくれない？」

「そっちでできるならやれ。重要な連絡がある」

「……なんなの？」

悠華はやや口調を抑えた。伯方の返事も、不気味に静かなものだった。

「ミッションは中止だ。大至急〝デビルソード〟を呼び戻せ」

「海象？　確かに雨は降ってきたけど、まだもつじゃない！」

「それが理由じゃない。米軍がとんでもねえことを言ってきやがった。連中は下の潜水艦でニュークを攻撃する」

「攻撃だって！」

悲鳴のような声に、スタッフたちがぎょっとして振り返った。

「冗談じゃないわよ、今〝デビルソード〟はM1から三百メートルしか離れてないのよ？　潜水艦の対潜攻撃って言ったら魚雷でしょう、そんなもんぶちかまされたら〝デビルソード〟がくしゃくしゃになるわよ！」

「だから呼び戻せって言ってるんだ」

「通じないって言ってるでしょう！　大体なに、こっちは民間人で学術調査の最中なのよ。その目の前で軍事行動をするなんて無茶もいいとこだわ、なんの権利があるのよ？」

「言い忘れた。連中がやるのはあくまでも調査だ。ただ、その手段として魚雷を使うだけだ」

「馬っ鹿じゃないの！　そんな調査があるもんか！」

「あるって言ってるんだよヤンキーどもは。下の原潜の一隻が調査船なんだとよ。笑わせるよなあ、原子力で動く調査船がどこにある」

「……あるわよ」

「なに？」

いきなり暗い声になって、悠華はつぶやいた。

「NR‐1だ。米海軍の変わり種よ。足は遅いし千トンないけど、九百潜るし正真正銘の調査船よ。くっそ、あれか。道理でやけに深いところに一隻だけいると思ったら……」

「なんだと。それじゃ口実は十分ってことか？」

「爆薬でプルトニウム押し潰しといて、核実験禁止条約に触れないって言い張る連中よ、あいつらは！　フランスだって水爆でポリネシアの島吹っ飛ばした国だしね、待たずにやる気だ、急いで止めて！」

「待たずにやろうとしてるのをどうやって止めろって言うんだ！」

「だからそこを、おっさまの気迫でなんとかしてよ！」

怒鳴り返すと、悠華は振り返ってスタッフたちに言った。

「全員来い！　船底に行くぞ！」

「船底？」「ど、どうしたんですか！」

「ジャンプだ」

「は？」

目を丸くするスタッフたちの前で、悠華は床を蹴りつけた。

「電話が駄目なら地声で喚くしかないだろうが！　いるだけの人間でジャンプして鯛島にモールス送るんだ、行くぞ走れ！」

その時——

〝えるどらど〟の南方五海里の洋上にいたアメリカ海軍第七艦隊は、強風の一散とともに降り始めたモンスーンの大雨の中、作戦開始へと秒針を回していた。

方形の防御陣を組んでいるのは四隻。揚陸指揮艦〝ブルーリッジ〟、イージス・ミサイル巡洋艦〝カウペンス〟、〝ヴィンセンス〟、駆逐艦〝オブライエン〟。第七艦隊のすべてではないが、どれも嵐をものともしない八千トンを越える大型艦であり、これだけでも中小の国家の海軍全体に匹敵する戦闘能力を持つ。

それらが守るのは、さらに大きな二隻の艦である。

NR-1を支援する二万二千トンの大型潜水艦母艦〝フランク・ケイブル〟。

そして、海上高くそびえる八万二千トンの巨大な城、八十機の空母航空団をもって地球上のあらゆる敵に立ち向かう合衆国の剣――航空母艦〝キティホーク〟である。

旗艦〝ブルーリッジ〟がいるということ以上に、移動する軍用機基地である空母こそがアメリカ海軍の戦闘力の基《もとい》であり、その意味でここには、まさに第七艦隊の主力が布陣していると言えた。

〝キティホーク〟の二八万馬力のスチームタービンは、低く唸っているだけである。固定翼機を発艦するための高速を出してはいない。しかしそれはこの巨艦の休止を意味してはいなかった。空母航空団は戦闘機だけで構成されているわけではないのだ。

この日の主役は回転翼の猛禽《もうきん》たちだった。

スタジアムより広い三百メートルの飛行甲板の大半を埋めて、轟々とターボシャフトの雄叫びを上げているのは、対潜ヘリSH-60F〝オーシャンホーク〟の群れと、一万三千馬力という艦船並みのパワーを誇る機雷掃海ヘリ、MH-53E〝シードラゴン〟たちだ。異様な器具を懸下した十機を越える重ヘリコプター群が、降りつのる雨をローターの凄まじい回転ではね飛ばし、先行している仲間たちと合流するために、光の消えた暗い空へと次々に飛び立っていく。

行く手には三隻。フランス海軍の〝シュルクーフ〟は大切な観客だ。日本の民間調査船とフィリピン海軍の古いフリゲート艦は無視することになっている。レーダーにも映らないアラビアのちっぽけな木造船などは、そもそも見つけてすらいない。

旗艦〝ブルーリッジ〟のCICから、ヘリを追って五海里先に超長波《VLF》の指令が走る。

〝えるどらど〟の下方、シーリボンの渦巻く海面から四百メートル。青く暗い海流の中で息を潜めて、前方の不格好な探査艇を見つめていた、艦隊麾下《きか》の第七四任務部隊に所属する改ロサンゼルス級攻撃型原子力潜水艦、〝シャルロット〟と〝ジャイアン〟が、巻瀬に聞かせたあの音をささやく。——魚雷発射管の注水音。

秒針が時を示す。

未確認敵性遊泳体《UHN》の背中を取ったNR-1が、音のカーテンである逆転層からひらりと躍り上がって、破局へ向かい始めた。

重い鎖でハープの弦をかき回したような凄まじい雑音が膨れ上がって、〝デビルソード〟の周りを駆け抜けた。

「うわァっ！」

ヘッドホンをかぶった巻瀬でなくとも、艇殻越しに直接聞こえた。とっさに俊機はヘッドホンのジャックを引っこ抜いて、巻瀬の耳を守った。

「大丈夫か？　外しとけ！」

「だ、大丈夫です！　でもこれじゃ様子が分からない、なんとか続けます！」

「スピーカーでやれ」

サラウンドスピーカーに出力を切り替えながら、俊機は観察窓に顔を寄せて、見えるわけもない水中の光景に目を凝らした。

見えた。度肝を抜かれた。

ほんの数メートル先の至近距離を、灰色の表面に気泡をまとわりつかせて、巨大な何かがざあっと駆け抜けた。衝突の危険に頭髪が逆立つような恐怖を覚えながら、体に染み付いたパイロットの反射神経で、俊機はスーパーハープのスイッチを叩いた。

だが、カメラの電源が入るより早く、そいつは視界から消えた。間に合うわけがないと思いつつ俊機はスティックを傾けて、〝デビルソード〟をそいつの背に向ける。

「今のはなんだ、Ｍ１か？」

「そうです、猛烈なドルフィン運動をやってます！　この雑音を食らって逃げ出したんですよ。ＮＲ‐１がこれをやってるんです！」

ならば、やつには耳がある、そう認識しながら、俊機は電源を緊急直列に切り替えて、メインスクリューの出力を最大にした。Ｍ１の作り出した真空の気泡《キャビテーション》の潰れる、炭酸飲料のような音を、いや、目で見えるその白い航跡を、快速で追跡し始める。

「どういう位置関係になってるんだ、３Ｄで出せ」

「今そっちに！　辺りがめちゃくちゃなんで、多分ゴーストも入ります」

俊機のディスプレイに水槽の断面図のようなＣＧが現れた。ノイズと気泡で攪乱された反射波が〝デビルソード〟の周囲に無数の亡霊を作り出し、フィルタリングソフトがそれを片っぱしから殺していき、実像の確率の高いものが残る。前方百五十で、逆転層のある深度を波打ちながら逃げていくのがＭ１だ。後方三百の高いところにいるのがＮＲ‐１だが、これは層の上にいてしかもソナーがそっちを向いていないから、推定像でしかない。叫ぶＮＲ‐１と逃げるＭ１の間に、〝デビルソード〟は挟まれている。――俊機は、ＮＲ‐１のさらに背後に、ぼやけた影が映っていることにも気付いた。なんだ？

確かめようとした時、こちらまで逃げ出したくなるようなＮＲ‐１の攪乱音を貫いて、キィン！　と鋭い音が艇殻を叩いた。巻瀬がはっと顔を上げ、彼の操作を待たずにソフトが音源を特定した。

「例の二隻の潜水艦です！　Ｍ１の前方千メートル、左右上方から見下ろしてます！」

「音を出したってことは姿を見せたってことだな。よし、そいつらをＳ１とＳ２とする。目を離すなよ」

「離すなよって、ここで粘るつもりですか？」

「粘らないでどうするつもりなんだ？　目の前で俺たちの獲物が貴重な音をばらまいてるんだぞ！」

言い返した俊機は、巻瀬の顔に浮かぶ焦燥の色に気付いた。無視しようとした事実に、いやでも気付かされる。

軍用の潜水艦はあらゆる手段を使って姿を隠そうとする。それが姿を現すのはただ一つの場合だけだ。敵の正確な位置と動きをつかみ、武器の照準を合わせるため。

――撃つわけがない、いくら軍艦だからって。俺たちがここにいるのに！

そう思い込もうとした俊機の耳が、およそ場違いな間の抜けた音を拾った。巨大な太鼓を叩くような重くゆっくりした打撃音。ノイズとは異質の音として、ソナーのフィルタがそれを通している。

「なんだこれは……音源は？」

「上方……〝えるどらど〟です。これ、なんですか、こんな音響機器ってありましたっけ？　――うわっ！」

〝デビルソード〟が突然艇首を上げて、全力で上昇を始めた。俊機が迷いもなくスティックを引いたのだ。

「どうしたんですか、あれがなんだか分かったんですか」

「知るか。でも、意味もない無駄な音を、あの部長が立てさせると思うか？」

「人為なんですか？　故障じゃなくて？」

「故障でこんな規則的な音が出るか！」

打ち合わせにないような突飛な手段で信号を送らざるを得ないほど、せっぱ詰まったことが起きたに違いない。俊機は悠華のモールスにまでは気付かなかったが、悠華の焦りには気付いたのだ。

その勘は、正しかった。

NR‐1の攪乱音の中を、フライパンで油が跳ねるような音が近付いてきた。巻瀬が悲鳴に近い声で叫ぶ。

「S1とS2から、高速のスクリュー音が来ます！　こ、これ魚雷ですよね？」

「頭を守れ！」

俊機は急いですべての音響機器の入力をカットした。それぐらいしかできることがない。まさか核魚雷は使わないだろうな、と心細い期待をかける。だがたとえ通常弾頭だとしても、三百メートルも離れていないこの距離で爆発したら、防御など考えられていない〝デビルソード〟がどうなるか――

考える時間も与えられなかった。ドン！　と蹴飛ばすような激しい衝撃が艇殻を叩いた。小さな〝デビルソード〟は恐ろしく揺れ、中の二人は声もなく身を縮めた。

機械系のウォーニングランプが立て続けに三つほど点灯する。巻瀬が蒼白な顔で自己診断プログラムを走らせる。

「三カ所やられました。浮航エアタンクのバルブ、MHサンプルボウラー起倒部、右舷垂直スラスターに異常発生！　上昇力が半減してます、バラストを落としますか？」

バラストの電磁ラッチの非常開放レバーに手をかけた巻瀬を、待て、と俊機は押しとどめた。

「ライフサポートは異常ないんだな？」

「大丈夫です。しかし！」

「ソナーを再起動しろ。M1はどうなった？」

ふた呼吸ほどためらってから、巻瀬はソナーを再び目覚めさせた。爆発の余波で、周囲は音響的な泥水のような状態だった。ノイズだらけでろくに音が通らない。しかし、NR－1の攪乱音が消えているのが救いだった。〝デビルソード〟のコンピューターは波長を変えパルスを工夫し、困難な透視をやり遂げた。

「M1、前方二百八十です。音は出していません、それに、ゆっくり浮いていきます！」

「不死身じゃなかったってことか……」

俊機は苦い口調でつぶやいた。砲弾を弾く硬度を持つニュークでも、分厚い水の壁によって百パーセントの爆圧が集中する、大深度での魚雷攻撃には耐えられなかったらしい。

「M1、引き続き浮上……S1とS2は待機しているようです」

息絶えたか、気絶したのか。獰猛《どうもう》な海獣は綿の塊のように無力に海面へと上昇していく。片舷の上昇力を失った〝デビルソード〟は、転倒の恐れがあるために、残った一基のスラスターを全開にすることもできない。手をつかねてM1を見送るだけだ。

「くそっ……なんて乱暴な連中だ」

怒りのあまり他のことも忘れて、俊機はコンソールを叩いた。


米軍はここまで、満足のいく成果を得ていた。

ニュークの後方に回り込んだNR‐1が、低周波から高周波まであらゆる波長の音を合成した忌避雑音を放射して、逃げ道を断つ。前方左右に展開した〝シャルロット〟と〝シャイアン〟の目前まで追い込んだところで、魚雷を撃ち込んでこれを無力化する。改ロサンゼルス級のMk48魚雷は二〇海里の射程を持っているが、今回は自在に放出音を変化させる生物が相手である。ホーミングが外れる恐れがあったので最初から誘導は行わず、無誘導の魚雷を当てるためにこんな厳重な包囲網を作った。

目論見どおり二発の魚雷は正確に命中し、ニュークの動きを止めた。浮上してからの備えも万全である。

約十分後、海面にぽっかりと浮かび上がったニュークを待っていたのは、四機ずつ二列に並んで滞空していた、シードラゴンたちの群れだった。

機雷掃海を行うこのヘリは、重い掃海具を水中に吊り下げ、水の抵抗に逆らって曳航するための強固な懸垂装置を最初から装備している。整列した彼らの下には、縦横六十メートルに及ぶ、巨大なアラミド繊維製の網が吊り下げられていた。それでニュークをすくい上げようというのだ。

三十メートルのニュークの大きさは、同程度の体長を持つシロナガスクジラよりは軽いと考えられた。シロナガスクジラは百トンもの重量を持つ。だがシードラゴンは、一機で十五トンの可搬重量を持ち、船を曳航することすら可能だ。八機がかりなら、十分に空中に吊り上げることが可能なはずだった。

方形に整列したシードラゴンが降下し、網を水中に沈める。波は逆巻き、風はいよいよ唸り、波間のニュークも右へ左へと不規則に揺れているが、危険な掃海任務で鍛えられたシードラゴンのパイロットたちは少しも動揺せず、完璧な連携で網をニュークの下へと進めていく。

やがて、指揮機の機長はニュークが網の中心に乗ったことを確認した。後は持ち上げるだけだが、ここが難関だった。水から揚げたとたんにニュークが暴れることは、十分に考えられるからだ。それがすんでも、さらに困難な作業が待っている。互いに接触しないように方形の編隊を組んだまま、旋回し飛翔し、空母へと帰還しなければいけないのだ。

空母でニュークを本土へ持ち帰るつもりなのである。

日本人の鯛島俊機などは、一度はそれを頭に浮かべたものの、乱暴すぎると考えて打ち消した。だがその想像は甘かった。世界には他国の常識ではかれないほど、スケールの大きな計画を立てる人々がおり、この場の米艦隊はまさにそれをするつもりでいたのだ。彼らは、ニュークの異常なまでの生命力と生存能力に、無茶をしてでも手に入れるだけの価値があると見込んだ。

もちろん、現場で操縦桿を握っているシードラゴンのパイロットたち一人一人は、国益などという漠然としたものは意識していなかった。だがその彼らにしても、アメリカの兵であるという自覚ははっきりと抱いていた。兵士として自分たちの軍、自分たちの部隊の勝利を願い、作戦の成功を期待していた。

ニュークがただのニュークだったならば、期待は報われただろう——

「〝チャージャーズ〟各機、まず海面まで上げろ。重さを見る」

指揮機の指示で、波間のニュークが浮き上がる。人間たちは、初めてその奇怪な生物の姿をまざまざと見た。

列車のような太く長い体が持ち上がり、象に似た灰色の肌を海水が滝となって流れ落ちる。表皮の網目は血管か、それとも肌の割裂か。どちらにしろその筋の膨張収縮のせいで、硬い表皮の屈曲が可能になっているようだ。手足もひれもなく、細い尾のみが弱々しく螺《ら》旋《せん》にくねる。

あえて言えば、マッコウクジラがこの生物に最も近い外見をしているかもしれない。だがニュークの額はさらに硬く大きい。目はない。口に至っては、マッコウクジラのような小さな下あごすらない。それは突き出た頭部の下に張り付いたイソギンチャクのような、円形の穴だった。

見下ろす指揮機のパイロットは、思わず人差し指と中指を重ねる。操縦桿を握っていなかったら十字を切っただろう。異形《いぎょう》だった。この世にあふれている、これよりずっと奇妙な、造化の神のいたずらとしか思えない生物を、彼らは知らなかった。

「悪魔か、こいつは……」

背筋が冷える。しかし、その悪魔の腹には、魚雷が肉を吹き飛ばした破孔が開いている。大丈夫だ、こいつは死んでいる。危険は何も——

「よし、吊り上げ可能だ。各機、上昇用意」

指揮機の声。それを聞きながら、ローター風で複雑に渦を巻く雨を見透かし、パイロットは海面を注視する。

――ロ？

「Ｎｏｗ！」

その瞬間、破局が訪れた。

巨大な口が、いくつもの口が、海面を割って跳ね上がった。シーリボンと息絶えたニュークが横たわる網に、一頭、また一頭、それに加えて三頭が折り重なるようにして、次々と躍り込んだ。仲間のニュークだった。だが仲間を守る鯨類のような高貴さは微塵もなかった。明らかに、ただ単に同種族の傷口から分泌された体液を嗅《か》いで、機械的に飛びかかったという感じだった。

その殺到が、アラミドのワイヤーに苦もなく限界を与えた。

想定をはるかに越える大重量に、ヘリが傾きタービンが悲鳴を上げる。引き寄せられた機と機が接触し、ローターがローターを切り裂く。空中で最初の爆発、可搬重量の瞬間的な低下、ワイヤーへの凄まじい過負荷、それらが一瞬のうちに連なり、残ったヘリのうち一機のローターシャフトをへし折り、二機の曳航フックを破断させ、三機を海に引きずり込み、肉と燃料と金属の砕片を、大輪の花が開くようなしぶきとともに噴き上げた。

――ニュークは、ニュークたちだったのだ。

「馬鹿野郎が……」

〝えるどらど〟のブリッジには、氷点下の冷気が漂っているようだった。

波のように強まり弱まり吹き付ける驟雨《しゅうう》の向こうで、地獄のような光景が展開されていた。ニュークの大群によって、八機のシードラゴンのうち二機が爆発し、四機が海中に墜落した。直後それらも爆発し、ブリッジの窓がびりびりと震えるほどの轟きとともに、火炎と黒煙と破片が噴出し、それを暴風が吹き飛ばし、さらにニュークたちが狂ったように暴れ回って、辺りの海面を海底火山の噴火のように煮え立たせた。ワイヤーが切れたためにかろうじて上昇できた、残る二機のヘリが周囲を旋回しているが、明らかにパイロットが恐慌を来していて、救助ホイストを降ろすどころではないようだった。

伯方はそのことに思い当たって、食い入るように窓の外を見つめたまま、背後に手を振った。

「本船をあそこに寄せろ！　生存者を助け出すんだ！」

「あ、あの中にですか？」

操舵手が真っ青な顔で聞き返す。伯方は怒鳴る。

「見捨てるわけにもいかんだろうが！　それとも作業艇を出すか？」

「船長、落ち着いてください」

一等航海士が喚く伯方の肩をつかんだ。

「無意味です、あの様子じゃ生き残りはいません」

「怖気づいたか？　悠華が言ってただろうが、連中は人間は襲わんのだぞ！」

「襲わないのではなくて目に入らないいんですよ。見てください、あれはマグロや鯨と同じ狩りです。シーリボンを群れで追い込んでいるんだ。それに恐らくサメみたいな共食いの性質もある。めちゃくちゃに興奮してますよ。もう連中は、餌かゴミかなんて区別をつけずに食いまくってます」

「畜生め！」

伯方は、ニュークの最初の犠牲になった〝トランスマリン7〟に、一人の生存者もいなかったことを思い出し、船長帽の下に手を突っ込んでがりがりと頭をかいた。

振り返って通信室に怒鳴る。

「〝ラプラプ〟はどうした？　〝ザラーン・クライシュ〟は無事か？」

「〝ザラーン・クライシュ〟は大丈夫です、ニュークたちはあの船に気付いていない様子です！」

ウイングに出て双眼鏡を覗いていた士官が、狂乱の海面から五百メートルほど離れたところを指差して言った。通信長もヘッドホンを押さえながら顔を出す。

「船長！　〝ラプラプ〟がニュークたちに突っ込んで体当たりすると言っています！」

「なんだと？」

伯方は叫び返したが、確認を取るまでもなかった。二キロほど離れたところにいた〝ラプラプ〟が、雨の壁越しにもはっきりわかるほどの黒煙を煙突から吐き出し、猛然とこちらに向かってくる。

「どういうつもりだ。あんな、〝えるどらど〟より小さなフリゲートで突っ込んだって、ひっくり返されるのがオチだぞ」

「What？　……なに、どういうことだ？」

無線機に何やら喚いていた通信長が、理解できないといった顔で再び言った。

「協定だって言うんですよ。米軍の行動を支援するとかで……」

「なんだと……あ、ああ！　そういうことか！」

伯方はバシンとこぶしを手のひらに打ち付けた。

「連中が米軍を呼んだんだな？　考えてみりゃここはフィリピンの縄張りで、フィリピンは米軍基地まであった親米国家だ。ニュークを捕まえさせてその秘密を教えてもらうって約束をして、代わりに俺たちの情報を向こうに流したんだ。おい、そうだろうが！」

通信長は無線機にかがみ込み、しばらくしてから裏切られたような顔で言った。

「そのとおりだそうです」

「やっぱりか。道理でヤンキーどもの手回しがよすぎると思った」

「――大佐です。あなた方を利用するつもりではなかった、こんなことになってすまない、

〝えるどらど〟の幸運を祈ると……」

「そんな別れの言葉なんか聞きたかねえよこっちは！　言ってやれ、てめえんとこのオモチャが突っ込んできたって邪魔なだけだ、それぐらいならあっちのフランスのブリキの箱にやらせるからすっこんでろってな！」

「了解」

通信長が顔を引っ込めて、伯方の怒声をそっくりそのまま訳して喚き出すと、伯方は苦虫を嚙み潰したような顔で、ニュークをはさんで反対側で傍観している、風雨の向こうの〝ジュルクーフ〟をにらんだ。考えようによっては、彼らが一番狡猾《こうかつ》なのかもしれないのだ。

フィリピンは立場の弱い国だが、フランスはアメリカとも張り合える大国だ。なのに、手を汚すことなくニュークを見物できる立場を得るために、米軍の提灯持《ちょうちんも》ちに成り下がった。

政府のレベルで取引があったのか、その下の軍の密約なのかは分からないが、どっちにしろそういう大国同士のたくらみは、伯方にとって胸のむかつくことだった。

「緊急事態よ」

調査指揮室のドアを開けて、青ざめた顔の悠華が出てきた。洋上をひと目見て叫ぶ。

「なんなのあれは！」

「見てなかったのか？　米軍のヘリがニュークを捕まえようとして、逆に引きずり落とされた」

「なんですって……」

ソナーを見るのに夢中で気付いていなかった悠華は、息を呑んだ。

「ヘリまでやられたの？　生存者は？」

「分からん、確かめようにも近付けねえ。だが落ちたのは六機、その乗員は多分だめだ。しかし、ヘリまでってのはどういう意味だ？」

「下の潜水艦がやられた。魚雷を撃った二隻が」

今度は悠華が、伯方の驚愕の顔を見ることになった。

「なんだと……一体ニュークはどれだけいやがるんだ？」

「海面に上がっていったのが六頭。その後からさらに二十頭近く、深いところから上がってきてる」

「そんなべらぼうな群れが来てるのに、何で俺たちは気付かなかったんだ！」

「上がった六頭も後の連中も、逆転層に隠れて近付いてきたのよ」

悠華はコンピューターが何台も並んだ指揮室を振り返り、ディスプレイのソナー画面を指差した。焦りのにじむ声で言う。

「最初の一頭はおそらく斥候《せっこう》。単独行動だと考えたのは失敗だったわ。群れでやって来ることぐらい、シーリボンの発生量から予測しておくべきだった」

「鯛島は！　あいつはちゃんと逃げ出したんだろうな！」

「今のところは無事。私たちの合図に気付いて、魚雷攻撃の直前に浮上を始めたのよ。でも爆圧に巻き込まれて、右舷のスラスターがやられた。今は残りでだましだまし上がってきてる」

「右舷のって……それが分かるってことは通信が？」

『〝えるどらど〟、こちら〝デビルソード〟だ！　まずい、逃げ切れそうもない！』

指揮室の水中電話から声が飛び出し、悠華は一足飛びに中へ戻った。伯方がついて来ようとする。

「通信が回復したんだな？　おい鯛島、急いで逃げ出せ！」

「少し前からつながってるのよ。おっさま、ちょっと黙ってて」

伯方を押し戻して境のドアを叩きつけると、悠華はパソコンを通している水中電話に向かって叫んだ。

「鯛島！　バラストを捨てろ！」

『だめなんだ、電磁ラッチが開かん！　くそっ、こんな時に――』

俊機の声が途切れる。シーリボンによるノイズは収まりつつあったが、それがまた発生したのか。悠華は汗のにじむ手で、ソナーディスプレイの縁をぎりぎりとつかむ。〝デビルソード〟の現在深度は八十メートル。その斜め下方から、二隻の原子力潜水艦を血祭りに上げたニュークたちが猛然と駆け上ってくる。

「鯛島！　鯛島！」

叫んで悠華はそばのスタッフの頭をひっぱたく。

「なんで〝デビルソード〟が狙われるんだ、NR‐1のほうが大きいじゃないか！」

「NR‐1は例の攪乱音を出してるんですよ！」

悠華はそれが、二つのことを示しているのに気付いた。攪乱音が効くのならば俊機たちにもチャンスはある。だが、それを教えてやるための水中電話を妨害しているのも、攪乱音に違いないのだ。

「どこまで迷惑な連中なんだ！　おいみんな、またモールスやるぞ！」

「間に合いませんよ、もう祈るしかない」

「ふざけんな、それこそ西洋人の専売特許だろうが！　神なんか信じるぐらいなら鯛島を信じるよ私は！」

スタッフをどやしつけて、悠華は吠えた。

「鯛島、気付け！」

まるでそれに応えたように、ソナー上の〝デビルソード〟の光点がぶれた。「うわっ！」と悲鳴を上げて、生データを聞いていたスタッフがヘッドホンを頭からむしり取る。

「でかした！」

悠華は歓声を上げた。その凄まじい音響は、まず使うことがないだろうと思っていた〝デビルソード〟の最終兵器、六連装エアガンの咆哮《ほうこう》に間違いなかった。

突発的な大音響に驚いて、コンピューターがソナーのゲインを下限まで落としている。それに気付くや、悠華はスタッフを突き飛ばしてコンソールにつき、キーボードを叩いてソナーを回復させた。

「やった……」

復活した3D画面上で、〝デビルソード〟は一人孤独に浮いていた。明らかに回避と分かる動きで、ニュークたちの大部分が離れていく。

「どうした、やられたのか！」

ドアを押し開けて伯方が入ってきた。悠華は深い息をつきながら言った。

「助かったわ。〝デビルソード〟はエアガンでニュークを追っ払った。もうすぐ海面……揚収の用意をして」

「そいつはちょっと無理だな。〝ザラーン・クライシュ〟に頼んで鯛島たちだけ引き揚げさせよう。あの船はニュークに目をつけられとらんようだから」

「無理って、シーリボンのせい？」

画面の上方を見た悠華は、眉をひそめた。海面近くに雲のように集まって、ソナーを妨害していたシーリボンたちの影が、消えている。

「そうじゃない、この揺れで揚収ができるわけがないだろう。〝デビルソード〟は嵐が収まるまで浮かべておく」

言われて初めて、悠華は自分がコンソールの縁につかまって姿勢を保っていることに気付いた。テーブルのペンやマウスがずるずると滑っている。それどころか、枠で押さえられたパソコンの筐体《きょうたい》さえ、ごとごとと揺れている。

「シーリボンは南へ向かってるようだ。こっちへ来て見てみろ、大変な眺めだぞ。第七艦隊まで歩いていけそうなぐらいだ」

悠華は、無数のシーリボンで波浪すらも抑えられた平らな海上の道を思い浮かべた。ニュークがシーリボンを追っているのは間違いないようだから、第七艦隊はこれから苦労するだろう。偶然とはいえ、自分たちが捕まえようとした生物に、自分たちが襲われるのだ。

そう考えて、ふと眉根を寄せる。

「……偶然か？」

スタッフがブリッジへ出ていっても、悠華はじっと考え込んでいた。

大時化《しけ》の海面で木の葉のように揉《も》まれる〝ザラーン・クライシュ〟の上で、こなみははがいじめにされて泣き喚いていた。

「放して、放してよ！」

「落ち着きなさい、コナミ。トシキはきっと帰ってくる。まだ海は彼を殺さない」

「まだってなに！　ヘリコプターの人はみんな死んじゃったじゃない！　放してよ、先輩を返してって頼むんだから！」

「〝デビルソード〟は海を怒らせていないはずだ。待ちなさい！」

舷側を飛び越えた大波がどっと押し寄せ、アルワハブごと、こなみを甲板に叩きつけた。しゃにむに起き上がって海に飛び込もうとするのを、老いてなおがっしりと太い両腕で、アルワハブは押さえ付ける。

「放してーっ！」

その時、どうどうと降る豪雨をものともせずに舷側に足をかけ、鷹のような目で波間をにらんでいたザイドが、ホオッと叫んで片手を上げた。こなみははっと顔を上げる。

「見つけたの！」

返事の代わりに、シャーッという耳障りなモーター音がこなみの耳に届いた。聞き間違えるはずがない。水面から飛び出した〝デビルソード〟のスラスターが空回りする音だ。

「先輩！」

濡れた肌をアルワハブの手に滑らせて、小魚のようにこなみは跳ね起きた。三十メートルほど向こうの波間に、めったやたらに機材が取り付けられた〝デビルソード〟の、ミノカサゴのような輪郭を認めるが早いか、暴風にトーブを預けて海の中へ躍り込む。

海面が分からないほどの雨と波が耳と鼻と口に一時に流れ込み、肺を埋めようとする。肺がなんだとばかりに呼吸も置き去りにして抜き手を切り、めちゃくちゃなクロールでこなみは進む。家ほどもある波に持ち上げられ、しぶきの向こうに遠くの〝ラプラプ〟が見えた次の瞬間には、滑り台のような急角度の波の腹が足元に切れ落ち、その斜面から放り出される。谷間に叩き付けられて十メートルも沈み、それでも構わず潜水したままで平泳ぎで泳ぎに泳いで、塩水に痛む目をいっぱいに見開いて見つめた前方が、泡立つ白い壁だと思ったとたん、再びこなみは海面から押し出され、チタン合金の艇殻に触れていた。

逃がさずつかんだのが垂直スラスターのダクトだった。右舷のそのダクトが、いったいどうしたことか衝突でもしたようにへこんでいるのを見て、こなみはぞっとした。

「せんっ、けほっ、先輩！」

自分でも呆れるほどの量の海水を吐き出して、咳き込みながらこなみは艇の上に這《は》い上がった。できるものなら引きちぎってやりたいという気持ちを抑えて、耐圧ハッチの外部ハンドルを回す。

開いたハッチの中に顔を突っ込もうとしたこなみは、驚いて身を引いた。額を血まみれにした俊機が亡霊のようにぬっと顔を出し、吹き付けた雨を受けて力なくよろめいたのだ。

「せん……ぱい……」

映画で見た、とこなみは心臓が止まりそうな恐怖とともに思う。背中から撃たれた男が、倒れる直前にこんな顔をしていた。

「……こなみか？」

「そ、そうです！　先輩、大丈夫？」

「……ああ。エアガンをやった時に頭をぶつけたんだ。巻瀬はまだ気絶してる。部長め、あんな恐ろしいもの使わせやがって……くそっ、まだふらふらする……」

「あ……あ……せんぱぁい！」

こなみは力いっぱい、俊機を抱きしめた。だが、かけられたのは、期待したようないたわりの声ではなかった。

「おまえ、どうしてこんなところにいるんだ！　この嵐の中を泳いできたのか？」

「だ、だって！　先輩が心配で……」

「馬鹿！」

こなみは泣きそうな顔で、いや、もう泣いて泣いてくしゃくしゃになった顔で、脅えながら俊機を見上げる。

俊機は、血に染まった恐ろしい顔で叫んだ。

「まだニュークがそこらにいるかもしれないんだぞ！　どうしておまえはそう考えなしなんだ！」

「だって……」

言いわけは最悪の形で断ち切られた。

俊機がかっと目を見開き、それを見たこなみも振り向いた。視界に収まりきらないほど大きな、ぬめっとした灰色のものが、その中にコンパスで描いたような正確な真円の澄んだ桃色のものが、さらにその中に櫛《くし》の歯のような白い無数のものが――

「や」

ヤツメウナギを暴力的な大きさに拡大したような、巨大な口を持つ巨大な体だった。突進してきたそいつが粘りつく水を力任せに引きずって跳ね、二人の真正面から飛びかかってきた。

「キャーッ！」

俊機に押し倒されても手は宙に残り、泳いだ指先がずるずるといつまでも、頭上を飛び去るニュークの腹に滑った。起伏のない二十メートルの体の首元から尾の先までこなみは触れ続け、硬い破片をつなぎ合わせたような柔らかくへこむ感触に、舌が喉に詰まるほどのおぞましさを覚えた。

ざばぁっ！　とニュークは波間に落ちる。そのまま百メートルも猛進していき、しかし去りはせずに波を突き破って向きを変え、再びこちらを向いて、岩棚のように突き出た額の下の、ぽっかりと開いた不気味に美しい口を見せた。

「先輩！」

あまりの恐怖にかちかちと歯を鳴らしながら、こなみは俊機にしがみつく。その耳に俊機の希望の声が届く。

「見ろ！」

奇跡のようにそれが見えた。荒れ狂う海面のすぐ下を突き進む二条の線。それは城塞《じょうさい》のようにそびえ立つ鉄の壁からやって来た。〝シュルクーフ〟が魚雷を放ったのだ。

しかし希望は一瞬で吹き飛んだ。まるで間の悪い冗談のように、二条の線はニュークのそばを通り過ぎ、波の峰の向こうへと去っていってしまった。信管がとらえるほどの音をニュークは発していないのだ。

腑抜けのように二人はそれを見つめた。希望と落胆の間が短すぎて、どちらを実感したらいいのかも分からなくなっていた。

「先輩……」

「ん……」

「私たち、食べられちゃうんですか」

俊機が何か言ったような気がしたが、言葉はしゅるしゅると風を裂く軽い音にかき消された。

二人を救ったのは、やはり奇跡などではなかった。

七十メートルまで近付いたニュークをすっぽり囲むように、空からやって来たたくさんの小さな影が円を描いて着水した。水に浸かるが早いかその中の一つが目覚め、寸秒も間をおかず残りが同調し、地獄の蓋《ふた》を開けたような炎と水壁を噴き上げた。

「――ヘッジホッグ！」

抱かれながらこなみは俊機のうめきを聞いた。それは、〝ラプラプ〟の持つ対潜投射弾の名前だった。わずか二百五十メートルの射程しか持たないその旧式の兵器は、何の誘導能力もないがゆえに、惑わされることなく水面で信管を作動させて、無音のニュークを押し潰したのだった。

津波のような煙臭い海水が押し寄せ、〝デビルソード〟をもみくちゃにした。それが沈まなかったのは、寸前で割り込んできた〝ザラーン・クライシュ〟に守られたからだった。

津波の大部分を防ぐ絶妙のタイミングで〝デビルソード〟の前に入り、勢い余って通り過ぎていく〝ザラーン・クライシュ〟から、ザイドが大声で呼んだ。アラビア語のその叫びを俊機は意味も分からないまま正確に理解し、間違いのない応えを返した。

「大丈夫だ！　感謝する！」

瞬間、かっと燃え立つような感情をこなみは覚え、次の瞬間には身を切り裂きたいような自己嫌悪に襲われた。

――私には怒ったくせに！

飽和した感情が行き場を失い、叫びが噴出した。

「もう、もう……いや、こんなの！　早く終わって！」

そしてこなみは最大の恐怖を覚える。

叫んだ先には〝ジュルクーフ〟がいた。三七〇〇トンのその軍艦の側面から、こなみの叫びに貫かれたように黒煙が上がった。嵐にもかき消されない不吉な衝突音、それが二度、三度と続く。やがてひときわ高い波が角張った姿を隠した。いや、そうではない。〝ジュルクーフ〟の高さが減っていくのだ。

傾いた〝ジュルクーフ〟が嵐の海に沈んでいく。

「あ……」

こなみは停止する。事実は簡単だ。魚雷の音を聞いたニュークたちが発射元へ向かった。真上から降ったヘッジホッグはどこから来たのか分からなかった、それだけのことだ。だがこなみにそんなことが分かるはずもない。彼女が恨んだ相手が傷ついた、それが彼女にとっての事実だった。

「あー……」

気の抜けたため息とともに、嗚咽し始める。俊機から、海から、自分にとっての世界のすべてから嫌われたような悲しさに襲われて、こなみは心を閉ざしていった。

そのモンスーンは、モンスーンとしては小さなものだった。原因はやはり、付近の海水が比較的低温だったためだろう。

だが、第七艦隊にとっては最大級の嵐だった。

日暮れ頃、流れくるシーリボンを追ってやって来たニュークたちを、彼らは闇を切り裂く無数の閃光で迎え撃った。身をくねらせ、牙をむき、深く潜り高く飛んで、鋼鉄の船腹にハンマーのような体当たりを繰り返す怪物たちに、対潜ヘリのオーシャンホークがありったけの短魚雷を投下し、巡洋艦と駆逐艦が一二七ミリ砲と三二四ミリ魚雷を息継ぐひまもなく撃ちまくり、空母は対空機関砲の数万発の弾丸で海面を薙《な》ぎ払った。

それは、この艦隊の実力に比べて、悲しいほど貧弱な攻撃でしかなかった。晴天の日に、並みの敵を相手にしたなら、彼らは決して負けなかっただろう。対潜哨戒機バイキングが爆雷の雨を落とし、巡洋艦と駆逐艦は強力な垂直発射式《VLS》アスロックを撃ち上げ、最強の炎、核の火球すら放って、敵を殲滅《せんめつ》しただろう。

だが空母は固定翼の艦載機を一機も飛ばしておらず、VLSは至近距離から体当たりするような敵を想定しておらず、ヘリ部隊は運用規定をはるかに越える風速に翻弄され、誘導のできない魚雷はことごとく外れ、砲は効かず、旧式の爆雷はなかった。そしてニュークたちは、〝ちょうかい〟を見逃した時とは違って、途中で去ることをせず、絶望的なまでに徹底して巨艦たちを打ち貫いた。

それらすべては敗北の本質ではなかった。意固地な慢心こそが真の敗因だった。彼らは最後の手段を自ら放棄した。——逃げなかったのだ。

海は許さなかった。

恐ろしい混乱の一夜が明け、嵐の去った空を東からの光が白く照らし始めた。

救出したフランスとアメリカの兵士たちでぎっしりと埋められた、〝ザラーン・クライシュ〟の船上で、わざわざ〝ラプラプ〟から出向いてきたフィリピン海軍のルイス大佐は、同じような金線の入った士官服を着た人物と、苦い顔で話し合っていた。

「〝シュルクーフ〟の魚雷が外れたなら外れたと、早く伝えてほしかったものですな、大佐」

「申し訳ありませんね。しかし、我が艦も日本の〝えるどらど〟も、〝シュルクーフ〟の生存者の救出で手いっぱいだったのです」

「おかげで我が艦隊は大損害をこうむった。本国になんと報告したらよいのか。……とにかく、早く〝ラプラプ〟に移らせていただきたい。こんないつ沈むかも分からんような古代船で、のんびりしている暇はないのだ」

その古代船に命からがら這い上がってきたのは誰だ、と言ってやりたい気持ちをルイス大佐は必死に抑えた。大佐の相手は、第七艦隊旗艦〝ブルーリッジ〟の艦隊司令だった。

鬢《びん》に浮いた白髪がひときわ目立つ木炭のような肌の、黒人のその司令官は、敗れてなお威厳に満ちた顔で、ルイス大佐を見下ろした。

「いや、〝ラプラプ〟に移るだけではいかんな。あの艦は衛星通信設備もないんだろう？　救出は日本の船に任せて、〝ラプラプ〟には港まで直行してもらおうか」

「逆のほうがいいね。日本の船に通信を頼んだらいい。〝ラプラプ〟はまだ忙しい」

振り向いた司令官は、眉をひそめた。つい今までロープで生存者を引き上げていた、頭《ゴト》布《ラ》と白い下着だけの姿の、赤銅《しゃくどう》色の肌の老人が立っていた。

「なんだ、君は」

「分からんかな、無理もないか。八年ぶりだね、コーベイ中佐」

「私は中佐では……あ、あっ？」

ゴトラを取ったアルワハブの顔を見て、司令官は絶句した。

「ア、〝白髭提督《アドミラル・ゴーテイー》〟……」

「そのニックネームは当時からあまり嬉しくなかったが、まあいいだろう。わしも今、君の階級を間違えてしまったし」

「あんたがなぜここに！」

「なぜってそりゃ、ここはわしたちの海だもの。そして君の海でもあったはずだが、どうも君は八年の間に忘れてしまったようだ」

アルワハブは穏やかな口調と厳しい目つきを司令官に向けた。

「あの頃、わしたちは友情を交わし合ったじゃないか。アラビアの血を継ぐわしと、ニジェール川で川舟を駆っていた祖を持つ君。西洋でない地から発して地球を半周し、このフィリピンで出会った偶然を喜んだじゃないか。海を渡る喜びをともに語り合ったはずなのに……ちょっと見ないうちに、あの大国の小さな考え方に染まってしまったのかね？」

アフリカ移民らしく、大樹のように長い手足を持つ司令官は、その体を縮めて、少年のように赤面した。

「見なさい。これが、アメリカが招いた結果だ」

アルワハブが広げた手の先には、嘘のように穏やかに凪《な》いだ海面が、水平な朝日をきらきらとはじいて、言葉を忘れるほど美しく輝いていた。

そこには、空母も、巡洋艦も、駆逐艦も、潜水艦母艦も浮かんでいなかった。〝シュルクーフ〞だけではなく、アメリカ第七艦隊の船も、すべてニュークに沈められてしまったのだ。

「君たちの大きな船は沈み、わしたちの小さな船は残った。そのことの意味を考えてみなさい。きっと、忘れていたことを思い出せるから」

そう言うと、アルワハブは司令官から離れ、船べりを歩き出した。ルイス大佐が小走りに続く。

「お知り合いですか」

「合同演習で、彼の巡洋艦をやっつけたことがあってね。……なに、昔のことだ」

ルイス大佐は言葉もなく、老人のたくましい裸の背を見つめた。弱小もいいところのフィリピン海軍が、遊びのような非公式の模擬戦で、一度だけ米艦隊の鼻をあかしたことがあるという伝説があった。今までまったく信じていなかった。

こんな男の目をかすめて、自分は何をやっていたのだ。恥じ入りながら声をかける。

「申し訳ありません、少将。私は……アメリカにニュークを任せたほうが、より我が国のためになると思って……」

「悪い心から出たことではなく、君一人の決定でもないだろう。頭を上げなさい。死んだ人々のことを忘れないと誓って」

「誓います」

敬礼するルイス大佐を残して、アルワハブはダウの船首に着く。

そこには、きらめく海面を見下ろして、三人の男女がいる。

「レン、そろそろ朝食にしないかね」

栗色の髪の小柄な青年が、振り向いて首を振った。

「ありがとうございます。でも、この二人が……」

アルワハブは小さくため息をつき、前に出て巻瀬と並び、棒のように突っ立っている男と、その前でぼんやりと舳先に腰掛けている娘に言った。

「聞きなさい、トシキ、コナミ。海は深い。とても深い。その淵は多くの人を呑み込む。だが、昔々に人間の祖が生まれたのも、その淵なのだ。人は海から来た。――たくさん恐れなさい。うんと恐れるのだ。だがそれが終わったら、希望を持つことも忘れてはいけない。そうすれば、きっと君たちは淵から帰ることができる」

俊機はその言葉を背中で受け止めつつも、噛み砕けずに胸の中に浮かべ、声を出せずに〝ザラーン・クライシュ〟とこなみの背を見ている。

こなみはその言葉を、吸い込んだまま胸の奥に沈める。うつろな顔に朝日を受けている。

北の方角から、〝えるどらど〟の音が、この海を去る時が、近付いていた。

Part 3
ぐんじょうのふるさと

1

空母と主力戦闘艦を含む機動艦隊の全滅。その知らせは、海に関わりを持つすべての国に、計り知れない衝撃を与えた。合衆国大統領の哀悼と憤激のテレビ演説さえ、アメリカ政府の動揺を表すかのように丸一日も遅れた。

生命をもてあそんだ罰だと動物保護団体は冷たいコメントを出したが、死んだ海軍兵士の遺族たちから反撃されて、しぶしぶ謝罪した。

軍隊は猛烈な闘志を煮えたぎらせてはいたものの、いざ行動を起こすとなると、ニュークの脅威に対して有効な手段がないために、二の足を踏んだ。世界最強のアメリカ軍でさえそうなのだから、他は推して知るべしだった。それにニュークは、紛争やテロ、あるいは台風や氷山などといった、現代の海の敵とはまるきり違う。

ニュークたちはUボートの群狼部隊《ウルフ・パック》にたとえられた。第二次世界大戦中に大西洋で連合国商船を無差別攻撃した、ドイツの潜水艦隊のことである。このたとえは、二つの意味で不適当だった。まず、ニュークは大西洋にはあまり出現しない。それに、ニュークには本国などというものはなく、司令部を攻撃して降伏させることができない。

そうではあるが、いついかなる時でもやられて、どこの船でもやられて、ある程度低い確率でしか出遭わないが、出遭えば確実にやられるという点で、やはりニュークはUボートに似ていた。そんな敵は長い間いなかったから、各国海軍も対抗手段を忘れてしまっていたのだ。

大戦中のUボート対抗策が再び検討された。当時、大西洋を渡る船は、数十隻で巨大な船団を組み、舷側に魚雷避けのネットを垂らし、周囲に駆逐艦を何隻も走り回らせ、空には飛行船を浮かべて、総がかりで、潜望鏡を上げるUボートを探した。つまり、今、気休めに採用している護衛船団方式を、恐ろしく大規模にやっていたのだ。

だが、現代ではやはり、この方法は使えそうもなかった。ニュークは潜望鏡を使わない。ネットなど突き破ってしまう。こちらの魚雷は当たらない。それに、現代の海上交通量は五十年前とは比較にならないほど多く、とても護衛の船が足りない。当時はドイツを倒すまでの応急措置だから実行できたのだ。有効な方法を求めて、侃々諤々《かんかんがくがく》の議論が戦わされた。

脅威を受けたのは船と港の人々だけだったのだろうか。

そうではなかった。

その頃、秋を迎えた日本の人々は、職場の噂で、学校の授業で、街頭の電光ニュースで、カフェのパソコンで、友達にかけた電話で、部屋のテレビで、ニュークにまつわる様々な話を聞き、初めは聞き流した。米軍がやられたことでいい気味だと思った人もいたし、謎の生物と聞いて好奇心をかき立てられた人もいたし、多くの死者に心痛めた人もいたし、それをネタにした芸人のコントに含み笑いした人もいた。そのあとで、さてと立ち上がって夕食のテーブルについた。今の話は半分かた忘れている。いくら怪物が海で暴れたって、こんな陸の上まで這《は》い上がってきやしないだろ。連休の西海岸旅行は飛行機だしね。

食卓を見ると、おかずが一品少ない。

おいどうしたんだ。お母さん今日は焼肉じゃなかったの？　我慢してよ、最近高いんだから。――主婦たちが最初に気付いたかもしれない。米、卵、牛乳、鶏肉、生鮮野菜、そこらあたりまではまだいい。だが、まずパンの値段が上がり、ラーメンの値段が上がり、豆腐や味噌の値段が上がり、つまり小麦や豆類を使う食品の価格が全般的に上昇し、それらを餌とする畜肉類の価格も上昇し、その周りでありとあらゆる食料品の価格が高騰し始めた。まさかと思いつつ、教科書で見たことのある絵を思い出した人も多かっただろう。

「天ぷらうどんの絵」だ。知っていますか？　代表的な日本食の一つである天ぷらうどんは、実はほとんどの材料が……

思い当たって周りを見回し、不安を覚えなかった日本人は皆無だった。家電製品？　それらの多くは韓国や台湾で造られている。木材？　東南アジアからの輸入品だ。服？　綿花も羊毛も日本ではまったく生産されていない。自動車？　なるほど表の国道を走っているのは大半が国産車だが、では自動車メーカーは造った車を全部日本で売っているのか。

そうだ、石油！　誰もが考えたとおり、化石燃料は消費の九九・七パーセントを輸入に頼る日本のアキレス腱だった。日本には上五島、白島の洋上タンク基地や、久慈、菊間、串木野などの地下岩盤タンク基地などの多くの備蓄基地があるが、その総容量は四千万キロリットル――たった、ドーム球場三十二杯分でしかない。タンカーによる輸送量ががた減りしたために、その残量は日ごとゼロに近付きつつあり、それはこの国のライフラインが危機に瀕《ひん》していることを示していた。

地方の多くの家庭や工場などで使われているプロパンガスも原料は石油であり、自動車燃料のガソリンや軽油、これから冬に向けて需要の急増する灯油や重油、それに無慮数十万種に及ぶ化学工業製品も、すべては石油の幹から伸びる枝である。さらに、国内総発電量一兆キロワット時のうち、輸入エネルギー源である石油・ガス・石炭・核燃料による発電量は八九パーセントを占めている。いっそ水と空気を外国から買っていないのが不思議なほど、日本のライフラインは輸入に頼りきっているのだ。

十月一日に政府が出した緊急声明は、はっきり言って無用だった。八月期の輸出入量が前年度比で四二パーセント。そんな数字を聞かなくても、人々は気付いていたのだ。ニュークが、日本の喉を真綿で締め上げていることを。二〇〇〇年度、航空機によって海を渡った人は二千二百七十万人もいたが、船で外国に出かけた人は四十万人しかいない。だが貨物に目を向ければ、空路では百九万トンが運ばれたのに対し、海路では、実に八億五千万トンの物資が運ばれた。——まさに日本は海によって生かされていた。

日本は極端な例だったが、現代では世界のすべての国が、大なり小なり同じように他国に依存し、依存されていた。海の危険はすべての人を襲うものだった。

日本の〝えるどらど〟とアメリカ第七艦隊の生き残りであるNR‐1によって、いくつかの貴重な情報がもたらされていた。特にニュークの音に対する反応は重要なことで、その情報はすぐさま世界中に伝えられた。外航船は爆薬やエアガンによって大音響を立てながら航海するようになったが、根本的な解決とはとても言えなかった。鉄の靴を履いたからといって、笑顔で地雷原を歩ける人間がいるだろうか。その上この地雷はしばしば鉄の靴をも吹っ飛ばしたので、高騰する海運保険料を引き下げるにはろくに役に立たなかった。ならば地雷原を避けて通ればいいのだが、はなはだまずいことにシーリボンは重要航路のど真ん中を浮遊していることが多く、避けるためには何日もの遠回りが必要で、それは直接、運航費用に跳ね返った。そういった対策によって輸送費が増大したことが、実際にニュークに物品が奪われたことの何十倍もの影響を及ぼし、人々の生活を脅《おびや》かしたのだ。

見て見ぬふりで不安をやり過ごそうとしていたかのようなマスコミが、ついに耐え切れなくなって一斉にブラウン管と紙面で騒ぎ始めた頃には、とっくに気付いていた人々がとっくに努力を始めていた。

米国ウッズホール海洋研究所の調査母船〝アトランティス〟と潜水艇〝アルビン〟や、チリ沖の東太平洋海嶺でマントル湧昇帯の掘削調査を行っていた、国際深海掘削計画《ODP》所属の科学掘削船〝ジョイディス・レゾリューション〟は、正規の作業の合間にバハマ沖やチリ海溝などでシーリボンとニュークの調査を行い（特に、〝ジョイディス・レゾリューション〟などは一度実際にニュークに襲われて、この船の命とも言える、地殻掘削用の九千メートルのボーリングロッドをへし折られるという犠牲を払った）、〝えるどらど〟が発表した、海溝帯とシーリボン、そしてニュークの出現海域に相関があるとの見解を裏付けた。インド海軍はもっと荒っぽく、中古の標的艦を調査艦〝サガルドワニ〟とともに大スンダ列島西域に派遣して、この標的艦を犠牲にしてニュークをわざとぶつけさせ、彼らの体表の強度を測ることに成功した。それによると驚くべきことに、ニュークの外皮の機械的強度は戦車の装甲に用いられるＫＣ鋼板に匹敵した。生物起源の高強度マテリアルといえば、貝殻や骨などと同じカルシウム系の無機化合物や、南米の硬木リグナムバイタに代表される植物のセルロース、エビやカニや昆虫の外骨格を形成しているキチンなどの多糖類があるが、どれもここまでの強度はない。だが、まさか鉄やアルミニウムなどの金属でできているわけがないので、カルシウム系の外殻に炭素化合物の繊維が入り込んだ、鎖かたびらのような外皮を持っているのではないか、と考えられた。それなら生物の代謝の結果として生成しなくもない。

北極点直下のボーリング調査でたまたまシーリボンを採取した、ロシア北極南極研究所《AARI》のメンバーがこの考えを補強した。シーリボンの体からは顕微鏡レベルの微小な炭素繊維が、異常に大量に発見された。スジイカやギンオビイカなどの一部の海棲生物が、自分では発光液を持たずに、発光生物を捕食することで発光するように、ニュークもシーリボンの作り出した繊維を利用して、外皮の補強を行っているらしかった。

ただ、いまだに一頭も捕獲されていないニュークに比べてずっと簡単に捕まえられるとはいえ、シーリボンの研究も容易なことではなかった。彼らは捕獲後しばらくすると、まるで蛹《さなぎ》になって変態する蝶や甲虫のようにどろどろに溶けてしまい、それがなぜなのかも含めて、生態はおろか体構造すらもなかなか解明できなかった。

内陸の国家にとっても他人事《ひとごと》ではなかった。発展途上国は先進諸国の援助に頼るところが多く、先進諸国もいまや自国一国で立ち行く国はなく、海上貿易の途絶が世界規模の危機であることを、人類は思い知らされた。

遅ればせながら自国が海洋国であることを思い出した日本の政府も、ニュークを含めた海洋に関する問題を最重要課題とし、自然科学から安全保障までの幅広い分野で、様々な手を打ち始めた。

運動会が開けそうなほど高く抜けた青空の下、ロープに下げられた数十枚のシーツが白くはためき、柔軟剤の柔らかい香りが潮風に混ざって流れていて、大家族のお洗濯後という風景である。

首を上げてみればそう見える。視線を下げれば機械部品の散らばった甲板で、長袖のツナギに衣替えしたデッキクルーが行き交っている。名古屋ベースに停泊中の〝えるどらど〟の船上だった。

ワゴン車ほどもある、なんだかわけの分からないガラクタの小山は、格納庫から引き出された〝デビルソード〟である。もしくは〝デビルソード〟になるべきものだ。一ヵ月前にフィリピンで、悪夢のような戦闘に巻き込まれて各部を損傷したこの艇は、集中的な整備を受けてようやく蘇りつつあった。

その腹部をしゃがんで覗き込んでいるのは、機関士兼任の整備員と俊機である。

「これだよ、どうにか間に合った。電磁ラッチの代わりに火工品を取り付けるなんて厄介だと思ったが」

「厄介でもやってほしかったんだ。フィリピンじゃそのラッチが作動しなかったせいで、バラストが落ちなくて死にそうな目に遭った」

「作動は簡単になったが、別のリスクができたぜ。なんせ自爆してバラストを弾き出そうって代物だからな。艇殻にいらん衝撃を与えることになる。一応、強度計算もやったが、深海での使用実績もないことだし、二千メートル以上で使うのはやめたほうがいい」

「この艇の運用深度は千六百メートルじゃないか。浮力材があるから自分で突っ込まない限りそれ以深には行かない。問題はないよ」

話し合っていると、背後に足音が止まった。振り向くと、タートルネックのセーターに綿のスラックスをはいた中背の男が立っていた。細い目の端正な顔に親しげな微笑を浮かべているが、見覚えがない。

「お久しぶりです、鯛島さん」

「はあ、どうも。……すみませんが、どちらさまでしたか」

「折津です。海上保安庁の」

「ああ！」

俊機はばね仕掛けのように立ち上がり、あわてて右手を差し出した。

「すみません、すぐ思い出せなくて。ええ、覚えています。その節は〝しきしま〟がとんだことで……」

「いや、仕方ありませんよ。我々は制服と階級章で覚えてもらう職業ですからね」

折津は笑顔で握手を返してきた。すべての始まりとなったあの八丈島沖での合同調査を、ともに行った相手である。俊機も悪い印象は持っていなかった。

「今日は非番ですか？」

「休暇を取ってきました。あなた方にぜひお会いしたかったので。〝えるどらど〟が名古屋にいてよかった」

「僕たちに？」

その問いかけには答えず、折津は甲板の上を満艦飾《まんかんしょく》に彩る洗濯物の群れを見上げた。

「平和でいい光景ですね。民間船ならではだ」

「こいつはどうも、お見苦しいところを……フィリピン以来ばたばたしていて、これからまた予定があるものですから、せめて寝床ぐらいさっぱりさせとけって、うちの船長の厳命でして。今朝から洗濯機を回しっぱなしです」

「出港ですか？」

「北海道沖です。それはともかく、中に入りませんか。お茶でも出しますよ」

「失礼、整備の邪魔をしてしまって……」

「いえ、目処《めど》はつきましたから」

整備員に手を上げて、俊機は先に立った。ハッチを入ると〝えるどらど〟の上甲板を前後に貫く中央通路だ。のどかな草色で色調が統一してある扉や床などを見て、折津が声を上げる。

「いい船ですね。前回は緊張していて気付かなかったが、うちの巡視船が牢獄みたいだ」

「うちは万事、こういう遊びみたいな感じで……」

冷静なこの男でも緊張することもあるのかと意外に思いながら、俊機は簡単に説明した。自分の船を誉《ほ》められて嬉しくない船乗りはいない。

この上甲板には乗組員居室や、食堂、休憩室、会議室などの居住設備がある。上の船橋甲板にあるのがブリッジ、通信室、調査指揮室、士官私室などの船の頭脳に当たる部分だ。そこらは海保の船でも変わらないだろうが、下方の第二甲板には、調査母船の要《かなめ》である、採取したMHサンプルを分析するラボや冷凍保管室がある。最下層の機関室に収まるのは二四〇〇馬力のディーゼルエンジン四基と、別系統のモーター二基だ。

「調査母船っていうのは、外洋のど真ん中で止まったり微速航行したりしなければいけないので、応答のいい電気推進を併用してます。前と後ろにもサイドのスラスターがあるし、七五トンの振り子を転がす減揺装置もあるので、シーステート四までは〝デビルソード〟の着水揚収ができますよ」

得意げに説明しながらコーヒーサーバーのある休憩室のドアを開け、すぐ閉めた。折津が訊く。

「そこは？」

「え、いや、その、故障のようです。食堂に行きましょう」

俊機は目を泳がせながらドアを背にかばうような真似をしたが、中からの声で無駄になった。

「鯛島？　茶あ飲みに来た？」

「……お気楽女たちめ」

額を押さえた俊機が、細く開けたドアに顔を突っ込んで早口に言った。小声だったが、折津は聞いてしまった。

「下着でくつろぐなっていつも言ってるだろうが！　海保の折津さんが来てるんだ、早く人間に戻れ！」

「うわ大変」

ばたばたと音がして、やがてドアが再び開いた。

白衣姿の悠華が取り澄ました顔で、どうぞ、と言う。その後ろには、水兵まがいのマリンルックでぺたりと座り込んだこなみ。折津は謹厳な顔で、お邪魔します、と靴を脱いだ。

〝えるどらど〟の休憩室は、カーペット敷きの十畳ほどの部屋だった。外洋航海をする船の常で、テレビとゲームと数十のビデオライブラリーが備え付けられ、落下防止の横棒が入った壁の本棚には、手あかのついた小説と漫画がずらりと並んでいる。それらは乗組員全員の共有物だが、隅にある「男子禁制！　ひみつボックス」とマジックで書かれた衣装箱は、悠華やこなみたち女性クルーの占有物で、男性クルーはその中の怪しげな本や道具のことを知らないことになっている。

床に座った俊機は、こなみが渡したコーヒーを受け取りながら、悠華に言った。

「なんでここにいるんだ。ラボで何かやってたんじゃないのか」

「やってたわよ。クーラーボックスをハンマーで叩いたり顕微鏡にかけたり。煮詰まったから休んでただけ」

「何を叩いたって？」

ひみつボックスに腰掛けた悠華が、折津を意識してか行儀のいい口調で言った。

「クーラーボックス。ほら、フィリピンでこなみちゃんがシーリボンを入れて、中で溶けちゃったやつ。あの後、ありがたいことに、この子がそれを洗いもせずに索具庫に叩き込んどいてくれたから、今まで手付かずだったのよ。だから中を調べてる。——どうして洗わなかったの？」

聞かれたこなみが顔をそむける。いいから、と俊機は先を促す。

「何か分かったのか？」

「結構重要かもしれないわ。内側のプラが、恐ろしく硬くなってた」

「プラスチックが？」

「溶けたシーリボンの組織が付着していたらしい。ほら、シーリボンの体内には微小な炭素繊維が大量に含まれていたでしょう。あれが織り物状に組み合わさって平面を構成してるのよ。顕微鏡で覗いたら、びっしり並んだ繊維が防弾チョッキみたいにプラの表面を覆ってたわ」

「なんですって！」

折津が腰を浮かせる。あら勝手に話をすすめてすみません、と悠華が謝る。

「いえ、かまいません。シーリボンが硬い表面を作るんですか？　それはニュークの外皮の硬さと関係があるかもしれないじゃありませんか」

「ええ、私流にぶっ飛んだ想像をさせてもらえれば、それは十分に考えられます。でも、分からないのはそのことじゃないんです。――シーリボンがなぜそんな変態をするか。平面に付着することに何の意味があるのか？　ということなんです」

「そうですか……」

折津はいったん言葉を切ったが、すぐにまた言った。

「実は、これがあなた方に話をしに来た理由の一つなんですが……私は、第四八護衛船団がニュークに襲撃された時、〝ちょうかい〟に乗っていました」

「現場に居合わせたんですか？」

驚く俊機に、折津はうなずく。

「警備行動の見学をするためで、まさか本当にニュークに会うとは思いませんでしたがね。――それで、その時に気付いたことなんですが、シーリボンはどうやら、きわめて大型の船を好むようなんです」

「シーリボンがですか？　ニュークがではなくて？」

「そうです。というより、シーリボンが大型船を好むために、ニュークもそれを追って大型船を襲っているように思われました。根拠はこうです。あの時、船団で最大だったＶＬＣＣの〝プラネットビーナス〟が、まずシーリボンに殺到されてスクリューをやられ、次にニュークがその船を襲い、その後で〝プラネットビーナス〟から燃料油が流れ出してシーリボンが離れると、ニュークも姿を消しました。これは証拠になりませんか？」

「待て、待てよ」

　淑女のふりも忘れて地の口調でつぶやきながら、悠華が人差し指で額を叩いた。

「八丈島沖では〝しきしま〟が襲われた……確かに大型船だった。フィリピンでもシーリボンは、進路上の〝えるどらど〟や〝ラプラプ〟を無視して、空母艦隊のほうに流れていった……いや、もともと空母を求めてやって来たのか！　それはなんでだ？　なんで大型船に群がる？」

「それ、シーリボンが溶けることと関係があるんじゃないか？」

「ある！　あるよ、私の額《ここ》がキンキンいってる。あると思う。シーリボンは平面に付着する……大型船は底面積が広い。これか？」

　悠華ははっと顔を上げたが、唇を噛んで首を振った。

「だめだ、ただ大面積の平面がほしいだけなら、浅瀬でもどこでも行って岩場にくっつければいい。くそ、あと少し……もう一つ、パズルのピースがいる」

「それに想像です。悠華さん、暴走しすぎ」

初めてこなみが口を開いた。そっけない口調で、目は壁に向けている。

折津がやや気がかりそうに、こなみと俊機の顔を見比べた。何も言わなかったが、言いたいことは俊機にも分かった。しかし、この場で答えられるようなことでもない。

悠華は熱でも出たようにぎゅっと額を押さえ込んでいたが、そのうちとうとう、折津にも断らずにポケットから煙草を出して、猛烈に吹かし始めた。こうなってしまうと猛犬と一緒である。噛みつかれてもつまらないので、俊機は相手を変えた。

「それで折津さん、ずいぶんほったらかしてしまいましたが、今日のご用件はなんでしたか。わざわざ部長にヒントをくれるためだけに？」

「鯛島さん、今度の航海というのは、北海道の南岸ですね」

やや変わった角度で返ってきた言葉に戸惑いながら、俊機はうなずいた。

「そうです。襟裳《えりも》岬沖のMH層調査ですよ。こんな時に呑気だとは思うんですが、石油不足で危機意識を持った政府のほうから、新資源探査について強い要請が来ましてね。フィリピン行きの成果が今のところまだはっきり出ていないので、うちの社長もそれに乗りまして……」

俊機は折津の顔を覗き込んだ。

「なぜ、ご存知なんです」

「うちがおたくの社長に頼みました。また」

しばらくぽかんと、俊機は折津の顔を見つめていた。

「なぜ」

「MH層探査というのは名目です。もちろんそれも必要だと思いますが、海保が出ていくとまずい件があって……それで、民間のあなた方に頼んだのです」

「海保ではまずい？　一体なんです、まさか危険なことじゃないでしょうね」

「危険は……ないとは言えません」

折津は苦しそうに言った。

「海上自衛隊が、その海域で対ニュークの新兵器の実験をするのです。あなた方に、それを止めてほしい」

「新……兵器？」

呆然としてから、俊機は叫んだ。

「なんですかそれは！　なんでうちがそんなことをしなきゃいけない？　あんた方は巡視船でもなんでもたくさん持っているんだから、そっちでやればいいでしょう！」

「それをやったら内紛になります。政府機関同士だから、知らなかったという言い訳も通用しない。しかし、あなた方なら民間人だ。なにも兵器の砲口の前に出ていけと言っているのではないんです。その場で調査という名目で居座ってくれるだけでいい。それも重要な仕事だから、海自も追い払いはしないでしょう。もちろん兵器も使わない」

「使わないって、誰が保証してくれるんだ。あんたか？　社長か？　海上保安庁か？　こっちはフィリピンで死にそうな目に遭ったんだぞ。また魚雷なんかぶち込まれるのは、金輪際ごめんだからな！」

「あなたの気持ちは分かります。しかし……分かってほしい」

折津は正座をして、両手をついた。

「私は〝ちょうかい〟で見たんです。専守防衛の自衛隊がついに実戦で兵器を使ってしまい、恐れながらも昂《たか》ぶっているのを。前例さえあれば突っ走るのがこの国の組織だ。こんなことで自衛隊が調子に乗って、自制心をなくしてしまうのは……見ていられない」

「保安庁では実弾発砲はしょっちゅうだよな」

「だからこそです」

俊機は折津の静かな眼差しを受けて、口をつぐんだ。

「ただでさえ海は人間に対して厳しい場所だ。そこにさらに人間の争いを持ち込むなんて、愚かなことですよ。私はこの船に来て思った。一度でいいから、こういう平和な船で航海してみたい……そんなあなた方だから、頼むんです」

俊機は言葉を失った。そうだ――この男も、海上保安官である以前に、船乗りなのだ。

「お願いします。私も同行します」

深々と頭を下げた折津を、俊機は沈黙したまま見つめていたが、その肩にそっと、強く、手が置かれた。

こなみだった。

「先輩、行きましょう」

「……こなみ？」

「自衛隊が……ニュークに新兵器を使うんですよね。行かなきゃ」

俊機は、フィリピンから帰って以来、ずっと触れ合っていない恋人の顔を、理解できないまま見つめた。

こなみの瞳は異様に輝き、その心はますます読み取れなかった。

2

十一月初頭の北の海は、すでに冬だった。

北緯四二度、東経一四四度。襟裳岬の東南東一〇〇海里のこの辺りは、北のアリューシャン列島からはるばる千島沿いに流れてきた親潮の、まさに通り道に当たる。夏季、仙台沖の潮目でせめぎあっていた暖流黒潮ははるか南に身を潜め、代わって沖を流れるのは、栄養塩を含んで白っぽく染まった、この大寒流だった。

すでに以前、エアガンを使った海上からの弾性波探査によって、襟裳岬沖の水深千四百メートルの海底に、MH層の特徴であるBSRが発見されていた。〝えるどらど〟はそれを調査するために来た。

——MHは海底が深く落ち込む大陸斜面に存在し、その分布は水深五千メートル付近にまで及ぶ。だから、さらに沖へと調査の足を延ばしてもまったく不自然ではない。そこに横たわる八千メートルの深淵、日本海溝の上に集結した、海上自衛隊の艦艇との出会いは、まったくの偶然である。

「誰が信じるっていうんだ、そんな嘘八百……」

分厚い防寒ジャケットに身を包んだ俊機は、うねりに合わせてゆっくりと上下する〝えるどらど〟のブリッジウイングから洋上を眺めて、苦い顔でつぶやいた。

霧のような薄雲で白く覆われた空の下に、数隻の自衛隊艦艇が微速で動いていた。その中に、あまり船に詳しくない人が見ても、おやと首を傾げるような変わった形の艦がいる。二つの胴を海中に沈めてその上をまたぐように甲板を構築した、七十メートルほどの四角い艦である。その他は、火砲の代わりに鳥居のような不格好なシーブを舳先に立てた艦と、イージス艦のレーダーを小型化したような板を、艦橋楼に張り付けた艦の二隻。今はいないが、少し前には潜水艦も、真っ黒な葉巻のような姿を波間に浮かべていた。詳しい人間が見れば、あまり例のない妙な組み合わせだと気付いただろう。

俊機は海上自衛隊の艦艇のことなど知らなかったが、折津の説明を受けていた。一番奇妙な四角い双胴艦は、潜水艦の音紋を採集して回る音響測定艦〝ひびき〟、鳥居を構えた艦は、同じく音響測定能力に秀でた観測艦〝わかさ〟、そして、板状のフェイズドアレイ・レーダーを備えた、一見して一番まともそうな艦が、実は、波の下の船首下に、肥大したあごのような巨大なソナーバウを隠し持つ、試験艦〝あすか〟だった。

大型艦を避けて小型の耳のいい艦ばかり三隻も揃《そろ》え、潜水艦まで引き連れているのだから、その目的も知れようというものだ。彼らは、海上自衛隊が新兵器の実験のために臨時に編成した艦隊だった。

背後のブリッジからは、通信室から漏れ出した声がわんわんとやかましく聞こえる。

〝えるどらど〟は、ここに到着した数日前から、ひっきりなしに退去勧告を受けていた。

俊機はブリッジに入って通り抜けた。背後で伯方が怒鳴っていた。

「危険だからよそへ行けだァ？　危険ってなんだ、言えるものなら言ってみろ。こちとら民間船で、ここは天下の太平洋だぞ。文句があるならミサイルでもなんでもぶち込んできやがれってんだ、すっとこどっこいめ」

ブリッジの後部の調査指揮室に入ると、悠華が観測スタッフと一緒にディスプレイを覗き込んで、ソナーのデータを見ていた。

「下に何かあるか？」

「深すぎて、さっぱり」

「シーリボンのせいじゃないか」

「これ、海面下から曳航体でサイドスキャンしたデータよ。もうシーリボンはデフォルトで織り込みずみ。――あんたなんでこんなとこにいるの？〝デビルソード〟の整備は？」

「やったって、この深さじゃ出番がないだろう」

俊機はそこを離れて、階段を下りた。ウイングからも見えたが、近頃ではシーリボンの群れに出くわすことは珍しくなく、みんな慣れてしまっていた。あまり多いので、それをニューク出現の前兆として扱うこともできないぐらいだ。

右舷のデッキに出て歩いていくと、後部から折津がやって来た。彼は海保の使者としてやってきた人間だが、問題を避けるために休暇をとったまま、一般人として乗り込んでいた。だから私服だが、丸腰で軍艦に立ち向かっている今では、身に付けた鋭い雰囲気が、かえって強く放射されているようだった。

俊機を認めると、聞きもしないのに言う。

「さっき、〝いそしお〟が離れていきましたね。いよいよやるつもりかもしれません」

「〝スキャット〟でしたか？」

「ええ。防衛技研がＩＨＩのロケット部門と共同で研究していたやつです。実用化はまだ先のはずだから、あくまでも試験発射でしょうが」

「僕はまだ信じられません」

「想像できないんですね。それは私もだが、ロシア海軍はすでに実用化したという話もありますし」

　口数が多いのは、緊張の現れだろう。俊機にとっても他人事ではなかった。思いつくままにさらにしゃべる。

「ただの試験でもないんじゃありませんか。この海域から離れないということは」

「かもしれません。待っているようでもありますしね。あきらめてくれればいいが……」

　本格的な冬の訪れとともに、この辺りの海域は荒れ始める。いかに軍艦といえども時化《しけ》の海上でデリケートな実験はできないだろうから、それまで粘って、後は冬将軍に任せるというのが〝えるどらど〟の作戦だった。しかしそれも、しょせんは来年の春までの時間稼ぎでしかない。その後で、彼らがまた過激な方法に頼ろうとしたら、どうやって止めればいいのか。

　ブリッジで無線を聞いてくると言って折津が去ると、俊機はまた歩みを進めた。格納庫の横を抜けて、クレーンやギャロースの立ち並ぶ後甲板に出る。

格納庫の大扉は開放されていたが、〝デビルソード〟は後甲板に引き出されてはおらず、レールの上に乗った状態でスタンバイしていた。そのそばに整備員たちと一緒に、巻瀬がいる。

巻瀬は俊機に気付くと、小走りにやって来て、船尾のほうを指差した。

「鯛島さん……」

振り返るまでもなく、来た時から気付いていた。

〝デビルソード〟のレールの尽きるところ、巨大なギロチンのようなAフレームクレーンの下、ちゃちな手すりをひとまたぎすれば海に落ちてしまう最後尾に、小さなクリーム色の雨合羽がぽつんと突っ立っていた。

「なんとかしてやれませんか」

「仕事はするんだろう」

「しますけど、目を離すとすぐ、ああなんです。チームの問題だって言ってたの、鯛島さんでしょう？」

そう言ってから、巻瀬は唇をきゅっと固く閉じて、少年のようにおずおずと言った。

「……僕、こなみちゃんも鯛島さんも好きなんです。あの子が笑うとぱっと日が差したみたいな感じがするし、鯛島さんがどんな時にもあわてず〝デビルソード〟を操縦するのにも、憧れてます。そんな鯛島さんたちがギスギスしてると……こっちまで……」

「……悪かった」

俊機は軽く巻瀬の肩を叩いて、船尾に歩き出した。俊機とこなみの関係が仕事場である〝えるどらど〟の中で許されていたのは、それがチームのムード作りのためにプラスであると誰もが認めていたからだった。だから俊機にはそれを保つ義務がある。

いや。

「……そういうのじゃ、ないな」

無用な理屈だった。世界から遠く隔離された深海の〝デビルソード〟の中で、何日もの孤独な航海を何度も共にした。肌ばかりか心まで溶け合わさなければ耐えられない牢獄で、そのようにして来た自分たちだった。その自分が寄り添わずに、誰が手を差し出す。

俊機はこなみの横に並んだ。

「言えよ、こなみ」

「……」

「おまえはどうなったんだ？　フィリピンで助かってから、何度も話したじゃないか。あの時は確かに、きついことを言ったし叱りもした。でもそれは、危険だったからだ。おまえも分かってるはずだろう」

「……」

「こなみ」

　俊機はため息をついて、胸の内をまっすぐ吐き出した。

「おまえが心配なんだよ。おまえを嫌ってなんかいない。俺にはおまえが要る。返事をしてくれ」

「……そんなことじゃないんです。言ったでしょ」

　こなみは振り向いた。彼女の大きな瞳には、俊機が思っていたのとは違う、何か固い意志のようなものが感じられた。――と見えたのは一瞬で、ひときわ冷たい風が、小さなこなみを突き飛ばすように押し寄せて、かぶったフードをばたつかせ、その顔を隠した。

「先輩がやさしいのは分かってます。でも私は……」

「おまえがなんだ？　おまえが変になったのは、〝トランスマリン7〟であの制服を見た時からだったな。ニュークが怖いのか。人間も襲うから」

「別に。怖くなんかないです」

　こなみはまた海に視線を向けた。そちらには試験艦の〝あすか〟がいて、彼女はずっと、食い入るようにそれを見つめているのだった。

「怖くなんか……」

　俊機は、こなみではない別の何かを相手にしているような気分になってきた。彼が知っているこなみは、こんな生気のない硬い氷のような娘ではなかった。沖縄の珊瑚礁の海に鱗《うろこ》を輝かせて舞う熱帯魚のように、喜びにあふれていたはずだ。北の冷たい海に体温を奪われて、弱ってしまったのだろうか。

それは自分も同じだ、と俊機は思い当たった。ここの冷たさだけじゃない。ニュークによって海を奪われたことが、心の奥を重くしている。人間を拒み始めた海に対して、なんの打つ手もなく、落胆している。——〝おとひめ〟が沈んだ時と同じだ。力及ばない。

そんな自分が慰めたところで、こなみが応えてくれないのは当たり前だ。

肩が重くなるような無力感にのしかかられて、俊機はそれ以上の言葉もなく突っ立っていた。

強くなった風に乗って、チャイムの音が流れてきた。放送は悠華の声だった。

『全船へ。ソナーがニュークの遊泳音をキャッチした。海自は測定艦で先に気付いていたらしい。潜水艦が攻撃態勢をとりつつある。どうやらやはり、ただの試射じゃなくて本物の敵を撃つつもりで待っていたらしい』

俊機ははっと振り返った。——そのせいで見逃したが、こなみも顔を上げていた。

『本船はこれより、海自とニュークの間に割り込んで、攻撃を中止させる。相当激しい操船をするし、最悪の場合損傷を受けることも考えられる。はっきり言って給料分の仕事じゃないから先に言っておく。降りたい者がいればブリッジに連絡しろ。ここに作業艇を残す』

俊機は格納庫に駆け込んだ。巻瀬たちもスピーカーを見上げている。伯方のだみ声が何か悠華に言った。

『なに、私？　私はもちろん残る。これをきっかけに、ニュークを殺すための軍拡競争が始まったりするのは、科学者として我慢できない。もっとスマートな、カッコいいやっつけ方をしたいじゃないか。ニュークを皆殺しにするよりも狡猾で美しい手段を考えたいじゃないか。それが私の理由だ』

今までで一番のプレゼンテーションを、悠華は真剣な声で続ける。

『船長はあんな顔のくせに戦争が嫌いらしい。ブリッジの人間も以下同文だ。――しかしこんなのは馬鹿と馬鹿の馴《な》れ合いにすぎないから、諸君らが気にしなくてもよろしい。どんな理由であれ、抜けたい者がいれば、私たちは一切恨まず軽蔑もせず見送る。はい、あと十秒』

「参ったな、そこまで言うかよ悠華姉さんは」

整備員たちが舌打ちして顔を見合わせる。

「これじゃあ、逃げられねえよ」

『……よし、時間切れだ。これより馬鹿の巣窟である本船は、同じく馬鹿な連中に、馬鹿は知恵を絞らなきゃいかんということを教えに行く。各自衝撃に備えろ。――みんな、サンキュ！』

「おい、行こうぜ。ここじゃ何も見えん」

整備員たちとともに、俊機もデッキに出て走り出した。途中で降りてきた折津と合流し、前甲板に出る。

「折津さん、あんたもか」

「そうなんですか？　――おう、あれだ！」

人でいっぱいのブリッジに入りきらなかった連中が、前甲板に鈴なりになっていた。その中で背伸びした二人は、霧にけむる前方の海上に沸き立つ、シーリボンの大群を見た。海面近くまでニュークが近付いているのだ。付近に大型船はいないから、移動中の個体だろう。

双胴の〝ひびき〟は右手後方に下がり、代わって試験艦の〝あすか〟が回り込んできて、〝えるどらど〟の前方三キロほどまで走っていく。

「あの艦がデータを取るはずです。近くに〝いそしお〟がいますよ。やる気です」

折津の言葉が終わらないうちに、〝あすか〟のさらに一キロほど前方で、明るい水色の海面の直下を、黒いものが泡の一つも立てずに疾走した。

――飛行機の影か？

俊機は一瞬、空を探した。だが薄曇りの空には一機の航空機も見えず、それは影などではなかった。フィリピンで見た魚雷の十倍もの速度で駆け抜けたそれは、沸き立つシーリボンたちのど真ん中に突き刺さると、爆音とともに小山ほどもある真っ白な波を噴き上げたのだ。

「やりやがった！」

クルーたちのどよめきの中で、俊機は折津を振り返った。

「あれが〝スキャット〟ですか！」

「そうです、気泡被覆魚雷《スーパー・キャビテーション・トーピドー》です」

折津のこわばった横顔を見つめて、俊機は彼に説明されたことを思い出した。

それは先端からガスを放出して海水の抵抗をキャンセルする魚雷だった。通常の魚雷の十倍、時速六百キロ以上までの加速も可能と言われ、ロシア海軍などはすでに〝シクヴァル〟と称する同種のものを装備しているとされる。

「当てましたね。まだ誘導方法が確立されていないはずでしたが……」

「誘導なんかいらないでしょう、あれじゃニュークだって避けられませんよ。プロペラ戦闘機ぐらいの速度は楽に出ていたんじゃないですか？」

凄い、と思ってから、俊機はぞっとした。それを止めさせようとしている自分たちですら、子供のように感激してしまった。まして軍人がこんなものを見たら……

「こいつはとんでもない代物だ。海戦がまるで様変わりするんじゃありませんか？　こんなものを一目見たら、誰だってほしがるに決まってる」

「問題は性能よりも、彼らがそれを撃ったということです。気付きましたか、鯛島さん。

彼らは我々が見ているのに撃ったんですよ。――以前より確実に、引き金を引くためらいが弱くなっている」

折津の顔を見て、俊機は今度こそ、彼らの気持ちを間違いなく理解した。

「そうか……あなたはこれを恐れていたんですね」

折津は悲壮な顔でうなずいた。

クルーたちが悲鳴とも嘆声ともつかないようなうめきを漏らす。ニュークが跳ねたのだ。空母さえ沈めた強力な生き物が、網から逃げる小魚のように無力に跳ね狂っている。そこに向かって、黒い電光のような〝スキャット〟が次々に撃ち込まれる。爆発の巨浪がいくつも重なって沸き立ち、衝撃波が四キロ離れた〝えるどらど〟の鋼板すらびりびりと震わせた。実験などという生易しいものではなかった。興奮に酔った圧倒的な暴力の行使だった。

あれを止めろ、という焦りと、あんなところに突っ込めるのか、という恐怖の狭間《はざま》で、俊機は〝えるどらど〟がまだ加速を始めていないことに気付いた。もたもたしていたら、海自があれを撃ち尽くしてしまうのに。

いきなり悠華の怒声が降ってきた。

『おい、誰だ！　〝デビルソード〟を引き出してるのは！』

皆が顔を見合わせる。誰と言われても、クルーはほとんど全員がここに来ている。

俊機ははっと気付いて、デッキを走り出した。まさか……

『やめろ、なんのつもりだ！　そんなもの甲板に出したら転げ落ちるぞ！』

八十五メートルの〝えるどらど〟が長すぎる。息を切らしてその全長を駆け抜けた俊機は、後甲板に出たとたん、目を疑った。

「――こなみ！　何をやってるんだ！」

レールの上を滑っていく〝デビルソード〟の横で、こなみがちらりと振り向いた。だがすぐに目をそむけて、格納庫脇の三トンクレーンの操作盤に走る。俊機は、そのクレーンのフックが、〝デビルソード〟艇首の水平スラスターに引っ掛けられていることに気付いた。このまま巻き上げれば、〝デビルソード〟はのけぞってしまう。

「やめろ！」

俊機はダッシュした。だが、間に合わなかった。

クレーンのワイヤーがピンと張り詰め、〝デビルソード〟のあごを高々と持ち上げた。その時すでに〝デビルソード〟は船尾いっぱいまで移動していた。その位置からAフレームクレーンで海面に下ろす作業は、通常、一人では不可能だ。だが今、艇は、クレーンで艇首だけを持ち上げられていた。ひとたまりもなかった。

〝デビルソード〟はぐらりと傾き、耐荷重をはるかに越える自重でクレーンのワイヤーを引きずり出し、腹の下のコアサンプラーに悲鳴を上げさせ、船の手すりをやすやすと押し潰して、海面へとなだれ落ちた。

「こなみ!」

飛びかかった俊機の腕をすり抜けて、こなみが船尾へ走る。たたらを踏んだ俊機も身を翻し、猛然と走った。追い付けない。こなみはひと息で船尾までたどり着くと、クレーンのワイヤーを滑って、〝デビルソード〟の上に降りた。俊機は甲板からそれを見下ろす。

「なんのつもりだ、こなみ!」

俊機を見上げたこなみは、雨合羽を勢いよく脱ぎ捨てて叫んだ。

「ほら、これなら自衛隊を止めに行けないでしょう?」

「なに?」

「もっとどんどん魚雷を撃ってもらうの。ニュークをやっつけるんです!」

「……なんだって?」

呆然としてこなみを見つめなおした俊機は、思わず目をこすった。彼女が笑っているように見えたのだ。ひょっとしてこれは、特別大げさなだけで、いつものこなみの早とちりにすぎないんじゃないのか。そんなあわてぶりを見せるほど、元気を取り戻したのか。

確かに彼女は喜んでいるようだった。だがその笑顔は、夏のこなみの朗らかな表情とは似ても似つかないもので、溺れかけた人間がほんの小さな木切れを見つけたような、余裕のない引きつったものだった。

「あいつが悪いんだもの。先輩を殺そうとしたもの。先輩を、あの櫛本先輩みたいに、引きずり込んで食べようとしたもの！　許せない！」

「何を言ってる、落ち着け！　俺は無事だ！」

後甲板に折津や悠華たちが駆けつけてくるが、声もかけられずに見守る。

「俺はここにいる。〝えるどらど〟はあんなのにやられやしない。おまえも食べられたりしないから。大丈夫だ、戻ってこい、な？」

「違うってば！　ニュークなんか怖くないって言ったでしょう！」

こなみは駄々をこねる小さな子供のように喚いた。

「私がニュークを怖がらせるの！　ニュークをやっつけて二度とみんなを襲ったりしないようにさせるの！　私を嫌ったから嫌い返してやるの！　そうしないと、私、わたし――」

こなみは心に酸素を求めるように、大きく口を開けてあえいだ。

「――せんぱいに、おいつけないもの」

「こなみ？」

ヒャアッ！　と突風がAフレームクレーンを鳴かせた。思わず顔をかばった俊機は、こなみが〝デビルソード〟の艇殻の上でしゃがみ、ハッチを開けて中に飛び込むのを見た。

「待て！　部長、作業艇を出してくれ！　俺はあいつを止める！」

「止めるって、ちょっと待て！」

背後の悠華が叫んだ時、スピーカーがせっぱ詰まった伯方の声を響かせた。

『ニュークが本船にも向かってきた。逃げるぞ、みんな気を付けろ!』

俊機はすぐに気付いた。〝デビルソード〟の移動はブリッジでもモニターできるが、落水してしまったことまでは分からないのだ。悠華がトランシーバーを出して叫ぶ。

「おっさま、待った! こなみちゃんが——」

『いかん、取り舵全速! スラスター回すぞつかまれ!』

ゴウッと音を立てて船首と船尾のサイド/スターンスラスターが、右舷に泡の濁流を吐き出した。航行規定もロール限界も考えない全力の横滑りだった。大きく傾いた〝えるらど〟の甲板でクルーたちが次々と転倒し、舷側からはじき出されそうになった悠華を折津が無理やり引き戻した。かろうじて手すりにしがみついた者は、右舷の十メートルもないところを、身をくねらせて駆け抜けたニュークの姿を見た。

折津に支えられながら悠華が叫ぶ。

「鯛島!」

俊機が迷ったのは一瞬だった。〝デビルソード〟の安定翼から外れてぶら下がっていた、クレーンのワイヤーを滑り降り、船尾を蹴って飛び移る。ハッチのロックはかかっていなかった。くそっ、あいつはいつもこれを忘れる。水圧で閉まりますじゃないんだ!

だが、今はそれに助けられた。俊機はマンホールの蓋のような分厚いチタン合金のハッチを持ち上げて、体を滑り込ませた。

その瞬間、二つのことが同時に起こった。

旋回したニュークが再び戻ってきて、〝デビルソード〟の艇殻をかすめた。ガツンと揺さぶられたところに、〝えるどらど〟が全力で回したメインスクリューの大波が襲いかかった。

ハッチを支える手が衝撃でひきはずされ、そこにどっと冷たい海水が殺到し、叩きつけられたハッチに頭を打たれて、俊機は意識を失った。


「なんだと……」

ブリッジに上がってきた悠華の話を聞いて、伯方は凶悪な形相になった。

「落っこちたのは、鯛島とこなみなのか！」

「そうよ。しかも〝デビルソード〟を落としたのはこなみちゃん。それを止めようとして鯛島も落ちた」

「なんてこった……くそっ、そいつは海自と遊んでる場合じゃねえな」

伯方は前方の海面をにらみつけた。潜水艦の攻撃は今は中止されている。代わりに〝えるどらど〟と自衛隊の三隻が最大出力で例の忌避《きひ》音響を発生させ、ニュークを遠ざけていた。船内電話で乗員落水の報告を聞いた伯方が、無理やり頼み込んだのだ。人命がかかっているとあっては、さすがに彼らも無視はしなかった。

「二人は一緒なのか？　その場でブイぐらい落としたんだろうな！」

「意味ないわ、二人とも〝デビルソード〟の中に入っちゃったのよ。そしてそのまま下へ……」

「巻瀬！」

伯方は、後ろの調査指揮室に向かって怒鳴った。

「呼んでんだろ、あいつらの返事は！」

「ありません。トラポンの信号も来ないんです」

「じゃあ居場所は！　今どこだ！」

「それが……」

巻瀬はソナー画面から顔を上げたものの、紙のような顔色でわずかに口を開閉させるだけで、言葉を出す気力もないという様子だった。伯方が大またで近付いて画面を覗き込む。

「どれだ！」

「これです」

「……チッ」

伯方は舌打ちすると、嫌なものを見たというように顔をそむけて、ブリッジに戻った。

「みんな何をぐずぐずしてるんだ、早くケーブルの用意をしやがれ！　八目錨《やつめいかり》で巻いて引っ掛けるぞ。そうだ、水中ブイの回収の要領だ！」

スイッチが入ったように士官が船内電話に飛び付き、部員たちが駆け出していく。それを背に巻瀬のそばに近付いた悠華が、ぽつりと言った。

「うまく引っ掛かればいいけどね」

「うちのワイヤーの長さは知れてます。海技センの〝かいれい〟でもいればよかったのに」

「言うな」

「届いたとしても、〝デビルソード〟が救難ブイを上げてくれなきゃ、引っ掛けようがありません。こんなに呼んでるのに応答がないってことは……」

「言うなって。水中電話なんか銅線一本切れただけで壊れるんだ、その程度の故障だよ、きっと」

「……でも！」

耐えかねたように巻瀬が顔を上げ、しばらくためらってから、誰も言っていなかったことを口にした。

「〝デビルソード〟は……二百気圧までしか……」

悠華は無言でソナー画面を見つめた。垂直断面のその画面は、今までにないぐらい大縮尺になっていた。海面の〝えるどらど〟が点にしか見えないほど、海底ははるかに遠い。真下は八千メートルの日本海溝——その底は、一平方センチ当たり八百キログラムの力でチタン合金ですらも押し縮められてしまう、超高圧に封じられた死の世界だ。

「僕にこなみちゃんを慰める力があれば……せめてあの時、格納庫から離れなければ……」

「泣くな」

「飛び込めばよかった。クレーンのフックをもう一度引っ掛けていれば」

「うるさい、ちょっと黙れ」

「黙れって！　部長にはやさしさってものが」

言葉の途中で巻瀬は首根っこをつかまれ、顔を画面に押し付けられた。

「これはなんだ」

「え？」

「これはなんだと聞いている」

悠華は、恐ろしく真剣な顔で画面の一番下を見ていた。

俊機が目を覚ますと、そこは暗くて狭苦しい筒状の空間だった。

「ン……」

〝デビルソード〟居住室のベッドか、と俊機はすぐ理解した。頭は痛むが、ハッチに叩かれたところまでの記憶はちゃんと思い出せた。とりあえずそのことで、脳に異常はないと気休めの判断をし、頭に触れてみると、救急キットのものらしい湿布が当てられていた。

体を起こす。ベッドには自分一人だ。身をひねると、黄色い微光だけが満ちた操縦室のパイロットシートに、濡れて髪がぺしゃんこになった頭があった。

そちらへ出ていきながら艇内の様子を確かめる。操縦室の床には五センチほども海水が溜まっていたが、頭上のハッチはロックされており、浸水している様子はなかった。俊機を艇内に叩き込んだ波が、皮肉にもそのままハッチを押さえつけ、後からこなみがロックしたようだった。

唯一の黄色い薄明かりは、頭上の電池式のデジタル時計のかすかな光だった。よくない発見だ。照明がついていないということは、海水で電装がやられたに違いないからだ。いやそれよりも、観察窓から光が入ってこないということは……。

俊機は、いつもこなみが使う機械席について、計器をチェックし始めた。思ったとおり、水中電話もソナーもコンピューターも、すべて死んでいた。艇殻の外の開放部分は高圧の海水にも耐えられる造りだし、艇内の機械類も結露程度ならなんともならないはずだが、塩水で洗われるようなことまで考えられていない。

しなければいけないことははっきりしている。浮上だ。電装がやられたと知っても、俊機はまだ希望を持っていた。しかし――

もう一度窓を見て、さらに時計に視線を移し、俊機はしばらく考えた。それからすべての機器から手を離して、シートに深々と身を沈めた。

「せんぱい」

その頃ようやく気が付いたように、こなみが振り返った。俊機は少し、声をかけることをためらった。

だがこなみは、泣きも喚きもしなかった。相変わらず生気のない、プラスチック球のような目をしていたが、興奮してはいないようだった。顔も、言葉も。

「電気、壊れちゃったみたい。モーターが動きません。バラストの投下回路もだめ。なのに沈んでる。浮力材があるから沈まないはずなのに……」

「つまり浮力材が脱落したってことだな。あの時の衝撃で」

「……そうか」

「こなみ、考えよう」

見た目が平静でも中はどうだか分からない。もう少しこなみの様子を見るつもりで、俊機はわざと懸念に触れずに言った。

「今の深度は分かるか」

「……分かりません」

「窓の外を見ろ。太陽光が届いていない」

「……五百メートル以上？」

「そうだ。次に沈下速度を考えてみよう。〝デビルソード〟のチタン艇殻の重量は、水中では負だ。でもバッテリーやいろいろな機器があるから、全体では正になる。艇が水平だから、多分それらは脱落していない。俺たち二人の重量は、六十六キロと四十一キロ、それにこの溜まった水の重さもある。それらから脱落した浮力材の浮力を引いて、俺は今の艇の水中重量を、二万一千五百キロ程度と考えた。この場合の沈下速度は？」

「……毎分百六十メートル、いえ、親潮は辛いから百五十ぐらい？」

「いいぞ、よく気付いた。じゃあ、あれを見ろ」

こなみは天井の時計を見上げ、眉根を寄せた。

「落水してから四十五分……六千七百五十メートル」

不思議そうな顔で振り向く。

「〝デビルソード〟は二千メートルしか……ああ、艇殻は一万メートルもつんだ」

「そうだ。外部機器はだめだが、少なくとも俺たちが押し潰されて死ぬことはない」

俊機は笑ってやった。こなみも少し笑った。

「明るい材料はまだある。この艇の空気浄化装置は、ソーダライムで二酸化炭素を吸着して、液体酸素のボンベから酸素を吐出する方式だから、電源がいらない。それが十五日間もつのはおまえも知ってるな」

「はい」

「それと、バラスト投下装置も電源がいらない」

「あ、火工品に替えたんだ！」

「そうだ。それを落とせば艇殻の浮力だけでも〝デビルソード〟は浮く」

俊機が指差したパイロットシートの足元に、増設された赤いレバーを見て、こなみは初めて気が付いたというように目を輝かせた。だが、それを引こうとした彼女の肩を、俊機がそっと押さえた。

「引いちゃだめだ」

「どうして？　早く浮上しましょう」

「いいんだ。それより、落ち着いたか？」

戸惑ったように瞳を泳がせたものの、こっくりとこなみはうなずいた。

「……はい」

「いい子だ」

俊機は、こなみの湿った髪に指を通して、何度も撫でてやった。やさしい声でささやく。

「少し、話そうか。……俺に追い付けないって言ったね」

「……はい」

「どういうこと？」

「……悪いのは、私なんです」

こなみは、心に散らばった言葉を一つ一つつまみ上げるように言った。

「先輩は好きです。〝えるどらど〟のみんなも好き。アルワハブのお爺さんもルイスさんも好き。海も、ほんとは大好き。でも……私がだめだから……」

こなみは目を伏せて、悔しそうにディスプレイのアームをつかんだ。

「私が役立たずであわてんぼだから、フィリピンで〝デビルソード〟から追っ払われたし、先輩に叱られちゃった。私がニュークを怒らせたから、フランスの船も沈められて、たくさん人が死んだ。私が悪いの」

「ばかだな、そんなの、おまえのせいじゃないって言っただろう」

「……そう言われて、素直に受けいれられたら、よかったんですけどね」

こなみは、自嘲的なため息をついた。

「自分でも分かってます。海が好きとか、ニライカナイに憧れてるとか、ニュークが怒るとか、子供っぽいですよね。そんな風に思うのは本当だけど、そればっかり言ってたら本物の子供です。私、子供じゃない。先輩がやさしくしてくれるだけで、自分が必要とされてるって思うほど、無邪気じゃない。だから……」

「——俺に認められたかったんじゃなくて、自分で自分を認められるようになりたかった？」

「……そうです」

俊機はやっと、こなみの素顔に触れることができたように思った。それと一緒に、自分がこの娘のどこを愛していたのかも思い出した。

青い波が輝き、命の香りを含んだ風の翔《かけ》る海面、そんな明るさを持つこなみを、最近の俊機は探していた。だが、忘れていたのだ。こなみが明るい海面を持つならば、その下には冷たく渦を巻く寒流のような無慈悲や、白く音もなく漂い落ちるマリンスノーのような悲しみや、凶暴な牙を剝《む》いて襲いかかる怒りも、やはり隠れているのだ。

光もなく大気もない海底に、MH層を苦もなく見つけ出すこなみの力は、彼女の深い心のほんの小さな現れに過ぎない。その神秘を感じて、俊機は惹《ひ》かれたのだった。

それを思い出せば、こなみの苦悩も理解できた。海を恐れなかった彼女は、ニュークに出遭って初めて、海が敵でもあることに気付いたのだ。今までの純真なだけの自分ではそれに対抗できず、必死に自分の深みから強さや凶暴さを引き出し、荒ぶる海の象徴であるニュークを打ち負かして、俊機に認めさせることで、自信を得ようとしたのだ。

こうなるまで気付かなかったとは！　俊機はもう一度ハッチで頭を叩かれたくなった。何が恋人だ。〝おとひめ〟のことなんか思い出して、自分の古傷をなめている場合じゃなかった。いや、これこそあの時の再現だ。自分が殺すわけでもないのに、自分の目の前で人が死ぬ不条理。海に思い知らされる人間の無力。

「先輩、ごめんなさい」

目を閉じて頭に触れる俊機の手のひらを受けながら、こなみがつぶやく。

「私、頑張ったんですけど、裏目っちゃったみたいです。結局、役立たずのままで……」

「そんなことはないよ。おまえはさっき、〝デビルソード〟の状況をちゃんと理解したじゃないか。落ち着いて俺の話を呑み込んだだろう。あんなに冷静になれるって分かってたら、フィリピンではおまえを連れていったよ」

「ほんとですか？」

「ああ、お世辞じゃない。——ハッチも閉め忘れてなかったしな」

雲間から日が差すようにこなみが笑いかけた。もっとその笑顔を見たいと思いながらも、俊機は言わなければいけないことを言った。

「最後の十五日間を一緒に過ごすのに、おまえなら不満はないよ」

「十五日……って」

「酸素が切れるまでだ。俺たちは浮上できない」

こなみは頭を殴られたようにうつろな目になる。

「今この艇は、普段の三倍以上の高圧下にいる。こんな状態でバラスト投下装置を発火させたら、衝撃で艇殻がやられてしまうんだ」

「……それじゃ、さっき、いいからって言ったのは……」

「あの時点でもう、使える深度を越えていた。さっき試したが、救難ブイもやられてる。

浮力材の真上だからな。……すまない、希望を持たせておいて」

「……そっち、行っていいですか」

「ああ」

俊機は、もう用のない機械席の計器を、アームを動かして横に回した。足の間にいたこなみが這い上がってきて、俊機の胸に抱き付き、顔を埋めた。

「先輩、私たち、死んじゃうの」

「……」

「誰も、助けてくれないの」

「……今度はフィリピンの時みたいに、何か降ってきたりはしないだろうな」

「せんぱい、一緒にいて。あの時みたいに追っぱらわないで」

「いるよ。ずっと一緒だ。ここには俺たちしかいない」

「ぎゅってして。もっと。離さないでください……」

声を殺して震えるこなみの体を、俊機は体全体で抱きしめ、髪に顔を埋めた。鳥肌が立つほど冷えてきた艇内で、互いの体温と柔らかさが懐かしく嬉しい。じきに首を傾けてこなみが顔を上げ、目を閉じてもまだあふれる涙を頬に光らせながら、キスを求めてきた。

俊機も顔を近づけ、輝く涙のつぶを吸おうとした。

——光？

「う……」

俊機がうめき、体を硬くして動きを止めた。唇が寒くて、こなみは目を開けた。俊機は前を見ていた。その顔が、時計のものとは違う、澄んだ青い光で染められていた。

こなみは振り向いた。観察窓から、今まで一度も見たことのない、脈動するような光があふれていた。二人は引き寄せられるように窓に近付いた。

そして、見た。

創世の時より続く永遠の暗黒に覆われた水底《みなそこ》に、ほの青く光る大地があった。太陽の光と決別した暗闇の生命だけが備える、ささやくようなかそけき燐光。闇に馴れた二人の目にまぶしいほど明るいそれが、眼下一面に広がっていた。

よく見れば大地には形があった。月光下の雪面のようにちりちりと輝く平原が、ゆるやかに湾曲しながら前後左右に広がり、その丘には、大きさも太さもさまざまな、数多くの柱が立っていた。

糸のような細さで人間の膝ほどまでしかないものは、無数にある。反対に、大きなものは数が少ない。青い草原に数百本の青い樹木が散らばっているように見える。――そして視界の中に二つ、直立した潜水艦かと見まごうばかりに巨大なものも立っている。

すべては、あるかなしかの底流に合わせて、ゆっくりと揺れ動いていた。

それらの柱の表面は、星団のように固まった光や、夜光雲のようにぼんやり集まった光や、光回路のように筋を描く輝きを身に付け、その間に、航空標識そっくりの点のような燐光が、規則的な間隔で並んで明滅していた。

通常の観測時には決して見通せないような距離まで、大地は続いていた。差し渡しおよそ一キロもの燐光の丘。厚い海水に長波長の赤色光を吸収され、ただ青、瞳に沁《し》み体の中まで染められそうな、濃い純粋な青の光のみを放つそこは、まるで――

群青の神殿。

〝デビルソード〟は、長い航海を終えた小船のように、そっとその岸辺に漂い着き、コッンという硬い音で迎えられた。

窓の外は青い森のようだった。柱列はどこまでも並び重なり、その上の遠く暗い上空を、かろうじて背景の暗黒と区別できる巨影が、悠然と遠ざかっていく。それを目で追っていると、柱の間を、編隊を組んだ細長いものが、ひらひらと楽しげに横切った。

こなみが、窓に顔を張り付かせたまま、小さな小さな声でつぶやいた。

「今の、シーリボン……ですよね」

「ああ。それにあのでかいのは……」

ぬっと窓の外に青白い坊主頭のようなものが現れ、俊機は息を呑んだ。

それは〝デビルソード〟に触れんばかりの距離でしばらく静止した。それどころか徐々に近付いて、軽く体当たりさえした。そいつの口は、カメラの絞りのように渦巻き状に重なった、堅牢そうなシャッターで塞《ふさ》がれていた。目の前のそれをまじまじと見つめて、こなみはシャッターの正体に気付いた。

「これ……鰓耙《さいは》だ。そういえば……」

ぐるりと頭を巡らせて、興味を無くしたようにそいつは離れていった。そのあとをコバンザメのようにシーリボンたちが追っていく。

「やられなかったな」

俊機が額を拭って、シートに腰を落とした。こなみが振り向く。その顔は、とても嬉しそうな笑みを浮かべ始めていた。

「大丈夫ですよ。ニューク、牙がないんです。フィリピンで見たのに……忘れてた」

「牙がない？」

「そう。代わりに鰓耙――ヒゲクジラみたいなヒゲがあるみたい。シーリボンを食べる時はそれで漉《こ》して、食べない時はシャッターみたいに閉じておく。そうじゃないかな」

「……嬉しそうだな。さっきまでは殺す殺すって言ってた相手だぞ」

「だって、分かるんです」

こなみは目を閉じ、艇殻に耳を押し付けた。

「ほら、先輩も聞いて。彼ら、すごく楽しそう。ここのみんなは、ニュークもシーリボンも、争う気なんかないんです」

俊機は真似をしてみた。初めはコーッと耳鳴りが、それから、分厚いチタン合金の艇殻越しに、驚くほど多彩で鮮やかな響きが聞こえてきた。

キシキシとひねる音。ぐるーっと唸る音。シュイッ、シュイッと叫ぶ音。こーんと呼びかける音。入り混じり重なるそれらの波は、全体で一つのハーモニーを形成しているようだった。俊機は、〝ちょうかい〟の報告を思い出す。——殺伐とした被害報告の中で触れられていた「歌」とは、こんなに豊かなものだったのだ。

少し先に立っていた街路樹ほどの大きさの柱が、不意に震えた。と思うと、ずるりと大地から離れ、生まれ落ちた子馬のようにぶるるっと体をくねらせて、はるか頭上へと泳ぎ去っていった。

その脱落痕に、ほんの短い間、燐光面よりももっと鋭く輝く、銀の平面が垣間見えた。俊機はとびきり丁寧に精製された、透明なロックアイスを思い浮かべた。——が、次の瞬間そこから、水にシロップを垂らしたようなゆらめきが立ち昇り、さらに周囲の燐光面が生き物のように震え、波立ちながらそこに集まり始めたので、よく見えなくなった。

ふと思い出して再び頭上を見ると、小型のニュークが8の字を描いて旋回していた。それが今見た個体なのか、別のやつなのかは分からなかったが、この見渡す限りの柱が、これからシーリボンやニュークになる、胎児たちであるのは、確かなようだった。

するとニュークとシーリボンは、大きさが違うだけの同じ種なのか。それとも生まれる場所が同じなだけの別の種なのか。なぜここで生まれたのか。ここは一体——

「ここは……どこなんだ……」

こなみが悪戯《いたずら》っぽく微笑みながら見ている。俊機はごく自然に、その遠い地の名を口にした。

「ニライカナイか……」

「あ、先輩が先に言った」

「おまえだって思っただろ」

「はい。……そんなはず、ないんですけどね……」

そう、古代の沖縄の人々が、こんな深海まで来られたはずはない。だからここはニライカナイでは——いや、と俊機は首を振った。もとよりその地はどこに実在するものでもない。夢見られ語り継がれてきただけの伝説の世界だ。ならば呼ぶのではなく名付けよう。

「ここはニライカナイだ。おまえが探してきた幻の地、隠された海の秘密だよ」

こなみは何も言わず、俊機の腕をつかんだ。俊機は後ろから腕を回して、こなみの首を抱いた。

「死後の世界なんか信じてないが……ここなら、迷う心配はなさそうだな」

「そうですね……」

こなみが振り向いた。誰にも明かしたことのない秘密を、ほんの少しだが、海が見せてくれた。その嬉しさに、泣きながら笑っていた。

「せんぱい、泣いてる」

「そうか」

自分もだった。最後にこんなものを見られたのだから悔いはない、そう割り切れるほど悟った人間ではなかった。むしろ、これだけの秘密を知ることができながら、悠華や、巻瀬や、地上のたくさんの人々に知らせることができない、その悔しさの涙のはずだった。だが、そんな人間的な心残りが後ろめたくなるほど、青い光は限りなく澄んでいた。悔しさも悲しさもそれに洗い流され、俊機はただ、思いを分かち合うことのできる嬉しさに満たされながら、こなみを抱き締めた。

「せんぱい……して……ずっと……」

「ああ……ずっとな……」

二人は居住室に行くことも忘れ、シートの上で体を重ねた。


時間は分からない。時計を見なかった。

それでも艇殻は確実に冷えていき、激しい峠を越えた二人も、寒気を覚えていた。

「……う……ん?」

夢に泳いでいたようなこなみが、上気した顔を腕でこすって、薄目を開けた。

「先輩。どこ?」

「冷えるからな」

俊機が居住室から毛布を持ってきて、こなみの胸にかけた。はにかむように微笑んでこなみは立ち上がろうとした。すると、つま先のサンダルが、かしゃりと涼しい音を立てた。

「ひゃん!」

こなみは飛び上がって俊機に抱き付いた。見れば、床の海水が、薄く凍り付いていた。

俊機がうなずく。

「氷点を割ってるんだ。ここはすごく水温が低いらしい」

「低いって……なんで外の水は凍ってないんですか?」

「塩水が凍りにくいのは知ってるだろう。濃い塩水ほど比重が大きくて沈んでくるから、深海の水は凍りにくいんだ。それに氷は水より体積が大きい。深海の高圧下じゃそんな体積は取れない。つまり、凍ることができない」

そう言ってから、俊機は以前誰かとそんなことを話したような気がした。

「ほら、フィリピンで巻瀬と話したのを覚えてないか。深海に氷なんか存在するわけがないんだ。あれば浮いてしまうはずだから……」

「でも巻瀬さんは、それがあるって――」

二人は同時に言葉を切って、まじまじと相手の顔を見つめた。

「超深海移動平面《SDMP》……？」

二人は観察窓を振り返って、もう一度外を見ようとした。だが窓には、いつの間にか、自ら燐光を放つ、不思議な白っぽいものが一面に張り付いていて、外をうかがうことはできなかった。

「そうか……これがあの……」

俊機は、外の大地からニュークが生まれていった痕のことを思い出した。

「俺たちは……巨大な氷の上に乗っているのか」

「氷なのに海面に浮かばないんですか」

「みたいだな。それがなぜかは分からん。でも……この低温はそうとしか考えられないだろう」

「これも氷ですか？」

こなみが毛布を胸元で押さえて、窓のそばに立った。近くで見るそれは、冬の日に窓に積もった雪よりも緻密で、ほぼ完全に平滑な平面のように見えた。

「氷じゃないな。むしろそれを覆っていたやつだろう。ほら、さっきニュークが外れた穴を塞ぎにかかった……」

「外れたって言うか、私にはこれが集まってニュークになったように見えたんですけど」

「そういえばそうだな。ということはシーリボンもこいつから――」

雷に打たれたように俊機は体を震わせた。

「待てよ……それなら……あのニュークの外皮なら……」

「先輩？」

「こなみ」

俊機は振り返り、興奮を隠すこともできずに、こなみの両肩をつかまえて言った。

「賭けをしてみて、いいか？」

「賭け……ですか？」

「そうだ。いちかばちかだ。失敗すれば死ぬ。でも、成功すれば……」

「……助かるんですか？」

俊機がうなずくと、こなみは童女のように柔らかな笑みを浮かべた。

「いいですよ、望みがあるなら。……ほら、アルワハブのお爺さんが言ってたでしょう」

そうだ、と俊機は思い出した。あの狂乱の夜が明けた朝、アラビアの老人が言っていたことを。恐れの果てに希望を捨てなければ、きっと淵から……。

「よし」

俊機はパイロットシートに着き、赤いレバーに手を伸ばした。こなみがその膝の上に体を乗せ、ともにレバーを握る。

「いいんですか。これ引いたら、爆薬の衝撃で艇殻が……」

「ああ。でもな、艇殻が補強されていたらどうだ？」

「補強？」

「思い出せ。溶けたシーリボンが、クーラーボックスの中に固くこびりついていただろう。窓の外のやつがそれと一緒だったら？　そして、それがニュークの外皮と同じぐらい強いものだったら？」

言いつつ震えを隠せない。悠華の乱暴な仮説といい勝負の、穴だらけの理屈だ。失敗したら八百気圧の海水に押し潰されて即死する。握ったレバーがかたかたと鳴る。

その手が、温かくしなやかな手のひらに包まれ、真の船乗りだけがぎりぎりの瞬間に見せる、落ち着いた間違いのない言葉を、彼の愛した娘が言った。

「悠華さん言ってました。シーリボンは付着面が平滑なほど強固になるって。〝デビルソード〟艇殻半球部の真円度は、一・〇〇〇二――〝しんかい６５００〟よりも一桁上です」

振り向いて静かに微笑む。

「きっと、守ってくれますよ」

俊機は言葉もなく左手でこなみを抱き締め、右手でレバーを引いた。

ズン！　と衝撃が尻を突き上げた。爆破ボルトは発火した。あとは艇殻がもつかどうかだ。

二人は息を潜めて待つ。今にも頭部と体の継ぎ目が破断するのではないか。応力ムラのある突起部が裂けるのではないか。水圧は針で突いたような傷も見逃さない。もし衝撃でどこかが歪んでいたら――

その時、ふわりと艇の後部が持ち上がった。前のめりに二〇度ほど傾く。だが、なんの音もしない。

「これ……もしかして」

「じゃあ……じゃあ！」

「俺たちの体重で前傾してるんだ」

「そうだ。浮上し始めたんだ」

「先輩……！」

こなみが振り返りざま、しゃにむに頭を押し付けてきた。俊機は頬骨に当たる痛みを思い切り受け止めてやる。嬉しさに震える声でこなみが言う。

「帰るんですね？　先輩ともっと生きられるんですね？」

「そうだ、俺たちは帰るんだ」

「先輩……ありがとう。私を助けてくれて……」

その顔がくしゃくしゃに歪み、見る間にこなみは嗚咽し始めた。

「あ、ありがとう……先輩……」

「なんだ、怖かったのか？」

「こ、怖くなんか！　先輩こそ！」

ぐいっと腕で鼻を拭って、こなみはきらきら光る目で俊機をにらみつけた。

「怖かったくせに！　手、汗でべたべた😳だったくせに！」

「ああ……」

俊機は息をついて、ゆっくりうなずいた。

「……怖かったよ。〝おとひめ〟の時と一緒だったからな」

「あ……」

こなみが口元を押さえて、何度か大きく息をついた。それからぺこりと頭を下げた。

「ごめんなさい……前の分も、ごめんなさい！」

「いいよ。分かったからな」

俊機は軽やかに答えた。

「海はやさしい。けれど海は厳しい。でもやっぱり、海は俺たちを生かしてくれるんだ」

「……」

「おまえは？　まだ海が嫌いか？」

「そんなの……」

こなみは、ことりと俊機の額に頭をぶつけて、初恋の告白のように言った。

「好きに……決まってます……」

それが、〝デビルソード〟が海に聞かせた、最後の言葉だった。

人の言葉もソナーのささやきもなくした〝デビルソード〟は、暗く重い海水を抜けて、光に満ちた世界へとまっすぐに上昇していった。

エピローグ

「本日は、我が神鳳鉱産の記者会見にお集まりいただき、ありがとうございます」

大広間に集まった、新聞、雑誌、テレビ各局の記者たちに向かって、渡神が頭を下げた。

神鳳本社のある横浜の、湾岸のホテルである。記者会見の壇上に並ぶのは社長の渡神と、悠華と巻瀬の三人だ。発表の内容は事前には明らかにされていなかったが、ニュークに関わることであるのは確かで、しかもそれだけではないとのことだった。

渡神の簡単な挨拶に続いて、悠華がマイクを握った。上も下も顔も、タイトスカートのスーツに念入りの化粧で決めて、非の打ちどころがない。

「我々、神鳳鉱産探鉱部は、ニュークとシーリボンの故郷を突き止めました」

衛星中継で世界に飛んだ第一声が、これだった。

「メタンハイドレート試錐潜水艇である〝デビルソード〟と、その支援母船〝えるどらど〟によって判明したのは、以下のようなことです。ニュークとシーリボンは、水深七千メートル以深の海溝底近くを漂う、SDMPという氷塊に付着した微生物から誕生しました」

　どよめきが起こり、ストロボが立て続けに閃《ひらめ》いた。

「それは確かですか？」「どうやって調べたんですか？」

「〝デビルソード〟がじかにそれに接触し、肉眼で確認しましたので、間違いはありません。――ちなみに、この艇は着底時すでに破損していて、乗員は死の一歩手前でこの大発見をし、たぐいまれな機転によって生還しました。お疑いの方は後ほどご確認ください」

　質問をつなげようとした記者たちを、死という言葉で黙らせて、いよいよ悠華は始めた。

「ＳＤＭＰから泳ぎ出したニュークとシーリボンは、なんらかの原因によって、海面まで上昇し、船舶に付着するようになりました。この原因はまだはっきりしませんが、チリ沖で最初にシーリボンが発見されたことから考えて、この海域で観測されるエ《E》ルニーニョ《N》・南《S》方振動《O》現象の一環、いわゆるラニーニャ現象による深層冷水塊の上昇が関係しているということも考えられます。

　シーリボンが上昇したために、それを追ってニュークも海面に現れるようになりました。なぜシーリボンが船舶を求めるかというと、彼らが平滑な平面を好むためです。すなわち船舶の底面で、米海軍の空母が襲われたのもこのためです。それを発見すると彼らは変態し、かつて深海でＳＤＭＰに付着していた時と同じような、個体の区別のない群体状の姿に戻ります」

「大きな平面を好むというわけですね。しかしそれなら港の岸壁や防波堤に付着しないのはなぜですか？」

「いい質問ですわ。それにはシーリボンの代謝構造が関係しています。

シーリボンは船舶の鉄分を摂取します。彼らは深海底でしばしば見られる、化学合成生物群の一種なのです。この生物群の代表的なものとしては、ガラパゴス沖の水深二千六百メートルの海底熱水噴出口付近で発見された、ハオリムシやイガイなどがあげられますが、彼らは熱水に混じる硫化水素を、化学合成バクテリアによって酸化させることで、食べ物となる有機物を作り出しています。

このバクテリアの仲間には、メタン細菌や、鉄酸化細菌といって鉄イオンを摂取するものもおり、シーリボンは彼らを体内に共棲させることで、船舶の鉄を分解してエネルギーにしていると思われます。この反応には鉄と海水の両方が必要です。彼らが何かに付着するとき、そこが凹凸の激しい面であると、くぼんだ部分で流れが滞ってしまいます。常に流れにさらされて新しい海水を得るために、彼らは平滑な面に付着するのでしょう。

これらのことは、〝デビルソード〟に付着して深海から回収されたサンプルから、調べることができました」

「その、化学合成細菌についてもう少し……」

「それについては後ほど資料をお配りします。まだまだ、もっとすごい話がありますので」

　あでやかに微笑んで、悠華は記者の質問を封じた。

「さて、彼らのこういった代謝方法はかなり特殊なもので、浅海や陸上の生物ではほとんど観察されません。なぜ彼らがこんな特殊な育ち方を身に付けたかを考えるためには、彼らの故郷の深海がどういうところかを理解する必要があります。

　深海には日光が届きません。陸上や浅海の生物は、元をたどればすべて植物の光合成によってエネルギーを得ています。ところが深海の生物はそれを利用できない。でも、そんなところでも生命はエネルギー源を見つけ出したのです。それが熱水噴出口であり、また冷水湧出帯です。シーリボンたちは、厳密にはこの、冷水湧出帯の化学合成生物群に属しています」

「冷水湧出帯、ですか？　熱水のほうは聞いたことがありますが……」

　ちょっとは科学に詳しいらしい雑誌記者が聞く。悠華はしたり顔でうなずく。

「そういうものがあるんです。海溝底部などプレートが押し合うところでは、地殻が圧縮されて冷水が湧くんですね。彼らはここに生まれ、海水中の金属イオンで育ち、さらにSDMPを得たことで、遊泳する高等動物への道を歩み始めました」

「待ってください、そのSDMPというのは……」

「これは説明が必要ですわね。SDMPというのはSuper Deepsea Moving Planeと我々が名付けたものの略称ですが、平たく言えば、全長一キロにも及ぶ氷の板です」

「氷？」

「そうです。いえはい分かってます、氷は浮かぶものです。それがなぜ深海に生成したかといえば、ただの氷ではなく、第四相高圧氷――氷Ⅳと呼ばれるものだからです」

「氷……4？」

「ええ。あまり知られていませんが、水は高圧をかけることによって様々な相の氷に変化します。その中の、超高圧下で生成し、真水より重い氷、それが氷Ⅳです」

質問をあきらめたようにひたすらメモを取る記者が増える。

「海溝底の中でも特に低温の地帯で湧いた冷水が、深海の超高圧を受けたことで、この氷Ⅳになりました。いえ、実を言うと深海の圧力ですらも氷Ⅳの生成条件には及ばないのですが、そこに化学合成バクテリアが関わります。彼らの組織が膜となって海底を覆っていた地点に冷水が湧出した。鉄と炭素を利用する彼らの強固な組織があったために、冷水は圧縮され、固体になった。――言わば金型に射出成型されたプラスチックが固まるような手順によって、氷Ⅳが生成したと我々は推測しています」

「そこから……シーリボンたちが？」

「ええ。彼らが作る皮膜の強靭さは、もともと深海の高圧に耐えるためのものだったのでしょう。ニュークが特に船舶に付着後のシーリボンを狙うのも、この強靭な状態のシーリボンの組織を取り入れて、深海と海面という、大変な圧力差のある環境を行き来できる外皮を作るためだと思われます。

また彼らは、高圧に耐えるだけではなくそれを利用する方法も編み出しました。水は摂氏三七四度、二二一気圧において、今度は超臨界流体という相に移行します。これは固体でも液体でも気体でもない第四の相で――プラズマ状態でもないので、〝第五の〟と言うべきかもしれませんが――、有機溶媒のような特殊な溶解性を持つようになります。この条件が、深海底の熱水噴出口、またはその地下などで達成されているらしいのです。つまり――

もし冷水帯と熱水口が近接していれば、化学合成バクテリアたちは、その細胞膜が溶解してしまうような環境の中で、他の固体と融合する群体化、あるいはその逆の個体化などの反応を、かなり意図的に起こせるようになったのではないでしょうか。――シーリボンが必要に応じて、群体の固着形態に落ち着いたり、個体の遊泳形態に戻ったりするのも、その頃に手に入れた特質だと思われます。

はい、超臨界流体については文献をご参照ください」

さらりと済ませて、悠華は空咳をする。

「そのうちちょっとしたことで、たとえば地震や海底乱泥流などで、海溝底に堆積した氷Ⅳの塊は浮上します。もともとそれほど重いものでもありませんからね。塩分濃度差によって浮力が釣り合うところまで上昇すると、たくさんの化学合成バクテリアたちを乗せたまま、SDMPとなって漂い始めるのです。

そうなれば、あとは浅海の生物たちと一緒だったでしょうね。一生の間に底生と浮遊の間を行き来する生物はたくさんいます。皆さんご存知のサザエやアワビなどの貝類、あるいはイソギンチャクやサンゴなどの腔腸動物等、枚挙に暇《いとま》がありません。同じように化学合成バクテリアたちも、SDMPの冷気に育まれながら、海中へと泳ぎ出していったのでしょう。——これが、我々が考えたニューク誕生のメカニズムです」

「あのう、さっきから聞いていると、何か大変な進化のようなものが行われたようですが、そんなに簡単に生物が変化するものですか?」

「ええ、一連の変化には数億年が必要だったでしょう」

悠華は微笑んだ。

「それぐらいの時間は、彼らも使ったと思いますわ」

「どうも、あまり確実なお話じゃないようなんですが……」

「ええ、今の話は仮定も多く含んでいます」

こいつ意外にしつこいなと思いながら、悠華は笑顔を続けた。

「魚のような高等生物が使う音響探測を、彼らがどうやって身に付けたのか。ニュークがヤツメウナギそっくりの体型を得るまでに、どんな紆余《うよ》曲折があったのか。同じバクテリアから成長するシーリボンとニュークが、捕食し捕食されるのはなぜなのか。にもかかわらず彼らが故郷のSDMPの周りで、サバンナの泉に集まるライオンとシマウマのように、仲良く共存しているのはなぜなのか。――謎は尽きませんわ」

　声を上げかけた記者たちを、しかし、と悠華は抑えた。

「これだけは言えます。彼らは科学史上類例のない、貴重な生命たちです。いたずらに暴力をもって駆逐することは、人類最大の愚挙となるでしょうね」

「海上自衛隊の対抗策はまだ発表されていません。船が沈められるのを、指をくわえて見ていろと言うんですか？」

「とんでもない、今の話を聞いて想像がつきません？　我々はニュークの餌を突き止めたんですよ。囮《おとり》で船から引き離したり、塗装を工夫して船を守ったり、いくらでも手はあります。人間の知恵って、そういう風に使うべきだと思いますわ」

　ほう、と幾人かがため息を漏らした。どうやら、学会にも多い悠華のファンが、ここにも生まれたらしかった。

　しばらく悠華が沈黙したので、記者たちがざわめき始めた。

「それでお話は終わりですか」「終わりなら質問がたくさんあるんですが……」

「いいえ。まだ終わっていません。それは、我々が――神鳳鉱産が、この発見でどんな利益を得たかということです」

「あなた方の利益？」

「私たちは、鉱産会社ですもの。利益が出なければ、社長がこんなに嬉しそうな顔をしているわけが――あら、してないわね」

笑い声の中、渡神はかえって顔をしかめた。

それが収まると、今度は巻瀬が口を開いた。

「私たちはもともと、海底に眠るMH《メタンハイドレート》という新資源を探索していました。MHについての詳しいことは、最初にお配りした資料に記載してありますが、これの採掘には大きな困難がありました。それは、この氷状の物質が、海底の高圧から解き放たれると、一気に気化していろいろな問題を引き起こしてしまうことです。

しかし私たちは、これをシーリボンで抑えることができるのではないかと考えました」

「シーリボンで！」

「ええ。正しくはシーリボンの鉄酸化細菌と近縁のメタン細菌ですが、どちらも同じ冷水湧出帯で生まれたバクテリアたちです。彼らは高圧下の氷であるSDMPで育ってきました。この表面の環境が、海底下のMH層の内部に近いんです。海上から掘削井《くっさくせい》を通して、そこにバクテリアを流し込めば、彼らは露出したMH結晶の表面に、例の強靭な皮膜を作るでしょう。まだ研究は必要ですが、これは――MHの制御された採掘を、ずっと容易にすると思われます。お分かりですか」

悠華は、とっておきのウインクを見せた。

「神鳳鉱産は、世界に先駆けてMHの商業採掘を開始します。遅くとも三年以内にね。——以上で、我々の発表を終わります。御静聴感謝しますわ」

二つの人波がどっと巻き起こった。会社や編集部に連絡しにいく人々と、演壇に殺到する人々。

その一瞬前に、悠華と巻瀬は立ち上がってドアから駆け出していた。タッチを受けた渡神は、依然としてしかめっ面のまま、記者たちに向き直った。

「さて……ご質問は？」

いっせいにつまらなそうな顔をした記者たちを見て、渡神は今度こそ、苦笑した。

「かーっ、やっぱ記者相手だと好き勝手がぽんぽん言えて楽しいなあ！　学会だったら野次られちゃうわよね」

「記者相手だってダメですよ。あそこまで吹くなんて思ってもいなかった」

ホテルから数ブロック走ったところでようやくスピードを落として、二人は灯点《ひとも》し頃の町を歩いていた。巻瀬がため息をついてぼやく。

「何が、仮定も多く含んでいます、ですか。九割がたはただのアナロジーじゃないですか。亀は犬よりも魚だ、って言うのと一緒ですよ」

「そう怒らないでよ。亀とまでは言わなくても、ダイオウイカ程度には魚っぽかったと思うわよ」

「どうだか」

「ま、わざとだけどね」

悠華は軽く鼻歌を挟んでから言った。

「学会なんかで発表しようと思ったら、こんな大ネタ、裏取るまで何年かかるか分からないでしょ。それぐらいなら、先にMHの商業化の件まで含めてバラしちゃったほうが、金になるからかえって研究が活発化するわ。産油国だの石油メジャーだのの資金が入ってきたら、すごいことになるわよ」

「……えげつないこと考えますね」

巻瀬は少し驚き、この人もすごい、と感心した。まかり間違えば学者としての評判を落とすかもしれないのに、公益のために手柄を投げ出すなんて……

「さあて、仕事も終わったし、これからはお楽しみ〜」

悠華は携帯電話を取り出してどこかにかけ始める。なんだか妙に浮かれていて様子がおかしい。そういえば、よそ行きの口調をずっと使っているし、記者会見のためにしては格好に気合が入りすぎている。これはまさか、と巻瀬は聞いてみた。

「部長……ひょっとして、誰か男の人と？」

「当ったり。海保の折津さんとね。いやー〝えるどらど〟で抱きとめられた時のあの人の腕、たくましくってさあ。——あ、折津さん？　こんばんわあ、ええ仙山です。神鳳の」

「それでわざわざ、第三管区の本部がある横浜で記者会見を開いたんですね。都会に出たがるなんて珍しいと思ったら……」

巻瀬はがっくりと肩を落としてため息をついた。

「なんだ、僕は一人か……いっそ新幹線で帰ろうかなあ」

数歩先へ進んだところで、背後でガシャッと音がした。振り返ると、悠華が冷酷な顔で携帯を踏み潰していた。

「……ぶ、部長？」

「飲むぞ、練」

ＳＤＭＰよりも冷たい口調で吐き捨てて、悠華がつかつかと歩いてきた。巻瀬の腕を引っつかむ。

「駆けつけ一升だ。とりあえず私は潰れるけど、もちろんあんたも潰す」

「ど、どうしたんですか？　折津さんが何か？」

「妻の手料理をご馳走しますだと」

「……うわあ……」

巻瀬は顔をおおった。悠華は煙草を出し、間違って二本出し、構わず二本くわえて火をつけ、煙を吐きながら機関車のようにぐいぐい巻瀬を引きずっていく。

「つき合えよ。あんただって御同類でしょ。もうこなみちゃんは鯛島にべったんこじゃない。あれ欲しかったんだろ」

「同類は同類なんですけど……僕はその、鯛島さんのほうが」

はたと足を止めて、悠華はまじまじと、巻瀬の華奢《きゃしゃ》で線の細い顔を見つめた。

それから、煙草を二本とも投げ捨てると、意外にやさしい顔になって、巻瀬の肩を抱き寄せた。

「そうかそうか」

「あ、あんまり変な目で見ないでくださいね。別に行動する気はないですから」

「いやいいよ隠さなくて。そういう本能に反したことができるのが、人間って生物の特権じゃないか」

何度もうなずいた悠華は、不意に目を寄せてつぶやく。

「そういや、ニュークの繁殖方法ってまだ不明だったな」

「また何をいきなり……」

「不思議だなあと思って。この私でも想像つかないんだよ。人間もすごいが、やっぱり大海は偉大だ、うん」

悠華はまたうなずくと、巻瀬の顔を覗き込んだ。

「こりゃお互い、潰れてる場合じゃないね。ひとつ海と生命の神秘についてとっくり語ろうじゃないの。——人間って生物も含めてね」

「……それもいいですね」

頬を染めた巻瀬と、その首を抱え込んだ悠華が、夕暮の町に消えていく。


横浜港、山下埠頭《ふとう》。

みなとみらいの華やかな観覧車やイルミネーションなどを背景に、数多くのクレーンやレーダードームやマストを装備したにぎやかな船容の、白い大型船が接岸していた。海洋科学技術センターが抱える、日本最大の観測船隊の一隻、〝みらい〟である。

上甲板右舷の乗降口で、こなみが俊機を口説いていた。

「ね、どうでした？　この船」

「うん、いいんじゃないか。三十年前の〝むつ〟の改装だっていうわりには、古さも感じないし、設備も整ってるし」

一回り見学を済ませた俊機がうなずく。こなみがじっとその顔を見上げた。

「じゃあ、ここに転職しますか？」

「なんで」

苦笑した俊機に、こなみはミトンをした拳を握って、真剣に訴える。

「〝デビルソード〟も壊れちゃったし、当分やることないじゃないですか！　ここなら観測スタッフとして使ってくれますって」

「どう？」

奥の通路から顔を出したセンターの職員に、今説得しますから！　と断言して、こなみは俊機に向き直った。

「ね、一緒にこの船に乗せてもらいましょうよ。北極からガラパゴスまで行けて楽しいですよ」

「なんだか焦ってると思ったら……おまえ、さては、〝あれ〟を見てしまったもんだから、普通の業務じゃ満足できなくなったな？　とにかく海に出られればいいんだろう」

「それだけじゃないです！」

「ああ。知ってる」

俊機はあっさり付け加えた。

「俺を潜水艇パイロットのままにしておきたくないんだな。……また俺が死にそうになると嫌だから」

こなみはぱっと頬を赤らめた。十二月の海風に頭から湯気をたなびかせる。

「ば……バレてました？」

「もちろん。でも、気持ちは嬉しいが遠慮しとく」

俊機はタラップへの出口に向かう。待ってくださいよう！　とこなみが腕を引っ張る。

「この船で太平洋旅行したくないですか？　〝えるどらど〟は当分お蔵入りじゃないですか！」

「そうだな……そろそろおまえにもこれを見せていいか。秘密にしとけって、社長命令だったが」

俊機はコートのポケットから一枚の紙片を取り出した。

こなみは渡された紙を開いた。それは何十本もの等高線が並んだ図面で、四千、五千、という数字の大きさから、海底図形だとすぐに分かった。

「これ……なんですか？」

「深海長谷の拡大図。名前ぐらい聞いたことはあるよな。最近、深海溝から横に延びる〝枝道〟が、世界のあちこちで見つかってる。その図のやつは、この間のＳＤＭＰと出遭ったところのごく近く、釧路沖に百キロにわたって延びてるやつで、幅が二・五キロ、深さも周辺海底からさらに百メートルぐらいある。けっこう大きな谷なのに、つい二十年前までは見つかっていなかった。――だから、これのうんと大規模なものが、まだ世界のどこかにあるかもしれない。次の仕事まで、〝えるどらど〟はそれを探しに出るんだ」

「はあ」

なんで今頃そんな話をと首を傾げたこなみは、俊機の次の言葉を、危うく聞き流すところだった。

「二万メートル級の谷だ。それを探す」

「そうですか、二万……にまんめーとる？」

「ああ」

「あるわけないじゃないですかそんなの！　海の一番深いところは、一万九百十メートルのマリアナ海溝でしょ！」

「ところがそうじゃないかもしれない、と言ったら？」

こなみの反応に満足したように、俊機は笑った。

「SDMPの存在が鍵になる。SDMPの本体である氷Ⅳが生成するには、実は八千メートルや九千メートルの水圧じゃまだまだ足りないんだ。シーリボンたちの表面硬化効果を考えても、最低二千気圧――二万メートルの深海がなければ、SDMPは生成しない」

「でもSDMPは存在している。……てことは」

「そう」

俊機は軽く片手を上げて、タラップを降り始めた。

「どこかに、彼らの、本当のふるさとがあるのさ」

「本当の……」

デッキに立ち尽くして、こなみはつぶやいた。ぶるぶると胸の奥が震え始めた。

「忘れてた」

戻ってきた俊機が、いきなりひょいと顔だけ出して、とどめを刺した。

「この話は部長の内緒話なんだが、実はそれに合わせて〝デビルソード2〟の設計が始まってる。それが、まだ何人乗りか決まっていないんだ。このままだと、俺一人で二万メートルの深海に送られそうなんだが、志願する人間がいれば設計が変わるかも――」

俊機が人差し指を立ててタラップを降りていった。

職員が後ろから顔を出して、また聞いた。

「見河原さん、どうなりました」

「――すみません、なかったことにしてくださいッ！」

ダッシュでこなみはタラップを転がり降りた。倉庫前の岸壁を歩いていく俊機に体当たりする。

「先輩ごめんなさい、私も乗せて！」

「はいはい」

目を細めてこなみの頭を撫でると、俊機は携帯を取り出した。

「あいつも記者会見、終わったはずだしな。おまえの参加表明を伝えて、ついでに飯でも食うか。――あ、巻瀬か？」

しばらく話した俊機は、妙な顔で電話を切った。

「部長がいる」

「え？」

「中華街だそうだ。もう一升はイってる感じだったな」

「なんで悠華さんがいるの？　あの人デートだって……」

「さあな。――ま、ちょうどいい。新生〝デビルソード2〟チーム、第一回の作戦会議ができる」

俊機はこなみの顔を見下ろした。

「やっぱりみんながいいだろ？」

「……そうですね。ごめんなさい、リクルート誘っちゃって」

こなみは軽くほっぺたを引っかいてから、ぐっと拳を突き上げた。

「それじゃ先輩――沈みに行きましょう！　めいっぱい！」

「ようし……今日は底まで沈没するか！」

アルコールの海を征服するべく、二人は港町の夜に出航していく。


〈完〉

ソノラマ文庫版・あとがき

この話がどこの海域に流れているかといえば、小松左京氏の「日本沈没」という太い海流のそばであることは否めません。〝わだつみ号〟で潜った日本海溝は、本当に、ぞくぞくするほど神秘的な世界でした。

しかしそれだけではなく、青い海水の香りを運んでくるいくつもの海洋物語に、昔から私は洗われてきました。遠い海から来た首長竜の子供や、ハワイで大カジキを釣り上げた釣りキチ少年、牧羊イルカの泳ぐ海底牧場や、太平洋を渡ったイカダの〝コンチキ号〟や、近年では縮退エンジンを積んだ海底戦艦が円盤に特攻する話などに、それはもう溺《おぼ》れた溺れた。また小松氏には「さよならジュピター」という宇宙科学SFもあるのですが、これが実は、木星の大気圏内に謎の巨影が見え隠れする、「怪魚もの」です。これも海洋ものに含めちゃえ。あと、フェイダーリンクの浮遊鯨なんかも。

そのように、きらめく波頭と肌を打つ潮風や、深い水底に潜む謎めいた恐ろしい影の交錯する話が、私の底に流れ込んでいました。

そういった感動の蓄積と、反対側の、データの蓄積が、うまいぐあいに同じぐらいまで高まったことから、この話ができたと言えます。なぜ今この時代に海洋ものかという問いには答えられませんが、私にとっては、今か、今よりちょっと先に書くべき話を、その通りの時に書けた、という感じです。現在可能な限りの総力戦でした。

自分の総力で書いたのは確かにしても、たくさんの方の力をお借りしたのもまた事実。

観光潜水船〝もぐりん〟に乗せてくださった日本海中観光さん（この船は残念ながら、今年二月に運行を中止してしまいました）。

観艦式で乗せてもらった護衛艦〝まつゆき〟の方たちと、案内をしてくださった林譲治さん。

海洋科学技術センターの西村一さんたちと、連絡役をしてくださったMさん。

漁船〝江ノ島丸〟のKさんと皆さん。Kさんを紹介してくださった松浦晋也さん。

「ミッシング・ゲイト」で披露した、華麗なSF世界を描写する手腕を生かしてくださった、米村孝一郎さんと、さくっと米村さんのOKを取ってくださった編集Iさん。

皆さん、ありがとうございました。

そして、広く深い海を愛する読者の皆さんにも、お礼を。

最後に注文です。この話は、合唱曲「海の不思議」（川崎洋氏・作詞、平吉毅州氏・作曲）を聞きながら書きました。昔、中学の時に歌って以来、これに似合う話を書きたいと思っていたので。だから付け合わせにするといい感じに沸くはずです。何かが。

ただし、こなみが頑張るシーンでは、「背伸びをしてFollow You」を聞くこと。——魔法使いＴａｉ！　のね。

小川一水

二〇〇二年五月

早川書房版のためのあとがき

二〇一一年の朝日ノベルズ版には次のようなあとがきを付けました。現在との比較のためにそのまま載せます。

「八年ぶりにこの話を読み返したところ、よいところもあれば悪いところもありました。よいところは科学と冒険に関する部分。二〇〇二年の作品にしてはよく調べてあり、俊機やこなみたちも生き生きと動いていて、読ませます。悪いところはパワーポリティクスに関する認識の足りなさで、ここは最低限の修正を入れました。

書き込みのディテールは、二〇一〇年現在の私に比べてあっさりしたものです。その代わり、スピード感は勝っています。

本作は改訂版ではなく再刊という位置づけなので、登場する艦船や兵器などの名前はあえて変更していません。海上自衛隊、海上保安庁、米軍などの取り扱いも初出時のままです。「ブラウン管」が出てきたり、「GPSを装備した船なんか珍しくも」なかったりします。現代では装備してないほうが珍しいですね。たった八年でずいぶん進みました。今回改めて読み直して、この小説の核心にあるアイディアは、今でも通用するものだと確かめました。ぜひみなさんにごらんいただきたいと思います。」

二〇一九年の今回もこれと似たような感慨を抱いていますが、もう二点修正しました。男女平等的な観点から乱暴に思われた個所と、キャラの物腰について不自然に思われた箇所です。時代は変わっていくのであり、それも変わる場所そのものが以前とは異なってくるのだ、ということを意識した修正でした。なお、巻瀬練の扱いには我ながら不満が出ていますが、彼の人格を変えることは解決につながらないので、そのままにしてあります。

それでは、鯛島俊機・見河原こなみと〝えるどらど〟クルーたちの、遠くにぎやかな航海をご観覧ください。

二〇一九年七月　　　　　　小川一水

解説

作家　林　譲治

小川一水さんと言えば二〇〇九年に始まった『天冥《てんめい》の標《しるべ》』シリーズ（全一〇巻・一七冊）が二〇一九年二月に完結したことが記憶に新しい。

本シリーズの完結により、ＳＦ作家小川一水は宇宙ＳＦの書き手としての地位を不動のものにした感がある。

しかし、本書『群青神殿』のような海洋ＳＦの書き手としての小川一水の側面も無視できない。確かに小川さんのＳＦで海洋を舞台にした作品は、短篇を含めてもそれほど数は多くない。

しかし、作品の数と質は別の話である。例えば小松左京さんが書いた怪奇ＳＦは数少ないが、「牛の首」や「くだんのはは」などは今日も語り継がれている。それと同じことだ。

小川一水が、海洋ＳＦの書き手としても高いポテンシャルを持っているというのは本書を読めばおわかりと思うが、それは決して偶然の産物ではない。

　彼のポテンシャルは、まずその取材力の蓄積にあると思う。


『群青神殿』のソノラマ文庫版のあとがきに、私が護衛艦の案内をしたという記述があるのだが、これなども小川さんの取材姿勢をよく表していると思う。

　あとがきでは私が案内したとなっているが、これは必ずしも正確ではない。

　話は二〇年ほど遡る。知っている人も多いと思うが、海上自衛隊では何年かに一度、観艦式を行っている。これは海上自衛隊の広報活動の一環でもあり、また大規模な部隊運動を行う訓練でもある。

　いわゆる海上自衛隊の観艦式は、本番の観艦式の前に第一回観艦式事前公開と第二回観艦式事前公開の三回行われる。この時に希望の日程などを書いて往復はがきで申し込みをすれば、抽選で参加艦艇のどれかに乗艦することができる。

　ただ観艦式は数年に一度であり、申し込みも多数であるため一枚や二枚の応募では選に漏れるのは半ば常識であった。

　それでたぶん一〇枚以上は出したと思う。そして見事当選した。だがその日はどうしても動かせない別件を入れてしまっていた。

　しかし、せっかく当選した乗艦の機会を無駄にはできない。そこで有効活用してくれそうな知り合いとして小川一水さんに譲ったのである。

こうして護衛艦に乗艦した小川さんは、その時の体験を自身のホームページにアップしていた。驚くべきはその内容であった。

護衛艦の基本スペックは乗艦すればパンフレットがもらえるのでいいとしても、彼は護衛艦の各種アンテナの用途などを調べ上げていたのだ。

いまなら検索すればすぐ調べがつくだろうが、二〇年ほど前となると、これはなかなか面倒な作業である。それを彼はやってのけた。

さらにこんなことがある。二〇〇四年九月九日から一〇日にかけて、さる団体の活動として、三菱重工長崎造船所にて艤装工事中の地球深部探査船「ちきゅう」を見学する機会を得た。この見学会にも小川さんは参加していた。

二日間に渡り、安全装備を完備し、建造中の「ちきゅう」を隅から隅まで見学した。もちろん小川さんをはじめ参加者全員が、船だけでなく造船施設の有様も記憶に焼き付けたのは言うまでもない（ドックなどの造船施設そのものは写真撮影禁止なので）。

この見学の時には小川さんと「ドリルビットはどういう構造で保持されるのだろう」というような議論をしたことを覚えている。

探査船「ちきゅう」に関しては、就役して間もない二〇〇五年九月にも、やはり小川さんらと見学している。造船所では建造中の機械であった探査船「ちきゅう」も、就役すると職場であり生活空間になっていた。

この時の見学会は小松左京事務所のご厚意で実現したもので、当日はリメイクされた映画「日本沈没」の撮影日だった。このため作家集団の他に、映画クルーが混在し、取材したり、撮影したりというささかカオスな状況だった。

生活空間としての「ちきゅう」には小川さんも関心があったようで、甲板の上での取材中、食料品を満載したカートが専用エレベーターで収納されてゆくのを追っていたのを覚えている。

この他、JAMSTECのしんかい6500の見学や帆船の体験航海にも参加したという話を耳にしている。

私の把握している範囲でも取材を重ねてきた小川一水さんであるから、質の高い海洋SFを書き上げることは少しも不思議ではないのである。

いま思い返してみると、取材などで小川さんと一緒になることが多かったことに気がつく。そうした取材先で感じるのは、小川一水さんの取材先の人に飛び込んでゆく人当たりの良さと、好奇心の強さだ。

たとえば『群青神殿』にはデビルソードによるメタンハイドレートの採掘が一つのキーテクノロジーとして登場するが、著者の関心はテクノロジーよりも、その周辺の人間に置かれている。

当たり前といえば当たり前だが、世の中この当たり前こそ難しい。取材をするとしても、機械の話だけしていては、それを動かす人間についてのリアルはでてこない。取材した時には、技術は完成されているため、そこに至るまでの試行錯誤は、当事者に話を聞くまでわからない。そして小川さんの関心はまさにそこにある。

だから彼は現場の人に技術よりもその背景について問いかけることを躊躇《ためら》わない。

これは船というより宇宙船に近いが、三菱重工でＨ‐２ＢロケットとＨＴＶ（宇宙ステ《H‐II》ーション補給機《Transfer Vehicle》）の組立工場の見学をした時のこと。工場の一角に、見るからに熟練の職人という風情のエンジニアが断熱材か何かを刃物を使って加工している光景があった。ＴＶの取材クルーも何組かいても、誰もその方には関心を示さない中、その方に話を訊いていたのが小川さんであった（ちなみにその職人さんは何かの治具を組んでいたとのこと）。

研究室などの取材をすると、「体験してみませんか？」と誘われることもあるわけだが、そんな時に真っ先に志願するのが小川さんであった。

この解説を書くにあたって、過去の画像を調べてみたら、「ＶＲを体験している小川一水」とか「パワードスーツを試着している小川一水」などの写真がいくつも見つかった。

ただ誤解してはならないのは、小川一水さんが好奇心だけで動いているわけではないということだ。小川さんは常にいくつもの問題意識を持っており、その問題意識が彼にこうした行動をとらせるのである。

言い換えるなら、小川一水という作家にとって、体験するというのは自身が持っている問題意識を昇華する上で重要な意味を持つのだろう。

もちろんそれは体験したことしか書けないということを意味するものではない。様々な現場に赴き、現場の人しか語れない話を訊き、そうしたデータベースを自身の中に構築し、それにいろいろな情報を外挿し、未知の世界の物語を作り上げる。

つまりは体験することは外挿するための「型」を増やす行為とも言えるだろう。

単純に体験だけを書いてゆく作家であったなら、小川一水さんが『天冥の標』を書き上げられるわけがないからだ。少なくとも私が知る限り、小川一水という人は、まだ宇宙には行っていない。しかし、一〇年後、二〇年後にはわからない。

本書は、二〇〇二年六月にソノラマ文庫より、二〇一一年三月に朝日ノベルズより刊行された作品に、加筆修正して再文庫化したものです。

小川一水作品

第六大陸1

二〇二五年、御鳥羽総建が受注したのは、工期十年、予算千五百億での月基地建設だった

第六大陸2

国際条約の障壁、衛星軌道上の大事故により危機に瀕した計画の命運は……。二部作完結

復活の地Ⅰ

惑星帝国レンカを襲った巨大災害。絶望の中帝都復興を目指す青年官僚と王女だったが…

復活の地Ⅱ

復興院総裁セイオと摂政スミルの前に、植民地の叛乱と列強諸国の干渉がたちふさがる。

復活の地Ⅲ

迫りくる二次災害と国家転覆の大難に、セイオとスミルが下した決断とは？　全三巻完結

小川一水作品

老ヴォールの惑星
SFマガジン読者賞受賞の表題作、星雲賞受賞の「漂った男」など、全四篇収録の作品集

時砂の王
時間線を遡行し人類の殲滅を狙う謎の存在。撤退戦の末、男は三世紀の倭国に辿りつく。

フリーランチの時代
あっけなさすぎるファーストコンタクトから宇宙開発時代ニートの日常まで、全五篇収録

天涯の砦
大事故により真空を漂流するステーション。気密区画の生存者を待つ苛酷な運命とは？

青い星まで飛んでいけ
閉塞感を抱く少年少女の冒険から、人類の希望を受け継ぐ宇宙船の旅路まで、全六篇収録

ハヤカワ文庫

コロロギ岳から木星トロヤへ

小川一水

西暦二二三一年、木星前方トロヤ群の小惑星アキレス。戦争に敗れたトロヤ人たちは、ヴェスタ人の支配下で屈辱的な生活を送っていた。そんなある日、終戦広場に放置された宇宙戦艦に忍び込んだ少年リュセージとワランキは信じられないものを目にする。いっぽう二〇一四年、北アルプス・コロロギ岳の山頂観測所。太陽観測に従事する天文学者、岳樺《だけかんば》百葉《ももは》のもとを訪れたのは……異色の時間ＳＦ長篇

ハヤカワ文庫

ニルヤの島

柴田勝家

第2回ハヤカワSFコンテスト大賞受賞作

人生のすべてを記録する生体受像《ビオヴィス》の発明により、死後の世界の概念が否定された未来。ミクロネシアを訪れた文化人類学者ノヴァクは、浜辺で死出の船を作る老人と出会う。この南洋に残る「世界最後の宗教」によれば、人は死ぬと「ニルヤの島」へ行くという——生と死の相克の果てにノヴァクが知る、人類の魂を導く実験とは？　圧巻の民俗学ＳＦ。

ハヤカワ文庫

世界の涯ての夏

つかいまこと

〈第三回ハヤカワSFコンテスト佳作受賞作〉

この星を浸食する異次元存在〈涯て〉が出現した近未来。離島に暮らす少年は少女ミウと出会い、思い出を増やしていく。一方、自分に価値を見いだせない3Dデザイナーのノイは、出自不明の3Dモデルを発見する。その来歴は〈涯て〉と地球の時間に深く関係していた。

ハヤカワ文庫

著者略歴　1975年岐阜県生，作家　著書『第六大陸』『復活の地』『老ヴォールの惑星』『時砂の王』『天涯の砦』『フリーランチの時代』〈天冥の標〉シリーズ（以上早川書房刊）他多数

HM=Hayakawa Mystery
SF=Science Fiction
JA=Japanese Author
NV=Novel
NF=Nonfiction
FT=Fantasy

群青神《ぐんじょうしん》殿《でん》

〈JA1389〉

二〇一九年八月二十日　印刷
二〇一九年八月二十五日　発行
（定価はカバーに表示してあります）

著者　小《お》川《がわ》一《いっ》水《すい》

発行者　早川　浩
印刷者　矢部真太郎
発行所　株式会社　早川書房
郵便番号　一〇一 - 〇〇四六
東京都千代田区神田多町二ノ二
電話　〇三 - 三二五二 - 三一一一
振替　〇〇一六〇 - 三 - 四七七九九
https://www.hayakawa-online.co.jp
乱丁・落丁本は小社制作部宛お送り下さい。
送料小社負担にてお取りかえいたします。

印刷・三松堂株式会社　製本・株式会社フォーネット社

ISBN978-4-15-031389-0 C0193

本書は活字が大きく読みやすい〈トールサイズ〉です。